LAURA TROMPETTE

NEW ROMANCE

Ladies' SECRET

ROMAN

Hugo Roman

Ladies' SECRET

Ouvrage dirigé par Audrey Messiaen
Collection dirigée par Hugues de Saint Vincent

Département de Hugo et Compagnie
38, rue La Condamine 75017 Paris
www.hugoetcie.fr

Dépôt légal : juillet 2015
ISBN : 9782755617375
Numéro d'imprimeur : 172813
Imprimé en France (Corlet)

« De toutes les aberrations sexuelles,
la pire est la chasteté. »

Anatole France

À mes essentiels…

À propos de Ladies' Taste...

« Du sexe, de l'audace et une terrible
envie de liberté se mélangent avec passion dans *Ladies' Taste*
qui, bien plus qu'un roman à l'eau de rose,
finit par nous prendre aux tripes ! »
June TV

« Une épopée aussi torride que profonde »
Melty

« Un premier volet sulfureux et addictif »
Aufeminin.com

« À faire pâlir les accros de Mr. Grey... »
Public

« Une romance sexy qui ne s'interdit rien »
Yagg

Previously on Ladies' Taste...

La vie d'Éléonore, mariée, maman et directrice artistique de Modus, a basculé à l'arrivée de Crystal, jeune ambitieuse hédoniste et colocataire d'un chat caractériel. Cette dernière, créatrice de chaussures en devenir, fait des vagues partout où elle passe… et pas que sur le plan professionnel !

Leur complicité teintée d'ambiguïtés s'est transformée en intense jeu de séduction. Entre le lancement du parfum *Ladies' Taste*, gros enjeu pour Éléonore qui a fait face à une directrice du marketing aux allures de dragon, et les jalousies que Crystal a endurées, les deux femmes se sont clandestinement et… fiévreusement aimées.

Après avoir essuyé un scandale chez Modus, le talent de Crystal a explosé lors d'un défilé mémorable qu'Éléonore l'a aidée à organiser.

Mais la blonde n'est pas parvenue à faire une croix sur son mariage et a précipité une rupture à laquelle la brune ne s'attendait pas. Le cœur brisé, alors qu'elle avait juré de ne pas s'attacher, Crystal s'est envolée pour les États-Unis afin d'y poursuivre sa carrière.

Pourront-elles encore se retrouver ? Et si Éléonore prenait l'avion pour effacer l'océan dressé entre elle et son ancienne amante ?

1

Crystal

Il est blanc-neige, blanc-oppressant, blanc-vide, ce plafond. Déprimant. Gonflé par endroit de bulles d'air ou de billes de peinture, qui sait ? Et, sur ce cachet d'aspirine géant, une tache brune m'obsède. Qu'est-ce que cela peut bien être ? De l'humidité ? Une crotte de souris ? Bordel, je ne vois que ça. Mais… Ah oui – « Oh, ouiiiii… » – ne pas oublier ce que je suis en train de faire, ne pas se laisser absorber par cette tache. J'ai une telle faculté à trémousser mon corps, même sans y croire. J'aurais fait une sacrée strip-teaseuse ! Je me reconcentre sur cet homme en moi, sous moi, qui compte sur le mouvement ondulé de mes fesses pour entretenir son érection. Je balance ma tignasse, j'arrête de lever les yeux au plafond, le regarde et lui souris. Je le baise avec mes prunelles qui s'allument à nouveau. Il est beau et bâti comme un Apollon ; je lui dois au moins cela. Je le connais sur le bout des doigts maintenant, je sais comment l'attaquer pour qu'il explose. Après avoir œuvré sur lui, les seins rebondissant au rythme de mes coups de bassin (et de mes cuisses qui en profitent pour faire un brin d'exercice), je m'offre à quatre pattes. Quelques allers-retours plus tard, dépourvus de grognements bestiaux qui me manquent tant, il s'abandonne. Je n'ai pas eu le temps de me finir à la main, tant pis.

Il s'étale sur moi et embrasse mon cou en murmurant un « je t'aime » qui ne me surprend plus vraiment. Je réponds que moi aussi et file dans la salle de bains. Oui, parce que ce que l'on oublie de nous montrer dans les films a pourtant lieu dans la vraie vie. On ne sort pas d'une partie de sexe sans préservatif prête à ronfloter sur l'oreiller. Il faut passer plusieurs minutes face au robinet ou prendre une douche rapide. Non pas pour se laver de cet acte qui n'a rien de sale, mais pour éviter l'effet gouttière dans le lit propre, le mien en l'occurrence. Ou est-ce le nôtre ?

En me brossant les dents, j'ai le cœur un peu lourd, l'orgasme aurait été salvateur ce soir. Alceste promène sa queue sur mes jambes en marchant sur mes pieds. Une manie qui, si elle m'a maintes fois fait perdre l'équilibre, a un pouvoir particulièrement réconfortant. Mon gros tigré – que j'affublerai de ce surnom tant qu'il n'aura pas perdu ses 2,5 kilos superflus – perçoit toujours mes émotions. Il y a des choses qui, fort heureusement, ne changent pas. Quoique…

Alceste dans les bras (bon Dieu, qu'il est lourd), je rejoins mon *king-size*, que je partage donc à trois. J'espère que le chat-roi va faire sa nuit et ne pas pourrir la mienne. Depuis que j'ai emménagé dans mon deux pièces à côté de Central Park, il a du mal à s'habituer à la vie new-yorkaise. Le changement de croquettes, les nouvelles rues à explorer (en laisse *of course*), les nouveaux bruits par la fenêtre, les nouveaux tapis poilus, tout est… nouveau. Je me dis que si j'étais à sa place, ça me plairait assez d'explorer un univers inconnu, de bouleverser mon train-train de matou. Mais lui n'a pas pris les choses sous cet angle. Après quelques mois, j'avais réussi à le calmer un peu… jusqu'à ma rencontre avec Alex. Cet inconnu avec lequel il s'est mis à rivaliser, comme à son habitude. Et alors, depuis que ce deuxième pénis a établi son camp dans notre nid, Alceste nous mène une guerre nocturne sans relâche.

Baisers tendres, extinction des feux. Le ronron contre ma poitrine m'apaise mais n'interrompt pas ma boîte à pensées. Je tire des fils, encore et encore. Le réveil fait défiler le temps de chiffres en nombres rouges. L'insomnie me rit au nez. Comment ma bête de sexe de *boyfriend* a pu se muer en chaton inoffensif ? Alex était un dieu de l'étreinte sans tabou, et tout a d'ailleurs commencé par là entre nous. Autant de libido réunie, c'était magique. Nos premiers ébats (jusqu'à deux ou trois fois par jour) nous mettaient dans une transe où la soif de l'autre était sans fin. De jour comme de nuit, nos danses auraient pu exciter tous les voyeurs du monde si nous avions mis une GoPro sur nos corps. (Oui, il m'arrive de me visualiser en actrice porno, reine de la fellation et du spectacle.) Et puis, d'orgasmes en rendez-vous, nous sommes devenus un couple. Jusque-là, et ma peur de l'engagement mise à part, aucun regret. Pouvoir s'endormir contre le corps chaud de celui qui vient de vous donner des frissons, c'est assez chouette. Et, contre toute attente, répéter l'aventure soir après soir n'a rien de lassant quand les sentiments s'installent. Mais, là où le bât blesse, c'est lorsque l'excitation se ternit à mesure que l'amour grandit… Constat qui me tord le bide, sachant que si je décelais dans les yeux verts d'Alex la même lueur torride, mon envie à moi serait intacte.

Un bruit désagréable m'extirpe en sursaut de ma réflexion. Un œil sur le réveil. 2h12. *You've got to be kidding me ?* Alceste se fait les griffes sur le sommier, sans gêne, et avec un air de provocation qui me sort de mes gonds. Ah, tu veux jouer au con, mon gros ? Je repousse un peu trop violemment la couette, saute sur l'emmerdeur, l'attrape par la peau poilue de sa nuque et le cloître dans sa cage de voyage. « Tu ne vas pas me faire chier longtemps avec ta dépression, Alceste ! » Je beugle comme si ce dindon pouvait comprendre mes mots. Je sais, en tout cas, que la sévérité du ton se fera entendre.

De retour sous la couette douillette, j'essaie de choisir la toile de fond de mes pensées pour maîtriser mon endormissement. Je dessine le visage de mes parents et de Léo, qui me manquent plus que je ne peux l'exprimer. Je me concentre sur la douceur qui émane de cette image et je calme ma respiration. Dodo.

♦ ♦ ♦

L'odeur du café chaud envahit l'espace, il est 8h. Alex tire les rideaux et offre à mes yeux la vue qu'ils préfèrent le matin : son torse nu au premier plan et Central Park aux couleurs de l'été indien. Je ne remercierai jamais assez Paula – mon mentor bienveillant dont le soutien indéfectible a changé ma vie – de me louer cette merveille à prix d'ami.

– Debout ma beauté, tes tartines sont prêtes ! me lance Apollon en posant ses lèvres sur les miennes.

Je me traîne dans le dressing pour enfiler un bon legging-sweat, plus approprié à la température ambiante que ma nuisette panthère transparente. Alex ne grogne pas, il a pris l'habitude de me voir sous toutes les coutures. J'enroule mes cheveux en chignon et l'enlace pendant qu'il officie dans la cuisine américaine.

– Ah, tu as fait ton pompon ! Pouet, j'adore ! dit-il en pressant la masse en question.

Il faut finalement si peu de choses pour rendre un homme heureux…

Je grignote mes toasts de pain complet (un à la fraise, l'autre à la mirabelle – merci Papa et Maman pour ces bonnes confitures made in France) en observant mon homme. Les yeux rivés sur son téléphone, il balance ses premiers tweets du matin et consulte les infos. Déjà neuf mois que l'on partage régulièrement nos nuits et quelques semaines que ce bel Américain a fait son trou dans mon appart. Je repense à notre rencontre sur le tournage de la série à succès *Girls on the Grill* pour laquelle je suis l'une des conseillères-stylistes et créatrice de chaussures inédites, au milieu d'une batterie d'assistantes. (Il y a même des petites mains pour les petites mains dans cette grande machine qui donne le tournis.) Je ne croyais pas vraiment au « *love at first sight* » et pourtant l'électricité entre nous en aurait grillé plus d'un ce jour-là. Alex est premier assistant réal, aux côtés de Ronald, le réalisateur chevronné d'Athena Productions. Son talent ne gâche rien à l'ensemble, que l'on repère de loin. Bien sûr, l'expression appropriée serait plutôt « *desire at first sight* », mais c'est au fil des semaines que l'on a laissé cette tension se concrétiser.

Cette série de Luke Tanner (producteur exécutif d'Athena Productions) réchauffe plus que le soleil des Maldives, tant les acteurs et actrices sont canon, l'ambiance torride, les décors bourrés de recoins à explorer… La saison 1 a littéralement explosé les audiences de *Vampire Diaries* – ce qui n'est pas peu dire – et gonflé les ego sur le plateau. J'essaie de nager au-dessus des vagues pour une fois. La visibilité que *Girls on the Grill* donne à mes créations est inespérée, alors je mets mon masque de travailleuse facile à vivre. Et après quelques mois de « pause » avec Lorenzo pour bosser sur les croquis puis la fabrication des chaussures, dans notre atelier-bureau baptisé *River Terrace*, septembre sonne la reprise du tournage pour une saison 2 qui s'annonce palpitante. La partie préparation et réalisation est toujours plus reposante que la mise en place, les retouches et le stress du plateau…

– Tu m'as l'air coincée dans ta tête ce matin, Bébé… Tu cogites ? me lance Alex, déjà sur le départ.

– J'aime être dans ma tête, tu le sais. Je réfléchissais au tournage et à mes croquis de sacs qu'il faut que je bosse, dis-je en mentant.

– Tu vas y arriver, *you're the best, babe !* (sourire) Dis, ma mère m'a appelé, elle meurt d'envie de te voir et mon père ne trépigne pas moins ! Il faut qu'on s'organise un week-end dans les Hamptons prochainement, qu'en penses-tu ?

Je me disais bien qu'il y avait une anguille.

– Oui, oui, reparlons-en plus tard, tu vas être en retard, chéri…

J'élude, il ne bataille pas. Au boulot ! Tandis qu'Alex est attendu dès aujourd'hui sur le tournage, j'ai encore deux jours de battement. Liberté que j'aimerais consacrer à mes ébauches de sacs. La suite logique après les chaussures.

Les deux « accessoires » les plus glamours, les plus enchanteurs, qu'il est donné aux femmes de porter.

Vissée à terre, en tailleur, le dos contre mon gros fauteuil d'angle, et Alceste au creux des cuisses, je griffonne avec assiduité. Des traits courbés, vifs ou longilignes qui ne révèlent aucune magie. L'inspiration semble avoir pris des vacances. Ou est-ce cette histoire de sexe un peu trop routinier qui me perturbe ? À moins que la proposition matinale d'Alex de rencontrer ses parents m'ait achevée ? Quoi qu'il en soit, la corbeille se remplit plus vite que ma pochette de dessins. Cette séance de tir au panier m'épuise. Alceste, quant à lui, se réveille. Sa passion pour le papier froissé aura après tout le mérite de le faire courir un peu. *Bouge ton gras mon gros chat !*

Lasse de tirer sur les mêmes ficelles de mon bordel cérébral, je balance « Happy » de Pharrell Williams sur ma chaîne hi-fi. Activation du mode auto-persuasion. *Happy*, j'aurais toutes les raisons de l'être, alors qu'est-ce qui cloche chez moi ? J'ai le mal de Paris parfois, mais l'immensité de New York, sa frénésie et son *american dream* qui ne s'essouffle pas me consolent. Alex, cette pièce rapportée dans mon sublime appartement et dans mon cœur trop hermétique, me fout la trouille avec son amour plus envahissant que ses fringues dans mon dressing… Mais tous les matins, je suis heureuse de retrouver son visage, son corps et sa voix dans mon lit. Alceste fait des pelotes avec mes nerfs mais reste mon plus fidèle compagnon. Lorenzo et Paula m'entourent de leur amitié réconfortante. Ronald, réalisateur qui officie sur *Girls on the Grill* avec génie – et séducteur en carton – me témoigne sa confiance à chaque séance de travail (en plus de son affection… débordante). Le casting de la série a été plutôt accueillant dans l'ensemble, à l'exception de quelques trolls comme on en croise partout. Quelqu'un m'a affirmé un jour que quand on est grande, jeune, jolie et ambitieuse, il faut en permanence s'excuser de l'être. J'essaie de le garder à l'esprit même si l'injustice de cette sentence m'insupporte.

Qui a dit que j'étais grande ? On est toujours la petite de quelqu'un. Jeune ? La trentaine me sourit plus que mes vingt ans. Jolie ? Et la sublime Nicole Scherzinger, elle doit crier pardon quand elle entre dans une pièce ? Ambitieuse ? Bon, ça, d'accord…

Le SMS de ma copine Steffie m'interrompt, pour le plus grand bonheur de mes neurones déjà ravagés par le stress, et le whisky il faut l'avouer. Elle me propose un cupcake au Magnolia Bakery (oui, celui du quartier de Carrie Bradshaw) et un bavardage entre nanas. Bonne idée ! Je largue sans honte mes feuilles blanches pour retrouver ma maquilleuse préférée. Je l'ai aussi rencontrée sur le tournage de *Girls on the Grill*, et l'on s'est reconnues. Mêmes valeurs, même tignasse brune, même hédonisme à l'excès et en voie de guérison, même humour douteux et même passion pour les… chaussures ! Elle ne bosse pas non plus aujourd'hui (Athena Productions a engagé une cohorte de maquilleuses qui se relaient afin de garder leurs mains en état de marche) et moi j'ai grand besoin de vider mon sac autour de la pâtisserie new-yorkaise la plus calorique de mon alimentation.

J'allume la petite lampe de ma caverne d'Ali Baba : ma pièce-dressing sans fenêtre. Si je suis encore loin de mes rêves de grandeur, cette partie de mon appartement me scotche un sourire aux lèvres dès que je viens y farfouiller. Penderie, étagères à vêtements, étagères à sacs et à chaussures. Il y a un certain progrès si on repense à ma maigre armoire parisienne, bien que j'envie toujours les dizaines (centaines ?) de mètres carrés dédiés de Mariah Carey. Patience.

J'enfile un sarouel panthère, un top et une veste noirs, je glisse un sautoir doré autour de mon cou hâlé et opte pour des ballerines parce que les talons ne sont pas les meilleurs alliés d'une longue marche à pied (activité post-cupcake obligatoire). Un bisou au gros tigré – à qui je songe sérieusement à offrir une roue de hamster, grandeur chat – et je pars fouler les pavés de la Grosse Pomme.

Je hèle un taxi pour rejoindre West Village, plutôt loin de mon Central Park. Steffie trépigne d'impatience parce qu'elle est, comme toujours, en avance. Cette manie me rend dingue. La ponctualité et moi, une histoire impossible. Mais n'est-il pas plus facile de comprendre les retardataires que les obsédés de la trotteuse qui passent leur vie à poireauter ? Par définition, en arrivant avant l'heure convenue, on est destiné à compter les minutes ; agacement garanti. J'écoute « Let it go », à puissance maximum dans les écouteurs de mon iPhone, pour me nourrir d'énergie. Ce titre phare de *La Reine des neiges* a un pouvoir régénérant sur mon moral. (Non, je n'ai pas honte !)

Devant l'étalage de calories, on hésite. Le pire chez Magnolia Bakery, c'est qu'il faut choisir (un cupcake OK, deux sûrement pas !). Red Velvet pour moi, Coconut pour Steffie.

– On se fait une marche jusqu'à la High Line pour manger, digérer, papoter ?

– Yes, surtout pour éliminer ! On ne peut pas avoir l'air de vaches sur le plateau ! Nancy et Amber n'ont jamais été aussi sveltes, y'a un level à tenir ! pouffe Stef.

– En même temps, nous, on est derrière la caméra. Pas besoin de rentrer dans le cadre !

– T'inquiète, on a de la marge ! Et puis toi au moins tu brûles à la piscine, contrairement à moi... Enfin... Bon, comment ça va avec Alex ? Et Alceste, il a perdu un peu ?

– Pfff, ne me parle pas de ça, il enfle. Je l'ai mis aux croquettes allégées ! Avec Alex, ça roule, mais il y a un truc qui me chagrine.

– Quoi donc ? C'est un amour !

– Oui... un amour qui préfère me dire « je t'aime » que de me claquer le cul de sa grande main ferme.

– Roh, toi alors, plains-toi d'être adorée, va ! Explique-moi cette histoire de fessée...

– C'est une image, *Darling*. Rien de grave, mais ça me rend nerveuse. Je trouve que depuis quelques semaines, Alex est moins bestial au lit, il réclame moins de sexe d'ailleurs.

Comme si ma présence à ses côtés lui suffisait, comme s'il n'avait plus besoin de me posséder. Je flippe à mort…

– Hum, tu dramatises. Vous faites toujours l'amour ?

– Oui, évidemment, mais pas autant. Et différemment.

– Jusque-là, vous suivez donc le chemin de 90 % des couples, rien d'anormal. Le sexe change quand la relation s'installe dans la durée !

– Mais c'est bien ce qui me préoccupe ! Je n'ai aucune envie de ressembler à la majorité des ménages. Je ne voulais déjà pas être un couple tout court, alors imagine…

– Arrête de paniquer ! Remets du piment si tu en ressens le besoin, et ça viendra naturellement. N'oublie pas les soirées que tu as consumées à m'expliquer qu'à l'exception d'une nana en France, tu n'avais jamais éprouvé de tels sentiments pour quelqu'un.

– Oui, tu as raison. Je suis indéniablement attachée à ce diablotin ! Je ne veux juste pas qu'il perde ses cornes !

– Ne te bile pas trop, *Honey*. Avec mon mec, on a connu des hauts et des bas depuis un an et demi. Et j'étais comme toi avant, sans attaches. Mais aujourd'hui, je n'échangerais aucune nuit, collés-serrés l'un contre l'autre, pour une partouze vite oubliée.

– Tu me fais marrer ! J'ai hâte de retourner sur le plateau de *Girls*, ça va m'occuper la cervelle…

– *For sure* ! Mais ça va aussi redessiner des cernes sous tes grands yeux, ma belle. Profite de tes derniers moments de tranquillité, va ! D'ailleurs, je pensais à ça l'autre fois, qu'est-ce qui t'a poussée à accepter un job pour une série ? Tu ne visais pas plus le développement de ta marque perso ? Tes pompes sont des œuvres d'art !

– La visibilité ! J'ai tout le temps de m'enfermer pour créer ma boîte plus tard. Je t'avoue que parfois ça me manque d'imaginer des trucs fous, mais je m'y remets petit à petit, en parallèle. Et puis, j'avais entendu parler de Luke Tanner via le big boss de Modus à Paris, Jean-Claude Viss. Ils sont très potes, alors je partais confiante.

– Pourtant, ce Viss ne t'a fait aucun cadeau !

– Ça, c'est certain mais, mise à part sa grossière erreur avec moi, je sais qu'il ne s'entoure que des meilleurs !

– Il doit s'en mordre les doigts aujourd'hui !

– Je ne sais pas et ne veux pas savoir. Changeons de sujet. Viens, on grimpe sur ces beaux jardins suspendus pour voir le coucher du soleil !

– Tu parles encore comme une touriste !

On se marre. La vue est imprenable ici.

2

Éléonore

QUITTER PARIS : si on m'avait posé la question il y a dix ans, j'aurais vigoureusement refusé. Mais pour aller où, bon sang ? À part en vacances chez mes parents en Thaïlande qui y résident la moitié de l'année, les veinards… Et pourtant, me voici saluant mentalement la vieille Dame de Fer, la Seine, la tour Montparnasse à laquelle, comme toute bonne provinciale, j'ai fini par m'attacher en dépit de sa hideur.

L'avion prend de la hauteur, la nuit à bord va rapidement tomber. Ma voisine quémande un verre d'eau à une jolie hôtesse rousse pour avaler son anxiolytique. Elle est du genre à appeler cinquante fois pendant un vol de sept heures, son ton étant à la fois geignard et autoritaire. Je souris, le personnel se souviendra d'elle. Elle était si ridicule, faisant ses adieux à son mari et son yorkshire Lilly Rose. Heureusement, je n'ai pas dû dire au revoir aux enfants à l'aéroport. Jules et Lili savent que demain matin ils se lèveront sans moi. Pour la première fois depuis leur naissance (si on excepte les rares voyages romantiques que Jack et moi nous sommes autorisés en dix ans de mariage), leur mère sera absente de leur quotidien. Et ils seront absents du mien. Je suis totalement partagée entre le sentiment de manque qui m'étreint déjà (ne plus entendre « Maman, donne-moi un rêve » avant de les abandonner au seuil de la nuit) et celui d'une légèreté retrouvée. Cette vieille amie abandonnée lorsque je suis devenue mère, qui toque à la porte en espérant que ma culpabilité ne la renverra pas dans l'abîme des souvenirs.

Il m'était impossible de décliner l'aventure. Quand on propose à la directrice artistique d'un grand groupe comme Modus, de superviser un projet ultra-secret à New York, pour un salaire doublé pendant un an avec appartement de fonction, il est difficile de résister. De plus, j'ai toujours aimé New York, sa folie verticale malgré la perte de ses Twins, ses poumons verts...

Coucher de soleil à l'horizon. L'avion vire légèrement de trajectoire. Je sors un miroir de poche pour vérifier ma tenue, d'un négligé chic (je n'allais pas sortir le tailleur Gucci, hein, même en première), jean slim et pull couleur chair, ballerines, cheveux attachés. J'ai un mouvement de surprise, ma queue de cheval est si courte ! Après le départ de Crystal, j'ai sacrifié ma longue chevelure pour un carré plongeant, que je laisse à nouveau pousser depuis quelques mois. Niveau visage, je respire, mes récents trente-cinq ans ne se voient pas trop. Merci la crème à l'orchidée impériale de Guerlain.

Ma chère voisine a déjà sorti la couverture, les bas de contention – j'ai soigneusement évité de regarder ses pieds pendant le troc chaussures-bas –, le masque pour les yeux et les boules Quies. Elle se débat avec le bouton qui commande le siège, sans parvenir à l'allonger, et ressemble à une chouette échevelée et rouge qui serait tombée dans un fourré épineux. Deuxième coup de sonnette. L'hôtesse sourit toujours en débloquant d'une pichenette le fauteuil récalcitrant. « Normal qu'il ne veuille pas se coucher sous cette Bonbonne ! » aurait rigolé Crystal. Crystal qui vit à New York depuis quatorze mois...

« Un an, c'est énooorme ! » a glapi Barbara, directrice du marketing, lorsque la proposition nous a été faite par Jean-Claude Viss, dit le BB pour Big Boss, dans la salle de réunion de la Tour. Nous n'étions que trois, libres de parler, et le cœur de Barbara était limpide. Elle ne se faisait pas à l'idée de quitter son petit pouvoir dans notre service. L'offre est en réalité gigantesque, et le projet dément. Jean-Claude et Luke Tanner, entrepreneurs et amis, ont décidé, après le succès de la saison 1 de *Girls on the Grill*, de s'associer pour monter… un resto-room. Concept-store dont je suis certaine du succès futur.

La série télé *Girls on the Grill* raconte le projet avorté d'un restaurant d'un nouveau genre, imaginé par deux amies devenues rivales. La saison 1 a été consacrée à leur amitié, leurs déboires, le début de leur épopée commune (ouvrir ce fameux établissement) et leur brouille… Resto d'un nouveau genre, parce qu'à l'entrée vous piochez un jeton qui, à la fin du repas, jeté dans votre dernier verre d'eau, révèle si votre séjour dans les murs sera gratuit ou si vous paierez le double… Les deux amies ont en tête mille autres inventions afin de développer leur clientèle et leur réputation. La suite les sépare : à la fin de la saison 1, l'une des deux ouvre un autre resto à deux pas du premier, menant une concurrence évidente à son ancienne alliée.

La diffusion de la saison 1 a été un raz-de-marée en termes d'audience, avec des millions de fidèles téléspectateurs. Le pitch et le casting, déjà alléchants, s'accompagnaient d'une batterie d'outils sur les réseaux et le web, pour faire parler d'eux. Concours de cuisine, appels à candidatures pour faire de la figuration dans la série, jeu pour gagner une soirée en tête à tête avec un acteur au choix…

Jean-Claude et Luke ont donc décidé que le resto rêvé par ces deux femmes verrait le jour, dans la vraie vie. Il sera un condensé de leurs bonnes idées, avec happenings et showroom attenant, où seront présentés tous les produits dérivés de la série : la vaisselle, les tenues, les chaussures et sacs à main vus sur les acteurs… C'est un concept nouveau : le resto-room. Baptisé simplement *Le R*. L'un comme l'autre se frottent les mains : rarement on aura vu de rapprochement aussi juteux et original entre l'industrie audiovisuelle et celle de la mode. Le BB compte sur Barbara et moi pour superviser respectivement l'ouverture du showroom et du restaurant.

♦ ♦ ♦

À peine ma rougeaude s'est-elle affalée à l'horizontale que le cliquetis des chariots se fait entendre : *dinner time*. Elle râle, « *Quoi, déjà ?* », se redresse avec épuisement, galère avec la tablette, souffle encore un peu. Les autres voyageurs autour de nous la regardent courroucés, elle en fait, du bruit, la grosse en Chanel. Elle se jette sur le plateau repas, que je touche à peine, ayant pris soin de manger un sandwich avant. Je déteste la nourriture dans les avions. Elle est sans saveur et il paraît que ça fait grossir de manger en l'air et, Seigneur, ce que ça ballonne ! Elle engloutit l'intégralité de ce qu'on lui a proposé, lorgne sur mes plats intacts par-dessus ses lunettes, et je l'entends presque se demander intérieurement si elle osera picorer chez moi... *Surtout que ce tiramisu est quand même*... Je dissimule un sourire et tourne la tête pour l'en dissuader. De l'autre côté du couloir, une jolie brune place une revue chic sur ses genoux. Sur la page de couverture, les deux actrices principales de *Girls on the Grill* posent, les bras autour des épaules, les hanches qui se touchent. On pourrait croire qu'elles sont ensemble.

J'ai été enthousiasmée par le concept-store du BB et de Luke Tanner. Le désenchantement est venu à la maison. Dès le début, mon mari Jack a fait bloc dans l'adversité. Il s'était sacrifié, exilé à Londres pour bosser alors que je refusais de le suivre pour rester avec les jumeaux à Neuilly et poursuivre ma carrière chez Modus. Il m'avait accordé cela, le fait d'être séparé de nos enfants, afin que nos fonctions respectives n'en pâtissent pas. Le beau gosse enfin revenu à Paris, avec une super situation, n'a pas supporté que ce soit mon tour de quitter le nid, et s'est opposé à ce que Jules et Lili soient arrachés à leur environnement.

J'aurais pu sortir l'artillerie lourde. Arguer que les enfants sans leur maman sont perdus. Que vivre un an à l'américaine à leur âge serait une formidable expérience. Pendant quelques jours, j'ai même envisagé la séparation. J'aurais (presque) divorcé pour ne pas être détachée de mes monstres. Pas sûr que je l'aurais emporté, puisqu'il a le joli rôle, ayant fait des concessions jadis. Et l'idée était absurde car j'ai encore des sentiments pour Jack, en dépit de nos coups de canif respectifs au contrat (même s'il ignore mon ancienne incartade avec Crystal) et de cette vie qui persiste à nous éloigner l'un de l'autre.

Alors, pas de rupture. Hier nous avons fait l'amour un peu brutalement, fâchés et tristes. J'ai bourré ma valise tandis qu'il regardait la télé et que sa mère Maëlis, trop contente d'être là et de remplir une fonction primordiale, préparait le dîner des chérubins. Autre épine dans le pied : la présence de cette femme dans mon foyer. Impossible de râler, il est évident que Jack et les enfants auront besoin d'elle, surtout depuis que notre merveilleuse nounou anglaise nous a plantés pour suivre notre pédiatre-homéopathe – encore une histoire compliquée.

La lumière centrale a été coupée. Le silence se fait dans l'avion, les passagers feuillettent des magazines sous des loupiotes, regardent un film, s'endorment. Je me sens parfaitement bien ; le souffle chargé de ma voisine, qui est aussi ma plus vieille et meilleure ennemie, ne m'importune même plus.

Barbara n'aime pas cette nouvelle direction que prend le groupe. Elle ne voit pas pourquoi lancer un restaurant, directement lié à une série télé en vogue, peut être intéressant ou lucratif. Elle préfère de loin l'ouverture du showroom, et l'a clairement signifié. L'idée de présenter dans cet espace des objets qui seraient uniquement en vente sur le web, juste à côté de nos bureaux et de notre magasin Modus Five sur la 5e Avenue, lui a plu. Elle a tenté de sensibiliser la directrice de la communication du groupe, Nathalie.

« Ça brouille notre image, ce resto, les clientes ne sauront plus à quoi elles doivent s'attendre de notre part, c'est du grand n'importe quoi. »

Mais Nathalie n'est pas mère courage : plutôt du genre à ne jamais se prononcer franchement pour ne pas s'attirer d'ennuis ! Pauvre Nathalie, désormais en charge de nos dossiers les plus importants, armée d'un bataillon d'assistantes... La faute de Jean-Claude, prompt à créer des postes mais à ne pas remplacer les départs. Un bon patron, en somme.

Pour ma part, il me semble nécessaire de diversifier nos activités. L'ouverture de ce showroom qui excite tant Barbara me paraît dix fois moins intéressante que celle du restaurant, mais je dois m'impliquer dans les deux. Avec, en filigrane, cette idée fixe : je ne serai pas directrice artistique d'un groupe de luxe ad vitam. D'autres envies, priorités, questions, font irruption dans ma vie et je ne compte pas les laisser de côté.

Ce qui agace aussi prodigieusement Barbara, c'est l'arrivée de Sandra James. Élégance et volupté sont les mots qui viennent en bouche lorsqu'on la regarde. Quelques semaines avant la proposition new-yorkaise du BB, la Tour a vu débarquer cette bombe latine avec stupéfaction : on nous avait annoncé une directrice du développement (le poste a été créé pour elle, une fois n'est pas coutume !), mais nous avions imaginé à tort une quadra sérieuse et disciplinée, à la limite de la rigidité. Pourquoi ? La femme de Jean-Claude (jadis assistante de notre président bien-aimé), nous l'avait décrite ainsi – probablement parce que son époux l'avait induite en erreur à ce sujet !

Imaginez Salma Hayek avec trente centimètres de plus, conservez sa garde-robe et ses atours plantureux, gommez l'accent espagnol pour le timbre d'Anna Mouglalis, avec un soupçon de mystère, et vous aurez une petite idée du phénomène Sandra. (On devrait donner ce nom à une tornade.) De ses longues mains aux griffes polies émane un parfum très subtil, de l'ambre certainement. Sa diction parfaite captiverait n'importe quel interlocuteur ou auditoire. Nous avons tout de suite constaté que Jean-Claude était sous le charme du mouvement qu'elle fait avec sa tête pour jeter ses cheveux savamment ondulés (façon star hollywoodienne des années 1950) en arrière, de son sourire sensuel, de ses longues jambes, du cliquetis de ses talons. Quel « développement » pour Modus !

Barbara l'a d'emblée détestée – elle déteste les jolies femmes – ce qui m'a tiré un sourire, tant elle est lisible dans ses réactions. Elle en a mis de côté nos différends – et Dieu sait que depuis le départ chaotique de Crystal il y a un an et demi, il y en avait ! Nous étions alors au cœur d'une guerre où nous nous faisions chanter à coups de vieux dossiers détenus l'une contre l'autre. Cette époque paraît lointaine, désormais... Nos querelles se sont apaisées au fil des semaines, et la tornade Sandra a totalement dévié l'attention de la Barbante. Focus, une nouvelle cible !

Pour ma part, je suis assez séduite en dépit du peu d'échanges que nous avons eus. J'avoue avoir apprécié ce que j'ai entrevu de son intelligence, de sa culture et de cette douceur féline, un peu inquiétante par moments il est vrai. Heureusement que Sandra n'a pas débarqué quand Crystal et moi fricotions sans cesse dans les recoins de cette tour qui, décidément, aura été le témoin passif d'une ribambelle d'aventures, plus ou moins scandaleuses. Je mettrais ma main à couper qu'elle est d'une grande perspicacité. Et non seulement elle aurait sans doute grillé notre liaison, mais son pouvoir de séduction n'aurait pas laissé mon amante indifférente...

♦ ♦ ♦

Barbara se tourne et se retourne en grognant. Je n'aurai jamais passé autant de temps à ses côtés qu'enfermée dans cet engin ! Elle marmonne le prénom tant honni de sa nouvelle fixette, Sandra, ce qui me fait pouffer de rire. Même dans ses songes, elle se sent persécutée par ce personnage qui a pris de l'importance chez Modus... Si elle savait que Jean-Claude a une autre idée de recrutement en tête, elle en avalerait son tube de lexo.

Le BB m'a, en effet, fait venir dans son bureau la semaine dernière.

– Éléonore, les enjeux de cette année à New York sont grands. Mais je sais que vous êtes à la hauteur de la situation.

Et, pour une fois, vous allez devoir vous allier à Barbara pour être efficaces au maximum…

– Bouhhh…

– Cachez votre joie, hein, c'est un beau cadeau que je vous fais là.

– Et j'en suis très honorée.

– J'ai une autre mission à vous confier, c'est *off*…

– … ?

– Crystal Roche.

– … ??

– La façon dont elle a quitté le groupe me chagrine.

– Jean-Claude, vous l'avez virée ! Pour une faute qu'elle n'a pas commise, à cause d'une sombre machination d'employés jaloux décidés à lui faire payer son talent !

– Hum, elle n'aurait jamais dû partir comme ça. C'est inadmissible !

Il s'énervait tout seul. Jean-Claude est coutumier de ce genre de réactions peu cohérentes. Elles contribuent même à son charme de vieux loup de mer aguerri et finaud. Quoi qu'il en soit, la mission est claire : il faut se rapprocher de Crystal, effacer le passé, lui montrer la bienveillance de Modus, qu'elle puisse de nouveau envisager une collaboration avec nous puisqu'elle est en train de se faire un petit nom à New York. L'opportunisme n'est donc pas l'apanage des jeunes ambitieux, il prend aussi racine chez les mammouths assoiffés de nouveautés lucratives.

« Tu ne connais pas la panthère, me disais-je en écoutant Jean-Claude, elle n'oublie jamais et je crois que rien ne pourra la ramener dans ce giron qui l'a rejetée avec tant d'injustice… »

Je suis mal à l'aise face à cette tâche secrète et délicate, vu la manière dont nous nous sommes quittées. Et pourtant, je suis si impatiente de la retrouver ! Même si j'ignore quelle sera sa réaction. La séparation était nécessaire, puisque j'avais à l'époque décidé de redonner une chance à mon histoire avec Jack. D'ailleurs, pendant quelques mois, nous avons eu l'illusion de nous être reconquis, d'avoir repris confiance l'un en l'autre, d'être revenus à l'ère où l'amour était rose et léger.

Grave erreur. Cette parenthèse a été suivie de conflits de plus en plus nombreux entre nous. Cet envol vers New York me soulage à cet égard : je vais pouvoir respirer, prendre du temps pour moi et du recul, faire le point sur ce mariage tourmenté même s'il y a encore beaucoup de tendresse entre nous.

Comment me pointer devant Crystal ? La bouche en cœur, l'air de celle qui a oublié que la rupture a été assez moche, pas digne de nous, parce que j'ai décidé d'être égoïste et de ne penser qu'à ma famille ? Je lui ai malgré tout envoyé une lettre avant son départ. Et elle m'a répondu tardivement. Un mail court, sincère, regrettant notre éloignement. *Pourquoi ne pas recommencer de l'autre côté de l'océan ?* proposait-elle. C'est du Crystal pur jus, brut de décoffrage, sans précaution ni avertissements d'usage. Et j'ai mis entre elle et moi un silence épais, estomaquée, effrayée, désirant à la fois placer cette histoire derrière moi sans l'oublier. Je connais bien ma Girafe : mon silence à ses messages l'a exaspérée. Comment réagira-t-elle à l'annonce de mon retour ?

Lasse, je soupire : la nuit va être longue et je n'ai pas du tout sommeil.

3

Crystal

Comment est-il possible de casser un talon dans un appartement ? De surcroît, au moment de partir pour un rendez-vous avec Alex (actuellement en réunion réal avec Ronald chez Athena Productions), pour lequel je suis évidemment déjà à la bourre. Je n'y crois pas moi-même. Je vais sûrement me réveiller. Trois claques sur mes joues déjà blushées plus tard, le constat demeure, je dois enterrer cette paire de pompes. Heureusement, ni Louboutin ni, pire, ma collection personnelle.

Je penserai aux funérailles ce soir. Pour l'heure, je tente de ne pas songer à l'exécution du gros tigré. *Bordel, pourquoi il a fallu que tu vomisses maintenant ? Tu n'as pas vu que j'étais pressée, apprêtée et pas d'humeur ?* Ça me tue. Cette histoire aura le mérite de tordre de rire Lorenzo ce soir. Je l'entends d'ici : « Non mais Tatass, tu plaisantes ? Tu as glissé sur le vomi d'Alceste, rebondi sur tes fesses de J. Lo, tu t'es pris au passage le talon dans la cage du chat – sortie parce qu'il t'a fait chier toute la nuit – et tu l'as brisée en tentant de sortir violemment ton pied ?? Mais c'est pour YouTube, ça ! » Elle est bonne, en effet.

Clope aux lèvres pour éviter d'épiler Alceste à la cire par vengeance, je balaie des yeux mes étagères de chaussures. Pas le temps de pleurer les défuntes, ni de me changer pour réassortir une tenue, ni d'hésiter sur le choix des remplaçantes.

Après une douche des pieds obligatoire, j'enfile à contrecœur les baskets compensées noires et pailletées *American Retro*, attrape mon *Marc Jacobs* dont je ne me sépare plus et claque fermement la porte de mon cocon à l'odeur désormais nauséabonde. *Casse-talon ce chat-con.*

Si la mode de ces fameuses baskets version girly m'a longtemps horrifiée, j'admets volontiers leur utilité. Grâce à elles, je peux courir, voler, sans me briser les orteils et tout en gardant de la hauteur. J'ai choisi les miennes assez sobres, noires et avec seulement quelques bandes de paillettes, qui donnent une touche plus habillée. Ça fera bien l'affaire, je ne vais pas aux Oscars non plus !

Dans le taxi, en direction de la maison de prod, près d'Union Square, je textote Alex pour le faire patienter. En cherchant l'inspiration, le regard perdu dans les feuilles frémissantes et multicolores de Central Park, j'aperçois un petit écureuil. La truffe en l'air, il semble humer l'air encore doux de septembre. Cette image m'attendrit immédiatement. Je lui souris comme s'il pouvait me voir et me remets à ce SMS, l'esprit plus tranquille. La nature est ma meilleure alliée, mon anti-stress le plus efficace. Je me dis souvent que si un jour ma carrière (débutante) s'écroule, j'irai élever des dizaines d'animaux dans un coin reculé, convaincue que leur présence suffira à mon bonheur.

Alex tape du pied sur la chaussée, mais son visage s'illumine lorsqu'il me voit.

– Même en baskets, t'es canon, *Baby* !

– Charmeur, va !

– Pas du tout, je me contente de souligner les vérités !

– Tsss !

– Bon, grimpe vite, on nous attend sur le plateau, Ronald est déjà parti ! Et ne me dis pas que le casque va te décoiffer, si tu avais été à l'heure, nous aurions pris un taxi mais là, circulation oblige, seule la moto amènera nos fesses à grande vitesse jusqu'aux studios !

– Mmhh, OK…

Je me rassure en me disant que ça nous aura évité de croiser Ronald ensemble. On se sépare toujours quelques mètres avant d'arriver sur le tournage, pour ne pas éveiller les soupçons. Chacun sait que l'on s'entend bien, se doute que l'on a peut-être fricoté, mais ignore que l'on partage le même lieu de vie. Et notre réalisateur étant particulièrement gluant avec moi, je reste vigilante. Je refuse, depuis le début de notre collaboration, de céder à sa quarantaine saillante, à son corps d'adepte de la salle de sport et à sa gueule de *lover*. Je tiens à ce qu'il ne se fasse aucun film sur mes intentions à son égard et je m'applique à paraître détachée, à fuir ses œillades insistantes, ses gestes parfois équivoques. Dissimuler mon aventure avec Alex pour ne pas le froisser est déjà suffisamment pesant. Pour lui comme pour moi d'ailleurs. Je lui ai imposé le fait de ne pas officialiser notre histoire parce que vexer Ronald ne serait pas stratégique et parce que depuis l'épisode Éléonore à Paris, je pose une lourde barrière entre vie professionnelle et personnelle. Enfin, j'essaie, en apparence.

Luke Tanner, producteur de la série et DG d'Athena Productions, me fait signe de le rejoindre. Je replace discrètement mes cheveux – qui ont atteint un bon 50 centimètres – en observant ce bonhomme au look travaillé. Petit chauve à lunettes, avec un embonpoint certain, il est pourtant très *in* dans ses choix vestimentaires. Un peu trop même. Ensemble détonnant.

Luke a annexé des hangars désaffectés à Brooklyn pour en faire des studios gigantesques, et qui lui appartiennent. Un gain économique certain ! Personne n'aurait imaginé que ces lieux abandonnés et en ruine renaîtraient ainsi de leurs cendres, sous la forme de bâtiments écolos et modernes mêlant le bois et le verre. Il a même eu le culot d'appeler l'endroit Phoenix Studios !

L'effervescence est palpable. Je ne dissimule pas ma joie de retrouver ce terrain de jeux. Ronald se mue en chef d'orchestre avec son équipe et Alex, affairé, ne me voit déjà plus.

Steffie, concentrée sur le visage d'Amber, me lance un clin d'œil de loin. Amber, rousse filiforme, incarne la serveuse principale dans le restaurant numéro 1 (*Hazard Games*, celui de la première saison), aux côtés de David, le beau feuj brun. Tous deux officient sous l'autorité de la patronne, jouée par Anita, devenue l'adversaire contrariée de son ex-amie-associée, aka Sandy. Il faut bien dire que se barrer avec une partie du concept, pensé à deux, et le monter pour concurrencer le projet initial, était une vraie déclaration de guerre de la part de Sandy à l'égard d'Anita. Ce deuxième restaurant joue la provocation jusque dans son intitulé : *Come on and Play*. À un bloc de l'ancien fief de Sandy, il accueille en ses murs Nancy, la blonde voluptueuse, et son collègue Tom, Black bodybuildé. Ce sont les six acteurs principaux de *Girls on the Grill*, série dans laquelle les scénaristes ont choisi de conserver les prénoms des acteurs pour les personnages (recrutés dans le monde de la restauration) afin de les rendre les plus réalistes possible, et que le public ait l'impression que la série est presque un *scripted reality show*.

Le premier épisode de la saison 2 est en cours de tournage cette semaine. Il s'agit ici d'installer la guerre intense que se mènent d'Anita et Sandy (il n'y a pas plus féroce qu'une amie devenue ennemie), par l'intermédiaire de leurs deux « *place to be* » et de feu leur équipe, désormais divisée.

Je m'entends à merveille avec Amber, Nancy, Tom et David. Anita m'indiffère et Sandy m'exaspère. La jalousie que je lis dans ses yeux globuleux voudrait lacérer ma peau ferme et mate. Une hargne à peine étouffée, dont s'insurge régulièrement Steffie. En un mot : *Bitch*.

Alors que j'arpente les trottoirs jusqu'au lieu de stockage des vêtements et accessoires, je m'arrête net. Je n'en crois pas vraiment mes yeux, je me pince pour vérifier. Et, oui, Amber et Tom sont bien en train de forniquer dans un recoin, entre deux bâtiments peu visités aujourd'hui. Quel culot, quel aplomb ! Choquée, moi ? Bien sûr que non. Plutôt que de m'éclipser avant d'être repérée, je sens mes pieds s'ancrer dans le sol à mesure que mes pupilles se concentrent. L'association de ces deux corps mérite le coup d'œil. En cadence, l'entrejambe d'Amber s'empale sur celui de Tom, qui la tient en l'air de tous ses muscles proéminents, en position assise. Je suis malheureusement trop loin pour visualiser le membre de ce Black sexy, mais le mouvement ample de ses bras, de bas en haut, m'aiguille à ce sujet. À cet instant précis, je repense à la phrase de Woody Allen que j'ai lue récemment sur la toile : « La dernière fois que j'ai pénétré une femme, c'était en visitant la Statue de la Liberté. » Elle prend tout son sens et me pousse à persister dans mon rôle de voyeuse, pour ne rien manquer du spectacle. Je n'imaginais pas la tige rousse aussi sauvage. Tom a plaqué sa large main sur son visage parce qu'elle ne parvient plus à réprimer ses cris. Sa petite poitrine bien formée et à moitié découverte me rappelle contre mon gré Éléonore. Je chasse cette pensée qui me griffe le cœur, en me persuadant que je préfère l'opulence. La frustration de ne pas participer à cette sauterie improvisée investit mes reins, mon sexe en demande, mes lèvres que je mordille.

Je m'étonne qu'ils ne m'aient pas surprise en train de les surprendre. Postée dans un renfoncement à quelques ridicules mètres, j'ai tout de même la tête qui dépasse. Voir la bouche d'Amber descendre sur la queue de Tom me donne envie de glisser mes doigts en elle en même temps. Mon désir pour elle domine mon attirance pour lui. Certainement parce que mon garde-fou intérieur m'autorise plus l'appel à la concupiscence avec une femme, vis-à-vis d'Alex. Aussi improbable que cela puisse paraître pour une hédoniste chevronnée, ma fidélité à Alex a été constante depuis notre rencontre. Bien sûr les occasions ont été légion, bien sûr mes lèvres ont hésité, mon corps en a frôlé d'autres et mes pensées caressé l'idée. Mais les sentiments ont vaincu. J'ai pactisé avec la loyauté.

Le show qui s'offre à moi me perturbe et, au risque de me retrouver dans une position aussi gênante que la leur, je me soulage de mes mains. Le final en levrette se montre à la hauteur : euphorisant. Après un orgasme délectable, je m'évapore. Et si d'autres paires d'yeux avaient suivi la scène, dans un ricochet d'excitation contagieuse ? Mystère. Aucune culpabilité.

Dans le lieu de stockage qui en ferait fantasmer plus d'une, je retrouve mes créations que j'ai fournies la semaine dernière. Les observer loin de l'atelier m'émeut : leur vraie vie commence ici. Scripts et annotations relus, je classe et dispose mes productions par actrice. Les derniers essayages ne vont pas tarder.

– Crys, t'es prête pour Amber ? me demande l'assistante numéro 245.

– Yes !

Je récupère donc l'actrice rousse, habillée cette fois-ci et les cheveux parfaitement réajustés. Je retiens questions, commentaires et attitude suspecte. Il est temps d'enfiler ma tenue de jeune femme professionnelle et disciplinée.

♦ ♦ ♦

Les larmes de Lorenzo coulent depuis trois minutes. Les larmes de rire ne sont-elles pas plus confortables à observer que les autres ? Je pouffe en chœur. Ma mésaventure matinale a fait son effet. Il me suggère de fixer une webcam à la maison, persuadé qu'Alceste ferait de l'audience ! Je rétorque qu'on pourrait l'enfermer avec sa fille Scarlett (que Lorenzo a gardée depuis le jour où l'on a appris la paternité de mon obsédé à Paris) qui n'est pas la personnification de la sagesse non plus !

Notre atelier, *River Terrace*, installé dans le quartier de Tribeca, me rend fière chaque fois que je parcours son ventre, rempli de la progéniture de notre rêve commun. Comme quoi, la volonté et la passion peuvent escalader des murs à l'allure impraticable. L'ambiance est ici propice à l'inspiration et aux ping-pongs productifs. Un vrai refuge pour ma carapace quand le retour au cocon rassurant s'impose. Ma flamme s'y regonfle d'énergie et de lumière à diffuser.

Le *Nobu Next Door*, à quelques centaines de mètres, est devenu notre cantine préférée. Un japonais de haute volée dont on ne soupçonnerait pas l'existence depuis la rue, tant la devanture est dépourvue d'indications. Le poisson cru fond sur la langue émue, l'atmosphère est cosy, la clientèle initiée et le service cordial. Je trépigne en attendant la jouissance du palais.

– Tu es sérieusement restée pendant toute la fornication ?

– Oui, impossible de résister à la tentation du voyeurisme.

– Ils sont ensemble, tu crois ? Ou c'est juste l'appel du cul ?

– Difficile à dire. C'était fusionnel et animal à la fois. Tendre et sauvage.

– Hum…

Lorenzo trifouille sans relâche son portable. Curiosité et irritation m'envahissent. Sa manière d'éluder les questions n'arrange rien. Lui qui lit d'ordinaire ses SMS à haute voix pour me faire partager sa vie dans les moindres détails, me snobe avec une gêne palpable. Je n'insiste pas, au risque de provoquer une embrouille. Je compte juste les points.

– 14, lui dis-je à la fin.

– 14 quoi ?

– 14. C'est le nombre de SMS que tu as envoyés pendant notre dîner.

– Roh, j'ai droit à mon jardin secret.

Sur le chemin du retour que je décide d'entreprendre à pied, je bénis mes baskets. J'ai le vague à l'âme parce que depuis une heure, quelques cicatrices viennent me chatouiller la sensibilité. Pendant que Lorenzo pianotait, je me suis mise à songer à notre accomplissement professionnel. La satisfaction s'accroît les mois passant, à mesure que je réalise la puissance de ce qui nous arrive. Et, pleine de ce sentiment savoureux, ma réflexion m'a conduite aux visages de ma famille.

Mon noyau dur mais aussi ses arborescences. Ma grand-mère. Elle qui n'aura pas eu le temps d'assister à mon début de réussite outre-Atlantique. Elle que j'ai trop peu vue ces dernières années, mais de qui j'étais si proche même à distance. Elle a glissé dans la nuit sans réveil peu après avoir appris l'imminence de mon rendez-vous avec Luke Tanner. La douleur de ne pas partager les moments clés de ma vie avec ceux qui ont accompagné mes premiers souffles écrase mon palpitant. On a beau me répéter que c'est le lot de tous, qu'il faut apprendre à dire au revoir, dès que je m'autorise à penser à elle, je perds pied. Comment ai-je pu gâcher tant d'heures précieuses que nous aurions pu savourer ensemble avant l'inéluctable majeur dressé de la faucheuse ? On imagine toujours qu'on aura encore mille occasions de se réunir et on avance dans la danse effrénée de la vie en remettant à demain les pauses tendresse en famille. Mais, brusquement, il n'y a plus de demain. Je revois ses rides rieuses, ses petits yeux malicieux, ses mains fatiguées mais agiles de leur volonté intarissable. J'entends sa voix plus faible mais s'évertuant à ne pas trembloter, ses histoires d'une autre époque, ses convictions inaltérables, son cœur abîmé et pourtant enclin à accueillir de nouveaux locataires. J'essuie mes joues dégoulinantes alors que j'aimerais les claquer violemment. La culpabilité me ronge autant que l'absence éternelle. Manquer ses obsèques parce que je ne pouvais pas me permettre un aller-retour en pleine finalisation de projet avec Athena Productions, c'est honteux. Et de tout mon corps d'athée, j'ose parfois espérer que je me trompe. Qu'il y a un après. Que d'en haut elle est fière de sa petite-fille ambitieuse. Qu'elle sait que je la ferai vivre en moi jusqu'à mon dernier souffle. Et que je suis forte de l'avoir connue, de m'être construite sous son aile protectrice et sage.

Entre Alceste et Alex, dans mon lit enveloppant, je rêve du jour où l'argent coulera à flots et où je pourrai rapatrier mes proches près de moi. Ce soir, le sexe ne me traverse même pas l'esprit. La présence de mes deux compagnons me rassure et leurs épaules accueillent mon trop-plein d'émotions.

♦ ♦ ♦

Love Can Move Mountains de Céline Dion vissée dans les oreilles, postée devant les pingouins, au zoo de Central Park, je suis absorbée. J'aspire ce qu'ils m'inspirent pour le recracher à travers mes crayons. Chaque être vivant du monde animal me fascine (sauf les guêpes, insectes que j'ai en horreur). Plus que l'humain en général, je l'avoue sans rougir. Tant de beauté, de fragilité et de sensibilité émanent de leur nature singulière. Je viens donc régulièrement ici puiser mon inspiration. Cet environnement m'apaise. Il est propice aux rencontres insolites, à la création, à la quiétude.

C'est maintenant l'heure du nourrissage des otaries dans le bassin central. Assise sur les marches qui surplombent leur abri, je griffonne tout en levant les yeux vers elles. Leur haleine fétide, qui n'est pas sans me rappeler celle de Barbara – le Dragon parisien de Modus – ne m'empêche pas de m'approcher de leur bouille attendrissante. Saviez-vous que durant les parades, si une femelle ne veut pas du mâle, elle se roule dans tous les sens tandis que lui s'enfuit à vive allure ? Si au contraire elle est séduite, elle frotte ses longues moustaches contre son corps et glisse avec lui dans l'eau pour l'accouplement. À chacun ses méthodes…

♦ ♦ ♦

Après une sortie nécessaire au régime du gros tigré, je me prépare pour ma soirée avec Alex. J'ai évacué les toxines en courant avec Alceste (il ne court que par mimétisme !) qui m'aura décidément fait vivre toutes les expériences. Je le soupçonne d'être comme moi quand je traverse ce genre de phase : déprimer encore plus parce qu'il a grossi, et donc manger et engraisser davantage parce qu'il est déprimé. Je compte bien mettre fin à ce cercle vicieux. Alex me rabâche : « *Honey*, tu fais un transfert idiot, c'est un chat, pas une nana ! », mais je m'obstine. Si je peux me contrôler, lui aussi !

J'ai des papillons dans le ventre en arrivant à Broadway, devant le New Amsterdam Theatre qui accueille la comédie musicale *Aladdin*. Alex a réussi à nous dégoter deux invitations pour mon plus grand plaisir. Les *musicals* sont un enchantement, ils me galvanisent. Explosion de couleurs et de notes. Le droit d'être émerveillée, de retomber en enfance. D'imaginer mes parents et Léo autour de moi, assis dans l'obscurité, face à la lumière jaillissante, écoutant *A whole New World*. Oui, *Ce rêve bleu*.

– *Crystal, is it you ?*

Une voix féminine étrangère me sort de ma rêverie et de mon main dans la main amoureux.

– Hum… Yes !

– Bonjour, j'ai parlé anglais dans le doute. Je vous suis depuis plus d'un an sur Facebook et j'adore ce que vous faites.

– Oh, merci. C'est gentil.

– Je suis en vacances avec mon amie Angie et je vous ai reconnue en passant. Je ne veux pas vous déranger mais votre défilé au Cloître des Billettes était somptueux et excitant, je tenais à vous le dire.

– Enchantée, Angie. Ah, vous y étiez ?

– Non, malheureusement, mais j'ai regardé la vidéo sur YouTube !

– La magie du web, c'est vrai. Eh bien, ravie que cette collection vous ait plu.

– Tellement ! Les chaussures aphrodisiaques, c'est le pied, si j'ose dire.

Alex fait l'impatient, je souris.

– Vous créez de nouvelles choses en parallèle de *Girls on the Grill ?* reprend-elle.

– J'essaie, oui. Je suis désolée, mais je vais devoir entrer, nous assistons à la représentation d'*Aladdin*.

– D'accord. Très belle soirée à vous. Je m'appelle Mira. Je like souvent vos posts sur les réseaux.

– Merci Mira. *Enjoy your stay in New York. Bye Bye.*

Nous nous faufilons jusqu'à nos places, douzième rang, plein centre. Alex me prend la main. Je crois que si cette intrusion fortuite l'a quelque peu mis mal à l'aise dans son rôle d'accompagnateur muet, il n'en reste pas moins fier que j'inspire ce genre de démarche. Il colle sa cuisse contre la mienne.

Ouverture de rideau. Plus un mot.

4

Éléonore

15E ÉTAGE DE LA RÉSIDENCE où je vais passer douze mois. J'ai intérêt à m'y sentir bien… N'étant pas du genre pigeon voyageur, si je ne parviens pas à faire de cet endroit un nid douillet, je risque fort d'avoir envie de rentrer précocement, et c'est ce qui pourrait m'arriver de pire.

Je rêve ou le portier, genre de colosse hawaïen sans sa planche de surf, qui me surpasse de deux têtes, m'a fait un clin d'œil ? Avec son air de Jason Momoa aka Khal Drogo (acteur de *Game of Thrones* pour ceux qui vivraient sur une autre planète), il peut sûrement tout se permettre. Je pousse la porte blindée, le charme des lieux éclipse ma lassitude. Je manque de trébucher sur une cantine de fer : celle que j'ai pris soin de faire envoyer il y a un mois, avec d'autres vêtements, chaussures, livres et dossiers. Je lâche ma valise et me précipite dans ces 40 mètres carrés que constituent séjour et cuisine américaine : les baies vitrées du fond de l'appartement offrent une vue incroyable sur Manhattan, sorte de ruche qui clignote, scintille, s'agite alors qu'il est largement l'heure de dormir. Je reste éblouie par cette féerie de lumières. Le lieu est conforme aux photos consultées sur Internet pour le choisir : immaculé, avec de beaux volumes, des meubles modernes et confortables. Sur le bar qui sépare l'espace cuisine du salon, une coupe de fruits a été disposée ainsi qu'une carte : la bienvenue m'est souhaitée par le directeur de la résidence. Une attention que j'apprécie, même si j'aurais préféré trouver un bouquet de mon mari…

La cuisine est merveilleusement équipée, avec des spots qui diffusent une ambiance cosy. Une pièce d'environ sept mètres carrés, attenante, doit servir de buanderie. Je maîtrise un bâillement, envoie mes chaussures au loin et enfonce avec délice mes orteils un peu gonflés par ce long voyage dans la matière moelleuse qui recouvre le sol. Une porte mène à la chambre unique. Lit gigantesque, écran plat. Sur la gauche, ce qui ressemble à un dressing. Sur la droite, une salle d'eau semi-ouverte vers laquelle je fonce pour remplir la baignoire d'angle : rien ne me fera plus de bien que des ablutions en croquant une pomme avant de tenter de me reposer. J'achèterai du bain moussant demain.

♦ ♦ ♦

Réveil à 5h. Je me sens fraîche comme une rose ! Un bref coup d'œil dans le miroir face au lit me fait déchanter : j'ai dormi si lourdement que la marque de l'oreiller barre une partie de ma joue gauche, j'ai pris dix ans ! Déprimée, je me passe de l'eau sur le visage, me rends à la cuisine dans l'espoir de me préparer un café… Mais il n'y a rien dans les placards.

Une lampe s'allume dans ma tête : room service ! Quinze minutes plus tard, on frappe, j'ouvre en peignoir et, surprise, le portier hawaïen me sourit de ses dents brillantes avec un plateau. Je n'en reviens pas, il ne dort jamais celui-là ?

– Hi Miss ! fait-il en entrant.

J'adore qu'on me donne du mademoiselle.

– Où voulez-vous que je pose votre petit déjeuner ?

- Oh mmh, sur la table basse, je vais le savourer en regardant les news…

De dos, il est presque plus charmant que de face. Petit cul, longues jambes. Grandes mains, torse très large.

–Vous êtes bien matinale, Miss !

–Je pourrais vous dire la même chose, vous étiez dans l'ascenseur quand je suis arrivée aux alentours de minuit, vous revoilà cinq heures après…

–Une de nos serveuses nous a plantés sans préavis, donc je donne un coup de main en cuisine. Vous êtes étrangère, non ? Vous avez un petit accent… français ?

Je réprime un sourire.

–Je viens de Paris et j'ai atterri hier soir. Avec le décalage horaire, je me suis levée tôt…

Le portier-homme-à-tout-faire murmure :

–Ah les Françaises…, d'un air rêveur, caressant son menton à barbe de trois jours – la longueur que je préfère.

Il a des lèvres charnues et des yeux hypnotiques. Il se dirige vers la porte.

–Au revoir, Miss !

–Au revoir, Monsieur.

–Appelez-moi Dylan !

Je m'assieds sur le sofa blanc, de ceux que je n'oserais pas installer chez moi. (Avec deux mômes déchaînés comme les miens, sa durée de vie serait plus limitée que celle du hamster de Lili !) Le café diffuse un arôme que je hume à pleins poumons. Les toasts sont grillés juste ce qu'il faut, la confiture et le beurre frais me tendent leurs calories, de même que les œufs brouillés. Pour mon premier matin en femme libre, je me lâche. CBS en toile de fond.

Pourrais-je tromper mon mari à nouveau ? Je culpabilisais pas mal lorsque je couchais avec Crystal, parce que je le pensais au-delà de tout soupçon. Puis j'ai eu vent de sa liaison avec la belle Émily, avocate de son cabinet, ce qui m'a sciée et décidée à le récupérer… aux dépens de ma maîtresse.

Crystal… Je me prends à rêver de nos retrouvailles. Il va falloir que je la recontacte. Je dois lui annoncer que je suis sur son territoire. La reconquérir, pour Modus. Et… pour moi ?

Avec elle, c'était simple, sans chichis, sans disputes ou presque. Rigolo, léger. Avec Jack, les derniers mois ont été tellement aux antipodes, lourds, ombrageux…

Je suis impatiente de découvrir les lieux et l'ambiance du tournage. Jean-Claude prétend que c'est un baisodrome pas possible. (Il dit cela en haussant les sourcils, mais ça l'excite beaucoup.) S'il savait que Crystal et moi, presque sous son nez, chez Modus… Avec un summum : un cunni de Crystal sur son propre fauteuil ! Période de vacances, la Tour déserte, assistante numéro 5 assoupie de fainéantise derrière son ordinateur, j'étais entrée dans son bureau pour y déposer des documents que je classais sur place. J'avais senti la féline derrière moi glisser ses mains sous mon chemisier pour effleurer mes seins. Je ne m'étais pas retournée, la laissant jouer avec mes tétons en alerte. Mon sexe s'était immédiatement mis à palpiter, d'autant que mon amante s'était collée fort contre mon dos, fourrant au bout de quelques minutes ses doigts dans mon string pour me caresser le clito. Alors que je manquais m'effondrer de plaisir, car la maligne savait remuer son index, elle m'avait enjoint de m'asseoir sur le fauteuil de notre PDG, jambes sur le bureau Louis XVIII, et s'était accroupie pour que sa langue prenne le relais de ses doigts…

Je ferme les yeux et frissonne à cette évocation, chasse l'image, mais elle revient au galop. Une chaleur monte. Je délaisse l'ordinateur, me pelotonne sur le divan, m'accorde un moment pour penser à elle. Très doucement, j'avance ma main contre mon entrejambe et dessine sous mes paupières les traits de ma Girafe…

Quelques instants plus tard, la jouissance étant venue trop vite – sans doute parce que le manque est trop intense –, je reprends conscience. Que lui écrire dans ce fichu mail ? Ne sera-t-elle pas tentée de le supprimer sans l'avoir lu ? Il faut que je l'intitule « mon arrivée à NY » pour être sûre de l'interpeller. J'attrape un stylo et une feuille pour griffonner un brouillon.

5

Crystal

Je regrette presque autant l'époque où Alceste craignait l'eau que celle où je croyais au Père Noël. Ce petit malin a compris que la baignoire n'était pas son ennemie et il est devenu celui de mes pauses détente dans le bain. La patte aventureuse, il chatouille la surface puis plonge un peu plus ses poils dans mon espace depuis de trop longues minutes. Il me défie du regard, ronronne pour ne pas abuser de l'insolence, fait mine de vouloir me rejoindre. *Non, Alceste, c'est hors de question !* Je tente désespérément de l'ignorer pour qu'il abandonne, faute de public, mais le gros tigré persiste. Il a décidé qu'aujourd'hui serait le jour de notre première baignade commune. Quand je le vois, les quatre pattes sur le rebord de mon jacuzzi, tel un équilibriste en scène, j'hésite. Faut-il attendre l'inévitable chute qui aura au moins le mérite de me chatouiller les zygomatiques ou sortir immédiatement de mes 40 degrés (je n'aime que l'eau très chaude) pour le foutre à la porte ? Il avance sa tête de mule et ose prendre une lampée qui, évidemment, brûle sa langue râpeuse tout en laissant un goût de coco sur son palais d'emmerdeur. Micro-vengeance qui me suffit et me donne le courage de quitter deux minutes ma bassine pour le congédier. Je peste contre l'eau mousseuse qui se répand sur le sol fraîchement nettoyé, lance le chat au loin et claque la porte contre laquelle j'entends son nez s'écraser quelques secondes plus tard (oui, il avait pris de l'élan).

J'immerge à nouveau mon corps en essayant de retrouver un brin de sérénité. Je repense à ma baignoire parisienne et me dis que celle-ci n'a rien à lui envier. Si l'on entrait sans trop de difficulté à deux dans l'ancienne, celle-ci accueillerait aisément trois personnes. Quelle douce image ! J'abaisse mes paupières sur mes yeux humides et laisse ma main parcourir la peau qu'elle connaît le mieux. L'heure de l'onanisme a sonné. Imagination ou souvenir ? J'opte pour la réminiscence de mon deuxième coup avec Alex. Dans la cage d'escalier d'un bâtiment des studios, sans pudeur, pleins d'un désir ardent, nous nous étions arrêtés sur un palier pour consommer notre passion naissante. L'urgence de nous posséder l'un l'autre était telle que l'idée d'être interrompus par une voix réprobatrice ne pesait pas dans la balance. Je m'autorise ici à troquer Alex contre Tom. (Le film mental est toujours plus intense avec un fantasme non réalisé.) Je revois mes cheveux plaqués contre le mur froid, ma gorge oppressée sous les doigts de mon partenaire, mon souffle court. Robe sur les chevilles, ce jour-là je me suis félicitée de ne pas porter de sous-vêtements. Il scrutait mes seins, mes hanches, mes cuisses, mon cou offerts, comme on détaillerait chaque recoin d'une peinture, assis sur un banc. Une femme n'est jamais plus vivante que lorsqu'on la réclame des yeux avec appétit et dans une inclination mutuelle. Je gémissais contre sa bouche en effleurant sa nuque. Les premiers baisers sont les meilleurs. Avec le temps, on oublie, on s'habitue, on ne caresse plus la salive de l'autre avec le même entrain. Je léchais ses lèvres parfumées à la fraise du chewing-gum, je quémandais plus de pression au niveau du cou. Me sentir étouffée par lui décuplait mon plaisir. Visage contre cette même paroi, cambrée comme une gogo, je lui tendais ensuite ma croupe, l'esprit concentrée sur le travail de sa verge en moi et de son index contre mon clitoris déjà gonflé. Les rebonds de ma tête contre le revêtement irrégulier ne me blessaient même pas. Comme si j'étais invincible. *Miam*.

♦ ♦ ♦

Devant mes mails, tignasse trempée ramassée dans une pince, je cesse de respirer. Le choc. Les lettres qui se dessinent là, sur l'écran lumineux, forment un ensemble trop connu, déjà loin et pourtant si près quand on les lit avec le cœur. E-L-E-O-N-O-R-E W-I-L-D-E. *Bam*. Ou *Bim Boom Paf*, qu'importe, ça claque fort. « Mon arrivée à NY » en objet, ça commence bien... Je clique pour ouvrir, les yeux clos, par autodéfense. Pour qui se prend-elle de venir parasiter ma vie enfin désencombrée de son fantôme ? Je me sers un whisky, allume ma lampe de bureau et m'engouffre dans ses mots après avoir pris une large inspiration-expiration façon sophro. De maigres excuses pour son indifférence à mes nombreux messages envoyés après sa lettre, pendant mes premières semaines new-yorkaises. Quelques banalités venant camoufler la gêne. Une toile de fond assez tendre, pour cueillir mon artichaut. Une grande annonce déguisée en anecdote afin de minimiser le bouleversement émotionnel. De belles pensées en conclusion, en quête d'une réponse, quoi.

Je suis tellement énervée que j'engloutis cul sec une deuxième dose de Macallan avant de me jeter sur mon téléphone.

– Lolo, tu n'imagineras jamais qui a osééé m'envoyer un mail ?

– Hum... Éléonore ?

– Ben, comment tu as deviné ?

– Tu as l'air ébranlée, choupette, c'est facile.

– Mouais, j'hallucine. Quel toupet, après tout ce temps putain !

– Roh, au fond, t'es contente d'avoir de ses nouvelles, non ?

– Absolument pas ! Je me débrouillais très bien sans elle. J'étais ravie de l'avoir confinée dans une petite boîte fermée à double tour et enterrée dans le passé.

– Les grands mots ! Arrête, tu l'as dans la peau cette nana !

– Mais t'as fumé, Lorenzo, ou quoi ? Je sais que t'es *love* de ton Christian, mais la vie en rose ça va deux minutes !

– Hey la harpie, tu te calmes ? Je n'y suis pour rien, moi... Je te dis juste que ce n'est pas une si mauvaise nouvelle.

Je peste.

– Tu imaginais bien qu'elle reviendrait un jour vers toi, poursuit-il avec une bienveillance dans la voix qui m'exaspère.

– Elle m'a abandonnée, crachant sur tout ce qu'on a vécu, tu te doutes que je ne vais pas l'accueillir à bras ouverts sous prétexte qu'elle déboule à New York ?

– Elle ne t'a pas abandonnée. Elle t'a écrit une dernière lettre d'explications très touchante, puis elle a repris le chemin de SA vie.

– Tu m'énerves à la défendre, c'est elle ta meilleure amie ou c'est moi ? Et puis pourquoi tu n'as pas l'air surpris par la *breaking news* de son arrivée ici ? Elle ne t'a pas donné de news non plus, il me semble ? Pfff, j'avais besoin que tu t'indignes avec moi, pas que tu lui serves de bouclier !

– Je ne dis peut-être pas ce que tu voulais entendre, mais je n'en ai pas tort pour autant.

– Ce n'est pas une histoire de tort ou raison. Bon, je te laisse, je dois nourrir Alceste et préparer le dîner, Alex vient de rentrer. Je t'appelle plus tard.

Je raccroche un peu vivement, étonnée par sa réaction et saoulée de le voir abonder dans le sens de la blonde. Je vais m'occuper de mes deux mâles et rester loin des femelles pour ce soir.

♦ ♦ ♦

L'insomnie est une maîtresse vorace et, pour pallier ses ravages, salvateur est le maquillage. Il en faudra une sacrée couche pour masquer l'effet tornade d'Éléonore, avant d'apparaître vide de tout tracas sur le plateau de *Girls*. Aux prises avec ces retrouvailles virtuelles, lourdes et imposées, j'ai perdu la bataille du sommeil, mais je ne gâcherai pas ma journée ! La rage au ventre, la tête haute, les talons ancrés dans le sol et les cheveux au vent : *show must go on* ! Ma réponse ? On verra plus tard, pour le moment, les mots sont derrière les barreaux de la colère.

Lorsque Ronald me fait signe de le rejoindre, la légèreté reprend sa place. J'embrasse Tom (songeant avec amusement aux sensations d'hier soir dans mon bain), Anita et Nancy qui se tiennent près de mon réalisateur préféré. David se fait maquiller un peu plus loin.

Alex, qui a pris sa moto, est déjà là. La matière de son pull col en V met en exergue ses arguments de charme, et sa couleur souligne celle de ses yeux. Bon sang, qu'il est dur parfois de se comporter en copains lointains. Seule ma pote maquilleuse Steffie est dans la confidence et Nancy, la jolie blonde de *Come on and Play*, se rapproche dangereusement de la vérité. Enfin, je sais que le cas échéant, elle saura préserver mon secret. Je le regarde officier en m'en grillant une, assise sur un trottoir, jambes – perchées sur stilettos – sous le menton. Tant d'émotions contradictoires me traversent. Le comeback d'Éléonore n'arrange évidemment rien. Quand je l'observe, lui mon compagnon pot de colle et plein de projets d'avenir, la tendresse m'envahit. Et si je ne le lui dis qu'en de rares occasions, je sais que je l'aime. Ce que j'ignore, c'est pour combien de temps. Comme tout le monde ? Peut-être. Ce « tout le monde » (référence fétiche de Steffie) est-il bi ? Imprégné de souvenirs de femmes et d'hommes ? A-t-il soif de l'humain sans étiquette ? Ce fameux tout le monde a-t-il de grandes certitudes sur son futur et la manière dont il veut jouir de ses jours voués à s'éteindre ? J'ai en permanence cette interrogation à l'esprit : quand il sera l'heure de tirer ma révérence, si tant est que je parte en douceur, aurai-je l'impression d'avoir fait les bons choix quant à ma vie personnelle ? Aurai-je savouré chaque moment de luxure, goûté assez de lèvres et su écouter mes penchants ? Quels sont d'ailleurs ces penchants ? Je tombe pour des chutes de rein, des poitrines ou des torses, un esprit vif, un humour au vitriol, une odeur, une chevelure, des mains aux ongles vernis ou aux veines apparentes, de longs cils en général, une libido insatiable assumée, un sourire franc, une interdiction en attente d'être renversée, une voix plutôt grave ou aux fêlures audibles, des creux d'épaules saillants... Je ne suis pas pour autant une grande amoureuse. Tant de pression et de craintes derrière ce mot. Celui que j'ai associé à Élé avant de l'autoriser à s'accrocher aux fesses d'Alex.

Alex, qui a réussi le tour de force de me rendre accro en m'envoyant au 27e ciel, parvient aujourd'hui à me maintenir près de lui par tous ses gazouillis, ses effusions, sa confiance et son soutien. Notre complicité a pris racine. Est-il trop gentil ? Non, il sait me rabrouer en temps voulu. Est-ce que mes besoins sexuels sont trop gourmands pour lui ? Pourquoi son désir semble-t-il secondaire, apaisé, rassasié avant l'heure ?

– Crystal, j'ai besoin de toi pour mes chaussures, me jette Sandy-la-princesse-sur-le-déclin.

– J'arriiive, fais-je sans enthousiasme mais avec professionnalisme.

J'ai suffisamment rêvassé. Allons looker la venimeuse.

♦ ♦ ♦

Tiens, un *like* de Mira, la fille qui m'a abordée l'autre soir à Broadway. C'est amusant de pouvoir mettre un personnage sur une « likeuse » compulsive. En attendant mon rendez-vous (oui, faites une croix, je suis en avance) avec Debbie Williams, journaliste pour forher.com, je zieute ma page Facebook qui a clairement besoin d'un *update*. Je lis les derniers messages privés plutôt variés, entre les curieux, les lovers, les impatients, les admirateurs, les boosteurs, les rageux, les trolls... Je déroule les commentaires et les posts. Devant mes pensées jetées, mes anciens croquis partagés, les vidéos d'événements, les articles sur mon travail dans *Girls*, les photos du défilé parisien et celles de Paula mes chaussures aux pieds, je gamberge.

La série est un vrai challenge sur le plan esthétique et médiatique, mais si j'aime constituer des looks aux pieds et créer des pompes inédites sous les encouragements de Luke et Ronald, je suis en manque de folie créatrice. Je dois livrer dans quelques semaines ma prochaine vague de créations pour la saison 2 (les dessins ayant été validés), mais je me prends au jeu de la nostalgie. Nostalgie de la liberté totale. Les contraintes avec Athena Productions sont certes maigres, parce que mes patrons m'ont choisie pour mon extravagance, mais il faut se plier à un contexte, à un rythme et aux exigences de l'air du temps. Moi je veux anticiper, j'ai la prétention dingue d'inventer un nouvel air du temps, sans carcan. Imaginer des concepts fous, tendancieux. Creuser un truc original et le produire en série, pas en one-shot pour la télévision. Voir mes chaussures aux pieds des modeuses branchées, avides de nouveautés. Sans parler de mes sacs, autre ambition en devenir.

Pour l'heure, je lance un proverbe chinois un peu provoc' en guise de statut (mes afficionados ne sont jamais étonnés, ils ont bien en tête ma collection « Mourir de Plaisir ») : « La langue des femmes est leur épée, et elles ne la laissent jamais rouiller. » Et j'ajoute : « Les doigts des créatrices ? C'est pareil. #StayTuned fashionistas ! »

Debbie Williams, ravissante brunette au carré plongeant travaillé, m'accueille avec un sourire à la Julia Roberts qui me met directement à l'aise, et on pénètre ensemble dans la rédaction de forher.com. L'endroit grouille de nanas qui mettent un peu de couleur dans cette décoration au ton blanc oppressant. Elles me décortiquent plus ou moins discrètement des yeux et je les entends penser. Le sac ceci, le make-up cela, le bustier corail fluo, gnagnagna... Debbie au top, ambiance globale à chier. Les bonjours sont soit trop insistants pour être sincères, soit fuyants ; ce qui est pire. Je m'attendais à un défilé de top-modèles façon *Diable s'habille en Prada*, mais pas du tout. Les filles sont assez sobres, leur style relativement discutable et leur physique parfois ingrat.

Dans une pièce à part, mais dont les murs vitrés ne nous préservent d'aucune curiosité, Debbie me raconte dans les grandes lignes l'histoire de la boîte londonienne. La filiale américaine existe depuis quelques années maintenant et a donné un nouveau souffle à ce mammouth de la presse féminine online. Quant à mon interlocutrice, fraîchement arrivée et pétillantes d'idées novatrices, elle semble peu à l'aise avec ce vivier de jeunes journalistes genre #SiTuMeFaisDeLOmbreJeTArracheLesCheveux.

Elle poursuit en m'expliquant plus en détails ce qui m'attend. Debbie a, en effet, imaginé un concept d'interview plutôt original qui consiste à réunir deux personnalités qui ne se connaissent pas et qui vont mutuellement s'interroger. L'ensemble est retransmis en direct par twitcam sur Twitter, où Debbie anime la conversation, afin que la communauté de fans du magazine puisse réagir et relancer les participants. J'adore !

J'ai l'honneur de converser aujourd'hui avec Leighton Meester, grande fan de mode et, surtout, sublime actrice principale de feu *Gossip Girl*. Je n'en ai pas l'air, mais je suis pétrifiée de trac. Il atteint son apogée quand Leighton pousse la porte de notre bocal, s'excusant pour son retard (« *The New York traffic, you know...* »). Je pense à la paire de chaussures confectionnée pour elle sur mesure, surprise !, qui frétille dans mon sac. Va-t-elle les aimer ? Mieux, les porter ?

Let's start this, girls ?

Go !

♦ ♦ ♦

– Ma Paula, comment vas-tu ?

– Ça va, *Darling*, et toi ? Les gens heureux n'ont plus d'histoire ? Plus de SMS de toi en pleine nuit, ça m'inquiète ! grince-t-elle.

– Roh, t'exagères ! Des histoires, j'en ai à gogo ! Mais je t'avoue qu'en ce moment, la nuit, j'ai tendance à... dormir !

– Waouh, dormir la nuit ? Incroyable, Crys, tu rentres dans le rang... Dans les ordres aussi ?

– Parle pas de malheur, s'il te plaît ! Bon, on se voit quand ? J'en ai de bonnes à te conter.

– Arf, c'est chaud en ce moment, ma chérie. Suis à Milan, je pars à Paris dans deux jours et je n'ai pas encore de billet réservé pour New York. Beaucoup d'*events* à gérer avec mon mari !

– OK, j'attendrai mon tour alors… C'est que tu commences sérieusement à me manquer ! Et puis, je ne t'ai toujours pas concocté ce dîner à la maison.

– Toi qui cuisines ? (rires) Je n'avale pas ces sornettes ! Je reconnaîtrai tous les traiteurs, je te préviens !

– Mais n'importe quoi, je te jure que la cuisine a été une révélation ! Ça me détend et c'est moins néfaste que le Lexo.

– Crys, ton anxiolytique, c'est le cul ! Comment va… euh… hum… ton… enfin tu sais, celui avec qui tu couches ?

– Paulaaaa ! Il s'appelle Alex, c'est plutôt devenu celui avec qui je vis – même si je me pose des milliards de questions à ce sujet – et tu pourrais au moins retenir son nom !

– Oui excuse-moi. Je te préférais lesbienne !

– Je ne suis ni lesbienne ni hétéro, *Darling*, je suis bisexuelle éventuellement. J'aime les êtres avant les sexes, tu en connais un rayon à ce sujet… Et d'ailleurs, je me demande pourquoi il faut rentrer dans des putains des cases. On s'en fout des étiquettes. Elles nous enferment, nous rétrécissent, nous amputent.

– Tu devrais être porte-parole de LGBT, ma grande gueule d'amour !

– Non, je ne sens pas le besoin de revendiquer, juste de vivre l'instant et comme je l'entends. D'ailleurs, elle est de retour, la blonde.

– La blonde ? Éléonore ? Comment ça de retour ? Tu fais un ménage à trois ?

– Mais non, enfin. Elle a débarqué à New York pour le boulot, dans la succursale de Modus, et elle veut me voir. Pour le moment je ne lui ai pas répondu. Je l'emmerde. Elle a bousillé mon cœur.

– Quelle tête de mule tu fais ! Elle n'a rien détruit, c'est toi qui as bouleversé sa vie et elle s'est accrochée au rocher plutôt qu'au radeau. Tu ne peux pas la blâmer éternellement pour cela. Elle est maman. Et elle t'a déjà ouvert plus d'une porte, malgré ses obligations et ses engagements…

– Mais qu'est-ce que vous avez tous à la défendre ?? D'abord Lorenzo, toi maintenant ?! Je ne dis pas qu'elle est le diable, je dis juste que je n'ai pas besoin de reprendre une part de gâteau empoisonné. Ça fait trop mal. Et puis j'en ai assez du laïus « elle est maman, elle est hétéro, elle est respectable… », elle est surtout lâche, incapable de briser ses chaînes et d'assumer. Parce qu'entre nous, il y avait bien plus que l'attraction physique, bien plus…

– Je sais, ma puce. C'est trop à vif encore chez toi, je pensais que tu étais passée à autre chose avec… Alex !

– Grrrr ! *I've moved on !* Voilà pourquoi je ne peux pas me réjouir de son emménagement dans ma ville. Enfin, je me réjouis au moins de ton retour prochain, tiens-moi au jus !

– OK, et d'ici là, essaie de ne pas tout casser, de ne pas te perdre… sauf dans tes nuits favorites !

– T'inquiète, bisous !

– T'embrasse.

Amertume. Pourquoi jouent-ils tous les armures autour d'Éléonore Wilde ? Madame je craque des allumettes puis je les noie afin de m'éclipser dans l'ombre…

Musique. Lynda Lemay. Il y a urgence. La langue de Molière se fait trop rare ici ! Une vague salvatrice de poésie qui pénètre les oreilles et titille la catharsis : exactement ce dont j'ai besoin, avant de rejoindre Delia pour la soirée.

« On a parcouru le chemin, De tes rêves à mes rêves, Tes doigts à mes seins, De ta bouche à mes lèvres, De la guerre à la trêve, Combien d' fois, mon amour, Combien d'aller-retour, Entre la haine et l'amour… »

♦ ♦ ♦

Accoudées au bar, martinis blancs en main, on trinque à nos sourires à nouveau mélangés. Pyramide d'alcools, cocktails *rainbow*, photos et cartes postales souvenirs du staff, visages de Miley Cyrus et de Madonna… Pas de doute, on est bien dans un club lesbien où il fait bon retrouver ma bande de cochonnes, rencontrées lors de mon stage chez Macy's, il y a quelques années. À l'époque, avant d'élire domicile dans le quartier de Chelsea où nous sommes nichées ce soir, Delia – mon initiatrice, ma première passion saphique – vivait aussi dans l'Upper East Side. Nous aurions été voisines aujourd'hui…

Je suis bien, un peu loin de mon quotidien qui s'est beaucoup (trop) métamorphosé. Je fais un plongeon dans mon passé avec délectation. Les néons et autres spots diffusent une lumière orangée, plutôt agréable pour une boîte de nuit. Le staff est hétéroclite, il y en a pour tous les goûts. Petites ou grandes, tatouées ou peau vierge, blondes, brunes, rousses… Pas de *crush* pour ma part, mais Delia ne semble pas indifférente à la petite blonde androgyne. Je fais donc mine de m'intéresser à la rousse généreuse, pleine de bagouzes. Un point partout. (Le truc avec les ex, c'est qu'on ne cesse jamais de compter les points.)

Tandis que les autres filles du groupe se déhanchent sur la piste de danse au sol vitré, mon ancienne partenaire de jeu ne décroche pas de son tabouret. On enchaîne les shots comme deux ados en compétition et j'apprends à l'une des barmaids une recette que j'adore, « La Madeleine », composée à parts égales de Jack Daniels, d'amaretto, de Kahlúa et de jus d'ananas. Un délice.

Selon les quarts d'heure, on oscille entre le mode commérage et le mode séduction. On observe notre environnement : la manageuse aux airs de Shane dans *The L Word* qui rince à l'œil une habituée sexy, les bracelets fluorescents qui nous évoquent nos quinze ans, les deux filles qui se doigtent allègrement dans un carré de banquettes molletonnées en se croyant peut-être protégées des regards curieux par le seau de champagne qui trône sur la table transparente… Ivre et euphorique, je textote Lorenzo pour nous réconcilier. Je n'aime pas qu'une distance s'installe entre nous, ne serait-ce que pendant quarante-huit heures.

Bientôt, on ne voit même plus les autres autour de notre bulle. C'est à peine si l'on commente la sortie de deux nanas par le videur, les affreuses ayant soudainement confondu la piste avec un ring de boxe. Main dans la main, on contourne la cabine centrale de la Djette (une Black sublime, à faire rougir Tyra Banks), qui après une demi-heure plutôt transe-électro nous balance du Katy Perry avec un « I kissed a girl » qui donne le ton. On fend la foule éméchée qui s'emballe et se mélange. On croise la *womaniser* de la soirée qui en est, si l'on a bien compté, à sa troisième *target*.

Point de chute : les toilettes. De belle taille, mais relativement encombrées à cette heure tardive. Nous nous faufilons derrière une porte et je devine le programme. Le loquet verrouillé, Delia me bloque avec ardeur. Elle agrippe et baisse mon décolleté pour libérer mes seins et les empoigner. Sa langue est vive, gourmande. Je me laisse aller à la même frénésie alcoolisée en fourrant mon doigt entre ses lèvres pulpeuses, en tirant ses cheveux pour la regarder. Elle sort un sachet que je connais trop bien (même si je ne le fréquente plus qu'occasionnellement) et serre mon cou : « *Don't move, OK?* » J'ai envie de l'écarter sur la cuvette close et de la lécher jusqu'à ce qu'elle explose mais, pour le moment, j'obéis. Ma lionne recouvre mon sein gauche d'un petit tas blanc qu'elle aspire dans un 20 dollars et finit à la bouche. À mon tour. J'avais oublié comme sa poitrine était parfaite. Si ronde et ferme qu'on pourrait y tracer bon nombre de lignes. Je m'accroche à ses hanches pendant qu'elle agite index et majeur en moi, pouce sur mon clito. Je hume l'odeur sucrée de son cou en haletant. Delia est directe, chaude comme Le Caire en été, dominatrice comme… Alex ne l'est plus.

Merde, Alex. Cette pensée malvenue ralentit mon élan. Mais qu'est-ce que je fous ? Et quand elle me demande si l'on va chez elle ou chez moi, je lui rappelle soudain que chez moi, c'est chez nous désormais. Impossible de concrétiser nos pulsions. Je la plante ici, elle déchante mais ne m'en veut pas. Je sais seulement que, du coup, pour elle la nuit ne s'arrêtera pas là…

6

Éléonore

LE SOLEIL ÉCLATANT me donne la sensation d'être vraiment ailleurs – nous avons quitté Paris sous la flotte. Je me suis peu à peu accoutumée, en une semaine, à être loin. Le jetlag a été doux, finalement. Le week-end dernier, je suis beaucoup sortie, pour faire des courses, repérer les lieux, respirer l'air de New York. La semaine a été consacrée au rangement : entre la valise, la cantine et ce que j'ai acheté sur place pour me sentir bien chez moi – plantes, cadres, éditions en anglais de mes livres cultes, linge de maison. Mais hier, un Skype avec les enfants m'a flanqué un sacré coup de bourdon. Je me suis retrouvée comme une Américaine à la con, devant sa télé, à la nuit tombante, avec un grand pot de Ben & Jerry pour recueillir mon chagrin. Je n'ai pas recroisé Dylan le portier. Et je suis pleine de doutes quant au mail envoyé à Crystal : aucune réponse.

Pour l'instant, je dois retrouver Barbara, comme convenu. Il est 8h, nous nous présenterons chez Modus Five, filiale du groupe installée sur la 5e Avenue, non loin du chantier du resto-room, à 10h. Barbara est en retard, je me pose au Starbucks, commande au comptoir un *cafe latte* medium et un bagel au sésame avec lesquels je m'assieds devant la vitre nous séparant de la rue. Je m'apprête à tartiner de *cream cheese* ma gourmandise, quand la Barbante débarque. Alors que j'ai opté pour une sobriété de saison – robe bleu nuit façon sixties, taille rehaussée par une ceinture vernie, sautoir et bottines, long manteau noir – ma collègue en a fait des tonnes. Je suis médusée par son total look léopard des neiges. Pour un peu, on dirait la femme-chat, cette créature archi-refaite qui fait ponctuellement les choux gras de la presse de caniveau. Sous son manteau de fourrure, un legging imprimé et un pull-over ample (elle peut difficilement faire autrement) orné d'une tête de félin. Sous sa toque russe également en fourrure, un brushing asymétrique. Une drôle de manucure vient compléter fort peu harmonieusement son sac à rayures de zèbre.

– Ben oui, faut leur en mettre plein la vue, à ces Américaines sans aucun goût ! fait-elle en s'affalant dans un club à ma gauche. Garçon ! hèle-t-elle, oubliant que chez Starbucks, on ne vous sert pas.

Sans commenter, je m'occupe de mon bagel, sur lequel elle lorgne.

– Tu manges ça, toiiiii ? Et ta ligne ? Tu vas nous prendre dix kilos en un an ici, mon chouuuu !

Ce qu'elle m'énerve, la grosse ! Et elle ne m'a jamais appelée son chou, que je sache ! Je relève :

– Barbara, les filles de Modus Five sont des Françaises envoyées par Jean-Claude dès la création du bureau et l'ouverture du magasin il y a cinq ans.

– Mouais, enfin s'il avait confiance en elles, il ne nous enverrait pas pour *Le R* (futur nom de notre resto-room) !

Elle n'a pas tort.

– Asseoir... notre... autorité est une priorité, éructe Barbara, peinant à prononcer le mot « notre ».

J'apprécie son effort, à tel point que je l'aiguille :

– Va chercher ton café, sinon tu vas crever de soif...

Indigné, le mammifère s'exécute et revient avec un cappuccino et une part de tarte au citron meringuée. (On se demande qui va prendre des kilos, ici.)

– Barbara, je suis convaincue qu'il faut opérer en douceur. Après tout, nous n'allons pas interférer avec leur boulot.

Nous allons simplement nous installer dans leurs murs, au-dessus de la boutique, pour y conduire les opérations concernant GOTG. Pourquoi voudrais-tu asseoir une autorité quelconque sur elles ?

Elle ne répond rien, mais mon raisonnement l'exaspère. Elle considère que l'équipe de Modus Five devrait être sous ses ordres, malléable et corvéable à merci. Pour arranger l'affaire, Jean-Claude lui a fait miroiter qu'elle serait à la tête de cette petite ruche new-yorkaise, ce qui l'a évidemment attisée. Je sais qu'il n'en sera rien.

– Tu es vraiment une faiblarde, incapable de domination lorsqu'il en faut…

Je soupire. Nos mois de cohabitation pour que le resto-room existe et prospère, vont être longs.

♦ ♦ ♦

Quelques pas sur les trottoirs de la 5e Avenue avec mon cachalot persuadent ce dernier qu'il n'a décidément pas choisi la bonne tenue.

– Je ne comprends pas, gémit-elle, il est censé faire un froid de gueux à New York, à cette époque de l'année !

Elle a confondu l'hiver et l'été indien… Je me fiche pas mal de son malaise. Elle n'a qu'à enlever cette toque hideuse, merde.

La boutique Modus Five est lovée dans un immeuble des années 1880, style Dakota building, dont notre groupe possède le rez-de-chaussée et les deux étages au-dessus.

– Pff, Jean-Claude n'a pas pu s'empêcher de choisir un vieux bâtiment démodé, on est à NY bon sang, il aurait pu nous installer dans une tour dont le sommet se perd dans les nuages ! râle la Carton.

Quel manque de goût. L'immeuble en question évoque tellement la France que justement, en termes d'image, c'est très raccord. Et en France, la tour Modus évoque la modernité d'un groupe international…

La devanture de cette boutique est minimaliste, avec deux mannequins plus vrais que nature, et pour cause : ce sont des modèles humains. Une idée qui avait choqué ou charmé, mais avait fait parler de la marque… L'homme est vêtu d'un très beau costume mais met surtout en avant de la maroquinerie. La femme offre une palette de maquillage et de flacons de parfums, dont le fameux *Ladies' Taste* lancé l'année dernière…

– Jouons aux clientes étrangères ! souffle la Barbante. On va tester un peu le professionnalisme et le savoir-faire de nos employées…

Leur patience, tu veux dire ! Je lève les yeux aux gratte-ciel. Barbara parle de Modus comme si la boîte lui appartenait.

Modus Five est un petit bijou esthétique que j'avais déjà vu en photo : la réalité dépasse la qualité des visuels. L'espace est feutré, peuplé de canapés crème et de cubes d'exposition des articles à vendre. Tapis de laine soyeux blancs (j'imagine qu'on les change souvent !) sur parquet blond, musique douce, éclairage malin, de grandes étagères d'acajou parcourant les murs où l'on ne trouve pas que des produits Modus mais des boîtes à bijou, des livres, des miroirs… Le lieu est vraiment original. Des effluves discrets d'un parfum ambré chatouillent mes narines. On n'a qu'une envie, se jeter dans un fauteuil et rêvasser. Trois vendeuses comme échappées d'une agence de mode se précipitent : l'une propose de prendre nos manteaux (elle reste impassible face à l'accoutrement de Barbara), l'autre nos sacs, et la dernière nous tend une coupe de champagne.

Ma consœur laisse choir son attirail, dédaigne la coupe (quand même, à 10h du matin…), commande un Périer rondelle, s'affale sur un divan et ordonne en français qu'on lui apporte la collection de sacs du printemps dernier. Tous ?

– Comment voulez-vous que je choisisse, si je ne vois pas TOUT ?

Les petites s'affairent, elles comprennent notre langue, *un bon point*, enrage Barbara en silence. Je souffle discrètement.

L'autre continue son numéro de chieuse professionnelle, réclamant des produits anciens, s'étonnant de la difficulté de ses interlocutrices à apporter certains articles. Je suis obligée d'interrompre ce manège ridicule au bout d'un quart d'heure, si je la laissais faire on y serait encore trente minutes plus tard. Nous abandonnons les filles en nage, le cheveu en l'air, déboussolées par cet ouragan parisien. Coup de grâce : elles nous voient franchir l'accès voisin du leur, qui mène directement aux bureaux, dont je tape le code en évitant leur regard.

Barbara s'esclaffe.

– Une bonne petite leçon d'humilité, y'a rien de tel pour vous remettre les idées en ordre !

♦ ♦ ♦

L'open space de Modus Five rappelle furieusement celui de la Tour du 16e à Paris : un genre de boudoir d'hôtel particulier du XVIIIe siècle avec des meubles clairs, des bibliothèques, des photos et des affiches de campagnes publicitaires, des fauteuils et des coussins moelleux. L'accueil de l'équipe est chaleureux.

– Bienvenue à New York ! Nous étions impatients de vous rencontrer, on a beaucoup entendu parler de vous par deux de nos stagiaires qui ont passé six mois à Paris dans vos bureaux. Je vous emmène en salle de réunion, nous allons faire connaissance devant des boissons chaudes et des viennoiseries…

Je sens ma Grognon déboussolée et je comprends… qu'elle n'a pas saisi exactement ce que nous dit la directrice de Modus Five. Je ricane, ça n'est que le début, j'avais oublié à quel point l'anglais de cette grande directrice du marketing est mauvais.

Nous nous asseyons dans la réplique de la salle de réunion de Modus France. C'est impressionnant de retrouver notre décor, avec des protagonistes différents. Barbara bâfre, elle se fout éperdument de ces gens qu'elle met au même niveau, largement inférieur au sien bien entendu. À notre tour, nous exposons rapidement nos parcours – la tirade de Barbara est un sketch, bourrée d'erreurs et d'approximations, de contresens, même. Nos futurs collègues ont l'élégance de ne pas les souligner. La Pompeuse vante son parcours chez Modus, étape par étape, et comme ça fait trente ans qu'elle y œuvre… L'assistance se ramollit, son charabia est tellement alambiqué !

Je lui coupe la chique.

– Nous sommes face à un nouveau défi, avec le projet GOTG. Qui chez vous nous aidera pour cela ?

– Lindsay, qui a géré avec messieurs Viss et Tanner l'achat du rez-de-chaussée où sera installé le resto-room.

Resto-room, contraction de restaurant et de showroom. Sobrement, *Le R*. Nos homologues ne tardent pas à quitter la pièce pour nous laisser avec Lindsay qui nous montre notre bureau. (Eh oui ! il fallait bien que ça nous arrive, à Barbara et moi, une cohabitation spatiale forcée…)

Charmante brunette aux yeux bleus d'à peu près mon âge, vive, pétillante. Je ne peux m'empêcher de trouver ses fossettes craquantes. Une bouche rose et glossée. Décolleté discret où pigeonnent deux pommes rondes que je… Mais qu'est-ce qui m'arrive ??

Lindsay nous fait un point rapide sur la situation : le local a été acheté, et une entreprise est déjà en train de faire de gros travaux de démolition des murs ainsi que de nettoyage des sols. Elle a sollicité des devis d'une dizaine de cabinets d'architectes d'intérieur afin de reproduire un mix des deux restaurants de *Girls on the Grill* (*Hazard Games* et *Come on and Play*). Quant à la boutique, elle sera à l'image de toutes celles du groupe, mais il y aura une partie déco conséquente à mettre en place. Il faudra ensuite recruter un chef et une équipe de commis et de serveurs, sélectionner nos fournisseurs alimentaires, construire la carte des menus, organiser des repas tests. Le showroom devra présenter tous les accessoires de la série : des commandes ont déjà été passées dans nos usines habituelles.

Lindsay est passionnante, son point de vue sur le succès de *Girls on the Grill* est précieux pour la suite des événements.

– C'est une série qui a réussi à regrouper plusieurs tendances pour raconter une histoire haletante. D'une part, vous avez cet engouement pour la cuisine, depuis quelques années, comme en témoigne le succès des *real tv shows* autour des concours culinaires et de la haute gastronomie. D'autre part...

– Le glamour, le sexe, la mode ! je complète.

Elle sourit.

– Exactement. Et du suspense. Il y a de la compétition. Deux anciennes très bonnes amies devenues rivales, prêtes à tous les coups, entourées de serveurs et de serveuses sexy. Entre l'amour, les coups bas, les machinations, il y a beaucoup de scènes de...

Elle ne complète pas, pudeur américaine ? Je ne dis rien, nous sommes sur la même longueur d'onde.

– Et que va proposer la saison ?

Lindsay me regarde attentivement.

– Justement, le brief est tenu ultra-secret, Tanner et Viss exigent que RIEN ne filtre... Tu verras, les scénaristes se sont défoncés. Les idées fusent tous les jours, on assistera à une de leurs séances d'écriture, c'est impressionnant !

– Mais combien sont-ils ? Ils n'ont pas terminé la saison ?

– Ils sont quinze et, tu sais, le scénario est en retouche et écriture permanentes. Rien n'est figé. Tiens, il y a dix jours, ils ont par exemple eu l'idée géniale d'introduire une *guest star* et Pink, leur premier choix, a immédiatement accepté...

Crystal doit kiffer. Barbara fronce les sourcils. Si la situation est plutôt rigolote pour le moment, ses grosses lacunes dans la langue de Shakespeare deviendront un vrai problème à moyen terme. Lorsque Lindsay nous propose d'aller déjeuner, je décline : j'ai rendez-vous avec ce brave Lorenzo, dans un petit bistrot non loin de là.

♦ ♦ ♦

Lorenzo m'attend, déjà attablé, visiblement très heureux de me voir. Il a réussi à s'évader de l'atelier de Tribeca pour me rejoindre dans le sud de Manhattan. Nous échangeons nos dernières nouvelles, et assez rapidement, Crystal débarque au menu de nos discussions. Entre deux assiettes généreuses d'antipasti qu'on chipote plus qu'on ne déguste, la silhouette de la jeune femme se profile : Lorenzo n'est pas surpris du silence de Crystal vis-à-vis de mon mail.

– Mets-toi à sa place. Elle est partie à cause de toi...

– N'en rajoute pas, Lolo, elle a eu une super occasion et elle a quitté Paris. N'empêche que ça ne résout pas mon problème : son silence.

– Relance-la. Tu sais bien qu'elle aime se faire désirer. Et impulsive comme elle est, elle ne résistera pas bien longtemps !

– Et sinon, elle est heureuse ?

– Très. Sa vie a beaucoup changé, tu sais... Elle sort avec un mec qui travaille sur le tournage.

J'ai beau essayer de lui faire cracher le morceau, Lorenzo reste de marbre et ne m'en dit pas plus. Quels changements sont à l'œuvre dans la vie de mon ex ? Il n'est en revanche pas avare de détails sur sa vie sentimentale, ce qui me paraît plutôt nouveau puisqu'à Paris, il demeurait très discret sur la question. Ainsi, il partage son quotidien avec Christian, beau métis qui bosse dans le milieu médical, rencontré lors d'un concert il y a presque un an...

Et puis il y a une petite nouvelle, plus si petite que ça : Scarlett. Quand j'entends un miaulement venir de son grand sac de courses, j'hallucine : Lorenzo a adopté le tic de sa complice, trimballer son chat sensible partout avec lui. Heureusement, Scarlett se tient tranquille et n'est pas sujette aux gastros de son papa Alceste...

Le monde tourne à l'envers. Crystal et Lorenzo pépères en couple, moi seule dans la Grande Pomme avec mon cachalot de Barbara et un portier trop beau pour être innocent.

♦ ♦ ♦

19h30. Fin d'une journée bien remplie, où nous avons établi un rétro-planning (en français !). Alors que nous éteignons les ordinateurs, et que Lindsay nous a déjà quittées, Barbara s'adresse à moi sur un ton que je ne lui connaissais pas, mélange étrange d'humilité et de grogne :

– Que fais-tu ce soir ?

Étonnée, je lui réponds cependant la vérité :

– Je dîne avec une vieille tante installée ici depuis des lustres…

– Oh je vois… Vous avez rendez-vous tôt ?

Je consulte ma montre.

– D'ici une heure, mais elle vient chez moi et il faut que je passe chez le traiteur chinois et chez le caviste, que je me douche rapidement…

Barbara n'insiste pas. Je suis très intriguée par sa démarche. Que voulait-elle donc ? Me parler de quoi ? De ses difficultés de compréhension en anglais, qui l'ont rendue pensive ? Raté, elle doit être nostalgique, puisqu'elle se dirige vers les ascenseurs en me lançant :

– Bon, je vais skyper avec Auguste alors…

Elle vient de me faire penser que je dois moi aussi appeler Jack. Les enfants. Entreapercevoir la replète Maëlis s'affairer dans mon appartement.

En remontant les bras chargés, je tombe évidemment nez à nez avec Dylan. Sourire ravageur. Chemise immaculée légèrement entrouverte sur un poitrail glabre alors qu'il est plutôt du genre colosse un peu poilu, au premier abord. Se fait-il épiler le torse ? Il prend d'autorité mes paquets, avec une œillade malicieuse en prime :

– Vous êtes là depuis dix jours et vous voilà déjà bien occupée ! J'espère que votre séjour à NY ne se limitera pas… à travailler !

– Beuh, pas tout à fait, enfin si beaucoup, mais là par exemple ce soir, je reçois ma vieille tante Céleste…

–*Nice*, commente-t-il, neutre.

–Et, hum, je suis décidée à profiter de tous les avantages de cette ville...

Je n'en reviens pas. C'est vraiment moi qui dis ça, avec les yeux qui brillent ? Moi qui réponds à une sollicitation qui n'en n'est pas vraiment une ? Qui rougis et qui ai l'air d'avoir quatorze ans ? *God.* Ça faisait longtemps qu'un homme ne m'avait pas fait rosir, habituée que je suis à jouer à la citadelle imprenable...

Dylan m'aide à déposer mes courses et croise ma tante qui débarque.

–Bonne soirée, miss Éléonore ! claque-t-il avec sa dentition étincelante et alignée.

Céleste doit avoir soixante-quinze ans mais en paraît quinze de moins. Elle n'a jamais eu d'enfants et se balade depuis qu'elle est majeure dans le monde, à son gré, en fonction de ses envies, avec un reste d'éducation catholique cependant chevillé quelque part. Très mince (c'est une adepte de Pilates), les seins refaits mais pas le reste (de ses propres aveux), vêtue d'une longue robe de bohémienne un peu baba-cool en dentelle, elle est encore ravissante.

Elle regarde l'Hawaïen s'éloigner, l'air faussement suspicieux :

–Miss, Miss... Et qui est-il, celui-là, pour ne pas savoir que tu es mariée ? marmonne-t-elle avec une feinte réprobation.

Je ne réponds pas, la serre dans mes bras. La perspective de passer quelques heures avec elle me fait plaisir. La sœur cadette de mon grand-père paternel, qui s'est toujours très mal entendue avec lui, m'a souvent prise sous son aile. C'est elle qui m'a suggéré de partir à Rome pour me consoler de la mort de mon premier petit ami. Et elle, surtout, qui m'a initiée à la peinture dès mon plus jeune âge... Elle a, dans ses jeunes années, amassé un petit pécule en tant que marchande d'art, qui lui permet aujourd'hui de vivre tranquillement dans un bel appartement de Brooklyn.

–Tu te rends compte, j'ai acheté mon loft pour une bouchée de donuts, il y a quarante ans ! Aujourd'hui, vieille dame retraitée que je suis, je cohabite avec la faune d'artistes les plus branchés des environs... Et je dois admettre que c'est très distrayant !

La tante Céleste m'amuse beaucoup. Elle en rajoute des caisses car une de ses grandes phobies est d'être ennuyeuse et de faire fuir ceux qu'elle aime.

Vers 22h, le signal reconnaissable entre mille de Skype s'annonce alors que nous dégustons le fond de la bouteille : je bondis pour décrocher. Tante Céleste s'approche, ravie à l'idée de voir mes petits. Le visage de Jack apparaît.

– Qu'est-ce qu'il est beau, ton mari, murmure ma tante, alors que la connexion s'établit.

– Salut Élé, oh tiens, bonjour Tante Céleste !

– Où sont Jules et Lili ? je demande immédiatement, un peu trop vite sans doute car le visage de mon époux se crispe.

– Au parc, avec Maman...

– Oh, tu ne veux pas me rappeler quand tu es avec eux ? Ou mieux, tu descends les retrouver et on s'appelle avec Viber ? Normalement tu captes notre wi-fi, en bas...

Jack s'agace.

– Écoute Élé, j'appelle parce que j'ai besoin qu'on discute d'un truc, alors tu vois, les enfants ça peut attendre...

– Je dis ça parce que justement je suis avec Céleste et que ça lui ferait tellement plaisir de...

– On verra ça une autre fois. Je voudrais te par...

– Je suis en train de finir de dîner avec Cél...

– Les enfants, je m'apprêtais à partir ! Pas d'inquiétude. Parlez sans peur ! interrompt ma tante, gênée.

L'œil courroucé de Jack laisse peu de place au doute sur le sentiment qui le traverse. L'attitude de mon mari m'énerve.

– Il est hors de question qu'on abrège, Céleste, je ne t'ai pas vue depuis trois ans !

– Oui, et moi tu me croises demain peut-être ? ironise Jack.

– T'es à la maison, non ? Il est quoi, 16h ? Tu as fini de travailler ? Donc il me semble assez simple de te rappeler d'ici une heure pour...

– J'ai d'autres plans. *Ciao*, on essaie *later*.

Jack coupe et on en reste éberluées.

– Eh ben dis donc, c'est plutôt tendu entre vous, non ?

– Le mot est faible.

– Cela date-t-il de ton départ ?

– Ça n'a fait qu'empirer. La situation n'était pas extra *anyway*…

– Pauvre biche, va, je n'aimerais pas être à ta place. Moi tu vois, quand mon bon José nous a quittés, je ne l'ai pas remplacé. Je l'aimais beaucoup, mais la vie à deux, c'est trop compliqué ! Vivre seule, quel pied !

– J'y songe parfois, fais-je sans conviction. J'en profiterais pour me remettre à la peinture…

– Ne me dis pas que tu t'es arrêtée ?!

– Tante Céleste, tu sais, depuis mon mariage… avec mon job chez Modus… les jumeaux… J'ai été submergée par un tas de trucs qui…

– Tu n'as aucune excuse, Trésor. Il ne faut pas abandonner ses rêves. On doit toujours leur trouver une petite place dans nos quotidiens, aussi surbookés soient-ils. Je n'arrive pas à le croire, tu as renoncé à la peinture… Pourquoi ne m'en as-tu pas parlé avant ?

– Tante Céleste, la dernière fois qu'on s'est vues, j'étais en transit à NY pour Modus, et nous avions une heure à profiter ensemble sur un banc de Central Park autour d'un bretzel car tu partais en balade pour Tokyo…

– Ah bon ? Tu es sûre ? Ne change pas de conversation, mon trésor. La peinture, ça doit te manquer atrocement ? Quand tu étais ado, une journée sans dessiner était une journée monstrueuse et perdue ! Que s'est-il passé ?

– Je te l'ai expliqué, je grogne avec lassitude. Le mariage, le boulot…

– Ttttt, tssss, qu'est-ce que tu me racontes ? Interroge-toi un peu plus sincèrement, tu verras que cet abandon a des raisons beaucoup plus profondes que ça. Ne te mens pas à toi-m…

– Je n'ai pas exactement lâché. Tiens, regarde, j'ai prévu de faire de la buanderie un petit atelier pour m'y remettre…

Ma tante ne sait pas si elle doit se réjouir ou pleurer. Reléguer l'art dans un placard est une idée qui la débecte… Elle n'ajoute rien, me suit lorsque je me lève pour lui montrer le réduit qui servira de cadre à mes retrouvailles avec un art qui a tant compté pour moi. Finalement, le réduit n'en est pas vraiment un : il est très bien agencé, j'ai de la place pour entreposer des toiles, deux chevalets, et les étagères seront utiles pour le matériel dont j'ai besoin.

– Je t'envoie par mail une liste des boutiques que tu dois explorer pour te procurer le nécessaire ! promet-elle en bisant mes joues en guise d'au revoir.

Je me couche une demi-heure après et me plonge dans le scénario captivant de cette série qui n'a pas fini d'étonner le public…

7

Crystal

CHOISIR. Deux syllabes, aucune poésie, sonorité presque agressive. Je crois que je déteste ce mot. Pourquoi choisir entre un café vanille française du Tim Horton (au croisement de la 7e et de la 50e) et un *latte* du Starbucks ? Pourquoi choisir entre un chaton et un chiot ? Pourquoi choisir entre les femmes et les hommes ? Pourquoi choisir entre Éléonore et Alex ? (Non, celle-là je la retire.) Pourquoi choisir entre ladite « vraie musique » des intello-bobo-chiants, soi-disant détenteurs du bon goût, et la musique commerciale à gros succès, qui est nécessairement... mauvaise. Sauf si son auteur/compositeur ou interprète est décédé, naturellement. Je prends mon pied en écoutant Céline Dion qui vend des millions d'albums, j'aime me passer du Mozart et j'appréciais London Grammar avant leur apogée médiatique. Populaire ne rime pas avec médiocre, et ce qui reste confidentiel ne tient pas toujours du génie...

Choisir. Entre le camp Anita ou le camp Sandy. Le tournage d'aujourd'hui est axé sur une grosse embrouille entre les deux patronnes de restaurants branchés et conceptuels. Mais la réalité rattrape la fiction et l'ambiance en pâtit. Anita étant dans la vie quelqu'un de plutôt réservé (contrairement à son personnage bien trempé à l'écran), l'équipe a tendance à prendre son parti face à l'ouragan Sandy, qui se déchaîne à la ville comme dans la série. Alors Ronald tempère, puis s'emporte devant la trotteuse maîtresse.

– Le temps c'est de l'argent, les querelles de maternelle, c'est pour les amateurs ! Passez vos nerfs sur vos mecs, vos nanas, vos enfants ou, que sais-je, vos animaux, mais en studio, soyez pros bon sang ! On prend 10 minutes de pause et ensuite on déroule sans anicroche, OK ??

Quelques soupirs en dedans mais, globalement, chacun part en break la queue entre les jambes. Quand Ronald hausse le ton, les ego descendent d'un étage. Tous sont conscients qu'il est le bras droit de Luke et qu'une étincelle de trop peut coûter cher.

De mon côté, j'installe les chaussures sur mes serveuses adorées, Nancy et Amber, qui auront besoin d'être au top pour les prochaines scènes. Entre la choré sur le bar pour l'une et le lap dance pour l'autre, les pieds vont être exposés ! J'ai plus de chance que Sandy : mes créations font l'unanimité. Les filles se sentent sublimées, sans avoir les orteils trop massacrés, et moi je regarde mes bébés vivre leur vie d'actrices inanimées. Oui, ce ne sont que des pompes ! Mais j'y mets tant d'amour…

♦ ♦ ♦

Silence. Voici un autre mot que j'ai en horreur, sauf s'il est associé à une jolie vue sur la mer, au souffle du vent iodé et au soleil qui caresse la peau ; l'ensemble autorisant à se retrouver avec soi-même, en paix. Mais quand le silence est lancé sans vergogne par un être avec qui l'on a partagé tant de mots, de sourires et d'orgasmes, il est intolérable. Il ronge. On y répond d'abord avec indulgence et entrain, puis avec agacement léger. Ensuite vient la tentative de gentillesse excessive, éventuellement l'humour, avant que la colère ne s'installe et ne s'accroisse, inexorablement. SMS, mails, messages vocaux, tout y passe. On se demande si l'on a rêvé la relation avec l'autre ou si ce dernier est devenu fou ? S'il peut si facilement effacer tant de souvenirs et de battements de cœur… Puis l'on s'enferme dans ce même silence, en tentant d'occulter la douleur vive, générée par ce combo destructeur : l'incompréhension et l'incertitude.

Comment Éléonore, ma complice, mon amante, ma partenaire de création, mon mentor et mon initiée, le yin de mon yang, a-t-elle pu m'infliger ce silence méprisant pendant de si longs mois ? Pire, comment ose-t-elle réapparaître maintenant ? A-t-elle subi une amnésie passagère ? Un voile jeté sur nos ébats dans les escaliers, nos frôlements à la machine à café, notre soirée de lancement et notre défilé, notre première nuit, nos soirées arrosées, nos manigances et nos yeux repères de l'autre ?

Quand je m'attache, je fais un gros nœud. Voilà pourquoi son come-back me fait si peur. J'en ai versé des larmes pour défaire ce lien, de toutes mes forces, et coller quantité de pansements. La plaie n'est plus à vif, mais il en faudrait peu pour creuser les chairs.

Je profite de ma pause pour m'isoler, téléphone en main. Il faut que je l'appelle puisque par mail, je ne trouve pas les mots. Je tremble, allume une menthol et rassemble mon courage. J'ignore si je vais l'accabler, m'attendrir au son de sa voix ou fuir grâce au bouton rouge péremptoire de mon écran d'iPhone. Ça sonne…

– Allô ?

– Salut, c'est Crystal !

Elle reste interdite, dans un silence qui semble prendre racine, avant d'enchaîner, tremblante :

– Ah, Crys, tu as donc bien reçu mon mail…

– Oui, en effet.

– J'imagine que ça a dû te faire un petit choc d'apprendre mon arrivée… tente-t-elle du bout des lèvres.

– C'est un euphémisme, Éléonore, un euphémisme…

Je ne veux pas lui faciliter l'échange. Je lui donne du « Éléonore » distant et tente de ne pas m'émouvoir face à cette connexion téléphonique, qui réveille tant d'agitations contradictoires à l'intérieur.

–Je m'en doute. Ce n'est pas facile pour moi non plus tu sais, après plus d'un an… Mais je préférais t'avertir avant que tu me voies débouler sur le tournage de *Girls*…

–Comment ça ? Tu m'as dit que Jean-Claude t'avait envoyée ici pour un projet top secret lié à Modus… Quel rapport avec la série pour laquelle je travaille ?

–Jean-Claude s'est associé à Luke Tanner pour construire ce fameux projet sur lequel Barbara et moi venons plancher pendant un an…

–Barbara ? Un an ? Luke et le BB ? Putain, c'est quoi cette histoire ? Je vais devoir me taper le Dragon ET mon ex durant les douze prochains mois ? Heureusement que je suis déjà assise, hein…

–Je suis désolée de débarquer comme ça. Cela dit, tu vas voir, c'est une idée grandiose, pour *Girls* comme pour Modus. Et même pour toi…

–Comment ça pour moi ?

–Je ne peux pas tout te révéler maintenant… Mais je t'assure, il y a plus de bonnes nouvelles et d'innovations que d'emmerdements.

–Si tu le dis, je réponds en masquant la curiosité qui me pique.

–Et puis, Barbara et moi, nous nous diviserons les tâches. Tu ne la croiseras pas autant que moi a priori.

–Je ne sais pas si ça me rassure. Tu as laissé ta famille chérie à Paris, pour une année complète ?

–Oui… Enfin, ferai des allers-retours réguliers pour les jumeaux évidemment. Et comment va Alceste ? Il s'habitue à sa nouvelle vie ?

La maligne détourne la conversation sur un terrain neutre, censé faire écho à une complicité passée.

–Sa nouvelle vie date un peu déjà, tu sais… Il a pris des rondeurs très américaines que je m'efforce de combattre avec du sport à gogo et des croquettes allégées, mais globalement, il va bien.

–Tant mieux.

– Sur ce, je vais devoir te laisser Éléonore, je dois retourner bosser.

– OK. Je te vois bientôt dans les studios alors.

– Sûrement oui. Bonne journée.

– Je t'embrasse.

Ça aurait pu être pire. Je me répète cette phrase comme pour tempérer le mouvement circulaire qui retourne mon bide, et le tambour sous mon sein gauche.

♦ ♦ ♦

Lorenzo et Christian sirotent un Coca Zero devant les derniers modèles de chaussures réalisés, qui trônent sur une grande table en bois rectangulaire, au milieu des plantes miniatures si chères au cœur de mon acolyte. Même de dos et dans une posture des plus banales, l'amour est palpable. Je suis heureuse que mon Lolo ait enfin trouvé son étalon et qu'il me soit suffisamment agréable pour éteindre tout feu de jalousie.

– Hello mes boys !

– Tatass !

– Salut beauté ! On parlait justement de toi en contemplant tes *shoes* pour *Girls* !

Christian, Chris pour les intimes – très pratique pour Lolo –, est un beau métis aux allures de Shemar Moore (oui, les tablettes de chocolat les plus connues de *Criminal Minds*) qui a la double nationalité franco-américaine et qui gagne sa vie en tant qu'anesthésiste pour une grande clinique de chirurgie esthétique. Lieu idoine pour faire la promotion de nos créations auprès des patientes, dont certaines rêveraient visiblement qu'on leur dessine une paire inédite. De potentielles clientes pour notre boutique en ligne *Cryzo* qui propose, depuis peu, ce genre de services…

– Madame Harper qui s'est retapé l'intégralité de la saison 1 de *Girls* pendant sa convalescence m'a encore tanné pour savoir si elle pourrait un jour te rencontrer dans ton atelier. Elle est prête à y mettre le prix, tu sais…

– Christian, je ne suis pas à vendre !! Mais j'organiserai un jour une visite des ateliers via les réseaux sociaux, tu lui diras de s'inscrire, OK ?

– Et moi, personne ne veut me payer pour une rencontre ? s'indigne Lorenzo.

– Essaie de parader en stilettos sur la toile, avec Scarlett dans les bras, peut-être que ça viendra… je jette, piquante.

– C'est ça, joue les malignes, Crys… Tu as des news d'Éléonore, au fait ?

– Je l'ai eue au téléphone hier, c'était *strange* à mort. Et puis j'en ai rêvé toute la nuit, ce qui m'a complètement chamboulée.

– Ah oui ? Pourquoi ? fait Christian.

– Parce qu'elle me disait exactement ce que je voulais entendre il y a plus d'un an, qu'on s'envoyait en l'air dans un hôtel grand luxe et qu'on se chuchotait mille promesses sur l'oreiller.

– Je vois, dit Lorenzo, sceptique.

– Ça me poursuit depuis toujours, ces rêves à la con, dictés par mon inconscient tordu, qui veulent ensuite influencer la vie réelle. Comment ne pas avoir envie de la rappeler pour un échange plus tendre après ces images-là ? C'est gonflant. La Élé que je croise dans les bras de Morphée n'est pas la même, et il ne faut pas tout confondre…

– Tu essaies de pratiquer l'auto-persuasion devant témoins ? s'amusent les garçons.

– Oui, je sais, désespérant. Espérons que la blonde reste loin de mes prochaines nuits pour que je me tienne à distance des épanchements, façon bombes à retardement.

Après avoir calfeutré les fenêtres avec de larges miroirs et autres rideaux d'un rouge vif, je mets « Gimme More » de Britney Spears, je pousse les chaises qui encombrent l'espace et prends la main de mes deux chouchous. Il est temps d'épurer nos corps du stress emmagasiné et pour cela, rien de plus efficace qu'une bonne danse folle entre copains. De celles, endiablées et aux mouvements trop prononcés, qui font vite monter la fréquence cardiaque et rappellent nos nuits les moins disciplinées. Rires, essoufflement et communion.

C'est devenu une espèce de tradition que l'on partage à l'ombre du monde, dans un trio absolument exclusif et avec une règle d'or : celui qui lance l'impulsion ne l'annonce pas avant et, surtout, on en parle jamais après. On arrête le temps, on s'exécute et l'on passe à autre chose, sans transition.

♦ ♦ ♦

Les dimanches entre Alceste et Alex sont d'ordinaire empreints d'une douceur réparatrice, qui prépare à la course effrénée que représente toujours la semaine suivante. Ils commencent avec un brunch gargantuesque fait maison, devant un épisode de *Game of Thrones*, de *Suits* ou encore de *Scandal* selon l'humeur, et des câlins à foison. Se poursuivent généralement dans Central Park pour une balade ou une séance sportive et sont souvent propices aux éclats de rire en cuisine.

Aujourd'hui, dimanche sent le lundi engourdi, le vendredi éreintant et le mercredi sans saveur. (Note pour plus tard : éviter les *breaking news* au saut du lit.)

– Non mais je dis juste que ton frère peut, éventuellement, prendre un hôtel ou une location pour dix jours parce que sinon on va être à l'étroit…

– Mais j'ai tout à fait compris ce que tu dis, Alex, et la réponse est non. Léo n'est pas un pote, c'est mon frère, ma famille, mon sang !!

– Arrête de t'enflammer, Princesse. Ton sang peut couler ailleurs quelques nuits, ça ne va pas vous tuer.

– Ce n'est pas la question. Et je ne vois même pas pourquoi le sujet fait débat. Je t'annonce que Léo va venir dix jours en vacances, tu devrais simplement être content pour moi et ravi de le rencontrer, toi qui voulais des rapprochements familiaux…

– Oui, c'est une bonne nouvelle. Mais en quelle langue faut-il que je t'explique qu'avec ton chat, on est déjà trois et qu'on ne tiendra pas pour une si longue période à quatre dans cet appart ?!

– Si longue période ? Tu déconnes ? Dix jours, pas dix mois ! Et quel rapport avec Alceste ?

– Il prend de la place et pas que physiquement !

– Non mais tu as un fil qui saute ou quoi ? Tu ne parles pas de mon amour comme ça. Je te rappelle qu'ici c'est chez moi à la base. Et qu'Alceste et moi t'avons accueilli…

– Euh, tu fais sérieusement passer ton chat obèse avant moi ?

– À ta place, je n'essaierais pas d'entrer en compétition avec lui… Par ailleurs, j'ai besoin de retrouver mon frère, il me manque trop. Déjà que je n'ai pas vu mes parents depuis une éternité. Donc, si ça te paraît si insurmontable, je ne te retiens pas de prendre une chambre ailleurs…

– Je vais d'abord prendre l'air !

Bon débarras ! S'attaquer à mon frère et à mon tigré dans la même conversation, quel culot, quel affront ! Monsieur ne pèse pas encore assez lourd dans la balance pour s'octroyer de telles libertés.

♦ ♦ ♦

Cuisiner est devenu un autre défouloir quand mes crayons sont en berne d'inspiration ou que mes doigts tremblent trop sous le coup de l'énervement.

Alceste niché sur ma nuque, les pattes tombant de chaque côté sur mes épaules, je m'agite devant mes fourneaux, comme si je m'apprêtais à recevoir vingt personnes à dîner. C'est un vrai sport car le chat-roi écrase mes cervicales. À tel point que je finis par le poser à terre en lui lançant que s'il veut continuer à jouir de nos vieilles manies, il va falloir recouvrer sa silhouette d'antan… Comme s'il comprenait quoi que ce soit à mon laïus.

Clafoutis aux cerises, check. Tiramisu en verrine, check. Tarte poires-amandes-chocolat, check. Cookies, check. Risotto aux cèpes et à l'huile de truffe, check. Sept heures plus tard, la sonnerie du téléphone me reconnecte à la réalité. Alex vient-il enfin s'excuser pour sa crise hystérique injustifiée et son absence mal venue en ce jour de congé ensoleillé ? Que nenni ! Debbie Williams, la journaliste de forher.com.

– Hey Debbie !

– Salut Crystal, tu vas bien ?

– J'ai connu des journées plus relaxantes, mais rien de dramatique. Et toi ? Qu'est-ce qui t'amène ?

– Je voulais ton adresse mail pour t'envoyer une photo en HD qui devrait rebooster ton moral !

– Je te la textote dès que l'on raccroche ; mais de quelle photo s'agit-il ?

– Surprise, tu verras !

– OK. Tout va bien au bureau ? Tu as pu organiser d'autres interviews croisées sur Twitter ?

– Oh non, *dear*, si tu savais... Je me suis fait littéralement piller mes idées par Clara, la rédactrice en chef, avec la complicité malsaine de cette peste d'Evangeline, et les garces m'ont gentiment foutue à la porte il y a deux jours.

– Hein ? Mais c'est pas possible ? Raconte-moi...

– Eh bien, je n'y comprends pas grand-chose moi-même. Sous un prétexte totalement fallacieux, Clara m'a annoncé qu'elle mettait un terme à ma période d'essai, en prenant quand même soin de me remercier pour mes bonnes idées éditoriales qui ont rencontré un franc succès... et perdureront sans moi. C'est là que j'ai compris que cette morue a tout simplement violé mon cerveau pour nourrir le sien qui marche au ralenti, avant de me dégager comme la loi l'y autorise et sans avoir à vraiment se justifier...

– C'est une blague ! Ce sont des vipères jalouses. Tu sais, quand je suis venue dans vos locaux, j'ai remarqué à quel point tu détonnais dans cet ensemble insipide. Elles paraissent toutes lisses, fausses et rangées derrière leurs habitudes, tandis que toi, tu es une lionne sûre d'elle, pleine d'un pep's charmant, forte d'une imagination débordante et ambitieuse pour dix… Ça fout les boules de se voir à côté d'une bombe pareille ! Elles n'ont pas dû supporter d'être renvoyées à leur médiocrité, mais ça n'excuse en rien le vol intellectuel.

– Je me demande réellement si ce n'était pas calculé depuis le départ. Elles ne m'ont jamais vraiment intégrée et préféraient s'attarder sur ma garde-robe que de s'intéresser à mes dossiers en cours. Sans parler de leur envie maladive concernant mon réseau… et du complexe de la quadra ressenti par Ann-Laury. Ce cure-dents, boulimique de sport pour compenser la laideur de son visage et sa dégradation capillaire avancée, m'a d'office challengée dans le mauvais sens du terme. Quant à Evangeline, je lui ai appris bon nombre de basiques sur Twitter – trop bonne, trop conne – alors qu'elle est censée gérer les réseaux sociaux depuis deux ans. Son effrayante incompétence ne semble choquer personne, parce qu'aucune n'a les qualifications nécessaires pour la remarquer, tu vois ?

– Oui, très bien.

– Alors le fait qu'en plus, je développe un concept innovant touchant à son domaine d'expertise, je pense que ça a été trop dur à encaisser pour elle…

– Tu sais, j'ai vécu une expérience très similaire chez Modus à Paris, sauf que j'ai eu la chance de repartir avec mes valises de chaussures et mes projets sous le bras. Personne n'a pu m'ôter quoi que ce soit, heureusement. Et sur le tournage de *Girls*, le complexe de la quadra, je connais bien aussi… Mais ne t'en fais pas, la roue tourne. Les imbéciles restent en meute, les génies connaissent des heures solitaires, avant de soulever les foules. Ton talent surpassera cette mésaventure.

– T'es *cute*.

– Non, sincère, Debbie. Il y a des milliers de Clara, d'Ann-Laury et d'Evangeline insignifiantes qui rêvent de caresser les sommets qui t'attendent. Si tu as besoin d'aide, tu peux compter sur moi.

– Merci Crystal, tes mots me remotivent.

– Ne te laisse pas abattre et tiens-moi au courant, OK ?

– Sans faute, je t'embrasse et suis ravie que mon passage chez forher.com m'ait au moins permis de te rencontrer.

– Idem ! À bientôt et *keep the faith !*

J'installe mes préparations gargantuesques sur le bar américain, rouspète contre Alceste qui – lorgnant sur les plats – semble prêt à la détente, et consulte mes mails, enfin affalée dans mon pouf orange. Des larmes de joie s'amoncellent soudain au creux de mes yeux écarquillés : Leighton Meester a envoyé à Debbie une photo d'elle avec les chaussures que je lui ai offertes aux pieds, et vient en prime de la poster sur Instagram en me taguant avec un mot de remerciement. Je peux mourir maintenant.

♦ ♦ ♦

Trop impatiente de raconter mon échange avec Debbie et ma fierté de la journée grâce à Leighton, j'ai écourté la phase d'explications-réconciliations avec Alex. Quant à lui, les papilles gustatives en émoi, il ne s'est pas fait prier pour balayer la discorde, abonder dans mon sens et… se mettre à table !

Le terrain pacifié et nos estomacs rassasiés appellent à l'exultation des corps, censée entériner tout traité de paix, post-engueulade violente. Cliché ? Efficace ! Je prie pour que les mains désabusées et le désir évanescent laissent place aux relents de passion. Si nous pouvons chahuter nos habitudes à coups de désaccord, envoyer valser la routine d'un dimanche paisible, pourquoi ne pourrions-nous pas nous affranchir de notre train-train sexuel ?

Après un passage dans mon dressing, je reviens en blonde platine, avec une coupe à la Natalie Portman dans *Closer*.

J'arbore une tenue de soubrette en demande et jette les menottes sur le lit, aux pieds de celui qui doit dans l'instant devenir mon maître. Je lui donne le pouvoir, sans une hésitation. Dubitatif pendant quelques trop longues secondes, il finit par considérer ma proposition.

– Ce soir, je m'appelle Samantha et je suis soumise à vos désirs, Monsieur.

Il ne moufte pas, mais s'empresse de me dévêtir. Mon accoutrement le trouble-t-il ? Ou est-ce simplement l'envie de me dénuder qui dicte ses gestes ? Je me plie à sa volonté, c'est le jeu. Il ne me laisse que mon string blanc (et, par string, j'entends maigre ficelle qui était vendue avec le déguisement) tandis que lui se contente d'ouvrir sa braguette.

Les mains liées par ces grosses lanières de cuir, je rentre dans mon personnage. Silencieuse ou gémissante ; dévouée. Ma tête s'écrase contre le matelas et Alex joue au rodéo. Il fend mes cuisses avec un entrain appréciable, presse mes fesses pour s'accrocher au surplus de chair. Ma position inconfortable décuple mon plaisir et me rappelle ô combien j'aime être sa chose. Bien sûr, j'aime surtout être la chose de mon imaginaire… Je ne suis pas dans ce lit mais sur le sol froid et bétonné d'un parking. Je n'ai pas qu'un homme au creux des reins, mais des tas d'autres qui observent la scène. Je ne suis pas vraiment consentante mais plutôt contrainte. Par qui ? Eux ? Oui, mais non. Une femme tient les rênes, cette femme qui m'a jetée en pâture à tant de pénis en érection. Elle est dans l'ombre, elle se touche en me regardant me débattre devant tous ces boudins qui s'approchent de ma bouche entrouverte. Les hommes ne sont que le liant, l'accessoire qui relie son fantasme au mien…

Je prends Alex au fond de ma gorge et sens mon mascara se faire la malle sur mes joues. Je gobe sans sourciller, à genoux et les bras toujours dans mon dos. Ma langue s'aventure autour de ce membre tendu, s'invitant là où les hommes l'espèrent sans jamais le mentionner. Je dessine des cercles, dépose un trait de salive, mais sens une main tirer ma queue de cheval en arrière pour me réorienter. Ensuite, il me retourne sans grande précaution et s'abandonne dans une dernière levrette. Alex 1, Crys 0.

Mon air boudeur parle pour moi, plus que je ne le voudrais d'ailleurs. Alex me tripote les cheveux en attendant la phrase qui, il le sait, va finir par sortir.

– Pourquoi m'as-tu interrompue ? Pourquoi n'ai-je plus le droit de te faire ce que tu aimais tant avant ?

Silence.

8

Éléonore

BROOKLYN APPARAÎT sous une brume épaisse que le jour fera s'évaporer. J'ai le cœur encore battant de l'appel inattendu de Crystal (qui date pourtant un peu maintenant). J'aurais dû m'en douter, elle a pris les devants pour ne pas être doublée, prise au dépourvu. Elle déteste cela. Que devrais-je dire ?

Nous faisons quelques pas en direction des hangars d'Athena Productions. Barbara ronchonne, elle a la dalle.

– Pas moyen de se faire servir un vrai café dans ce foutu pays, alors un croissant…

Je secoue la tête. Je viens d'apercevoir une silhouette que je reconnaîtrais parmi mille. Grande. Puissante. Montée sur ressorts. Bouteille de coke, enfin Coca-Cola, fringues cool et sexy à la fois (tee-shirt siglé, jupette de patineuse, bottes ultra-hautes descendues d'une autre planète). Crystal.

Je toussote. Je suis si mal à l'aise, à la fois heureuse et gênée de la voir, de humer son parfum, même de loin. Elle ne change pas. Crinière désormais plus longue que la mienne, dont les mèches balaient ses épaules nues, rondes, encore bronzées de je ne sais quel week-end dont je me surprends à être jalouse. Bref coup d'œil dans la carrosserie d'une belle bagnole lustrée par un fou de voitures – Lindsay m'a confié que le réalisateur de la série était un amoureux de jolies filles mais aussi des moteurs censés faire tourner les têtes desdites poupées. Je vérifie mon allure. Une heure de préparation ce matin au lieu de trente minutes chrono : j'ai remercié pour la première fois le ciel d'être sans jumeaux. Robe blanche, avec une coupe droite mais près du corps qui met mon corps en valeur et souligne une coiffure qui, je l'espère secrètement, l'attisera. Ce carré plongeant, avec balayage doré un peu plus prononcé que d'habitude, m'enlève le côté fille sage que donnent les cheveux longs... Ma minaudière Sagan, signée Olympia Le Tan, devrait aussi la faire bicher...

Barbara ricane, elle vient de reconnaître celle qui a été son assistante. Celle qu'elle a tenté d'écrabouiller comme un moustique, de pulvériser du haut de la tour de Modus. Mon cœur bat à cent à l'heure. Je ne peux plus reculer. Je respire encore à fond, tandis que la Girafe nous salue avec nonchalance, conservant ostensiblement ses distances.

– Salut les Modus *working girls* ! Vous êtes très attendues, c'est par là, vous prenez l'entrée principale puis l'ascenseur de gauche et c'est au troisième, plateau cinq... Je ne vous accompagne pas, je suis enfermée ici depuis trois heures et je suis grave en manque de nicotine... Barbara, tu fumes toujours ? Les fumeurs ne sont pas bien vus aux States, bon courage ! Même moi, je me sens obligée de me cacher parfois...

Barbara manque s'étouffer : Crystal la vouvoyait à l'époque de leur collaboration... Quant à moi, j'enrage : Crys se comporte comme si je ne comptais pas bien plus que la Carton... Et ma minaudière dernier cri ? Et mes cheveux ? Barbara, alors que la brunette s'éloigne, remarque perfidement :

– Eh ben ? Je croyais que vous étiez copines comme cochonnes... !

Crystal semble soudain hésiter, alors qu'elle venait de sortir de son sac un paquet de cigarettes.

– Bon Dieu, Alceste...

Elle fait demi-tour en courant, avec toute la dignité possible quand on est juchée sur aiguilles de dix centimètres (comme si elle avait besoin de prendre de la hauteur !), et disparaît dans le bâtiment qu'elle nous a suggéré de rejoindre.

Je hausse les épaules. Je n'ai pas dit mon dernier mot. *Crystal, Girls on the Grill, here we are !*

♦ ♦ ♦

Il règne dans ces studios, comme nous l'imaginions, une ambiance électrique. Nous débarquons sur le plateau au moment où le personnage d'Anita vient d'affronter son ex-meilleure amie – Sandy – et qu'elle échafaude des représailles en solo, avec un gin-tonic, devant ses plaques de cuisson supersoniques, dans une salle rutilante.

Barbara et moi nous figeons. L'actrice est très concentrée. L'équipe technique ne moufte pas. Le réalisateur dingue de bagnoles ordonne à ses assistants des mouvements de caméra, des changements imperceptibles de lumière, chef d'un ballet silencieux autour du cœur de l'action.

– Je comprends mieux pourquoi tu ne t'es pas battue pour gérer le showroom... murmure Barbara. Les coulisses d'un restaurant, même en film... c'est fascinant en fait !

– Coupez !

Et là je sens Barbara qui fait dans sa petite culotte tellement elle rêve de pouvoir un jour expliquer avoir été le témoin de cette scène.

Pause générale. Mouvement vers les portes de sortie. Ronald, le réalisateur, ainsi que l'un des directeurs de production, se dirigent vers nous. Ils se proposent de nous faire rapidement découvrir les décors intérieurs, ce qui nous enchante.

Un quart d'heure plus tard, c'est Lindsay qui rapplique avec un photographe : ce dernier doit engranger un maximum de clichés qui nous serviront pour accomplir le rêve de Jean-Claude Viss et Luke Tanner : ouvrir le plus chic et couru des restaurants new-yorkais, *Girls on the Grill*. GOTG.

Alors que nous allons au deuxième afin de nous présenter aux acteurs de la série, un fou rire général secoue un petit attroupement près des ascenseurs. Barbara se hausse sur la pointe des pieds, et en redescend en faisant la moue.

– C'est ta copine qui promène son chat en laisse... Si c'est le même que celui qu'elle avait ramené lors d'une réunion dans la Tour, il est méconnaissable !

Aucune envie de voir ça. Je n'ai plus qu'une hâte, dégager d'ici. Malheureusement, il est prévu que nous restions la journée afin de nous imprégner de l'endroit... Un bureau nous a été réservé au premier à Lindsay et moi. Jean-Claude attend fermement un compte-rendu ce soir via Facetime. Je décide d'éviter soigneusement l'étage des loges pour le moment, en sachant qu'il faudra bien que j'y vienne. Qu'est-ce qui m'a pris d'accepter ce double job ? Alors que Barbara venait à reculons et moi avec plaisir, on dirait que la tendance s'inverse...

♦ ♦ ♦

En quête de toilettes, pour besoin urgent de repoudrage de nez. Hors de question d'apparaître ne serait-ce qu'avec le moindre désavantage face à Crystal, que je croise indéfiniment dans les couloirs de ce studio qui paraissait pourtant gigantesque ce matin. Alors que je m'installais à mon poste, la voilà qui se pointe pour râler : son salaire n'a toujours pas été versé ce mois-ci. Au self-service, situé au roof floor, Ronald m'a invitée à déjeuner dès que la Carton m'a lâchée deux minutes. Et voilà Crystal qui déboule, gueule de travers : « *Ron, je comprends pas, on avait dit que Nancy porterait la paire rouge à lacets avec son bustier, pas les escarpins !* », avant de s'interrompre en m'apercevant.

Le gros tigré, sur ses talons, visiblement enchanté de me revoir (Alceste conchie en général les amant(e)s de sa maîtresse mais nous avions jadis fait une exception tacite et inattendue l'un pour l'autre), s'est retrouvé perplexe face à la froideur palpable entre Crys et moi. La dernière fois qu'il nous a vues ensemble, nous nous roulions sur un lit en lui fermant la porte au nez. *Ne pas penser à Crystal et moi roulant sur un lit.*

Ce n'est pas elle que je croise en sortant des toilettes d'une loge inoccupée mais le bartender de l'un des deux restos avec une des petites assistantes réal. Elle, cuisses écartées sur un divan, jupe relevée, et lui penché sur son corsage, goulu sur sa généreuse poitrine... Hyper gênée (plus qu'eux !), je me suis glissée discrètement vers la sortie, sans bruit, les dérangeant à peine dans leurs affaires.

Jean-Claude souhaite certes un rapport fidèle mais je me vois mal lui narrer cet épisode qui doit se reproduire fréquemment en ces lieux depuis le début du tournage. Et puis il est déjà au courant de la concupiscence fort troublante qui règne ici...

♦ ♦ ♦

C'est épuisée que je rentre chez moi ce soir, pour me préparer à... ressortir ! Et dire que je pensais enfin me mettre à peindre, ayant acheté tout le matériel nécessaire qui n'attend que mon bon vouloir dans la buanderie...

Cette semaine à croiser et recroiser Crystal n'a pas été propice à la création mais plutôt à l'acclimatation. Pas forcément là de l'aube au crépuscule, elle donne cependant la sensation d'être présente, de façon très naturelle, à chaque endroit où le besoin d'elle se fait ressentir. Elle a dessiné, en fonction du scénario qu'elle est l'une des rares à avoir lu intégralement (dans sa première version, les pompes n'étant pas les éléments qui changent), chaque paire de chaussure féminine du moindre plan ou personnage, en accord avec les tenues concoctées par les stylistes de la série. Et comme les paires sont uniques (argument marketing fort !), Crystal a intérêt à ce qu'elles soient aussi fonctionnelles que mises en valeur. Elle supervise les essayages et tous les pas face caméra. Je me sens fière d'elle, frustrée et fière de moi à la fois : je n'ai rien montré de mon malaise, et ai même répondu savamment au petit jeu de séduction de Ronald.

Ce soir, Barbara et moi retrouvons le Big Boss et son associé Luke, que nous n'avons pas encore rencontré car il voyageait en Asie pour des repérages pour son prochain film. Le rendez-vous a été fixé à 21h dans un restaurant lounge branché du Meatpacking District. Soupir. J'aurais préféré un bobun commandé chez mon coréen préféré de Manhattan, monté direct chez moi par Dylan. Comme hier soir. On ne s'en serait peut-être pas tenus à l'apéro cette fois, qui sait... Le divin portier n'a pas refusé le verre de saké proposé sur la micro-terrasse de l'escalier de secours, avalé en cinq minutes pour ne pas se faire griller à la réception, et que je tenais à lui offrir pour tous les services que le colosse aux yeux lagon me rend : gardant les colis volumineux, montant dépanner la moindre bricole, me tenant informée des potins de l'immeuble et du quartier, récupérant les petits plats que je fais livrer...

Au lieu de cela, je prends une douche express, puis un taxi, direction l'immeuble de la Baleine, pour se pointer ensemble au rendez-vous. Nous gravissons un gigantesque escalier qui nous conduit vers les ascenseurs, et voilà qu'une surprise de taille nous attend, sanglée dans un tailleur Gucci très décolleté, juchée sur des Louboutin pas franchement discrets mais efficaces pour le vertige de l'œil... Sandra. L'ouragan parisien. La Tornade.

Barbara manque de s'étrangler, je fais bonne figure pour accueillir la nouvelle directrice du développement de Modus comme il se doit :

– Salut, Sandra ! Quelle belle surprise, tu as fait bon voyage ?

Je rassure ma Carton d'un geste alors que l'ascenseur arrive et que l'autre consulte son téléphone : non, je n'étais pas au courant.

Étonnant moment que celui où Barbara, Sandra et moi rejoignons nos patrons déjà installés. Partie d'échecs. Sandra a justifié sa présence : un contrat avec une marque américaine à sceller et des questions à poser sur nos différents dossiers chauds. Barbara et moi avons répondu à l'attaque. On avance sur le resto-room et on suit nos branches parisiennes, même de loin... Nathalie nous briefe et gère le quotidien. On lance des ordres aux équipes. Personne n'est délaissé.

Nous sommes tous les cinq à une table ronde près des baies vitrées d'où l'on domine la ville. Je suis heureuse d'avoir enfilé ma robe de dentelle blanche, sage de près, transparente de loin. Un cocktail chacun, une grande bouteille en cours d'arrivage, une assiette de gambas sautées au whisky et une autre de Saint-Jacques rôties au wakamé, nous font face en guise d'apéritif. Le moindre plat coûte l'équivalent d'un salaire de nounou pour le week-end, ce qui a pour effet de nous exaspérer Barbara et moi. On connaît le patron par cœur. Seuls deux objectifs font dépenser à Jean-Claude de l'argent le soir : coucher ou entourlouper.

Sandra prend naturellement le lead après avoir passé commande.

– Parce que vous comprenez, à Paris, le marketing et l'artistique sans tête, ça fait un peu bizarre...

La remarque est piquante bien que réaliste. Jean-Claude s'en explique sans se démonter. Il se retranche une fois de plus derrière le management à la française, peu de décideurs, multitâches, un truc classique...

– N'empêche que la dir' com Nathalie se retrouve en charge de domaines clés qu'elle ne maîtrise pas.

– Elle est en charge mais se sert de nos assistantes...

– Enfin Jean-Claude, depuis quand des assistantes peuvent-elles assurer l'intérim de leurs supérieures ?

Un bât blesse, c'est évident. Barbara et moi sommes, de façon objective, irremplaçables et interchangeables à la fois.

– Elles ne le peuvent pas, et c'est la raison pour laquelle elles restent assistantes !

Jean-Claude a l'air très agacé.

– Comment voulez-vous que je donne les clés d'un fort développement outre-Atlantique à de parfaites inconnues ?

Ce qui est inattendu, c'est la réponse (brève, car ces discussions intéressent peu Luke comme on s'en doute) de Sandra, dont je croyais qu'elle reprocherait à notre boss de ne pas lui confier les rênes américaines :

– Jean-Claude. *My dear*…

My dear ?!

– Passons à autre chose car Luke s'ennuie. Il va falloir revoir l'organisation des services de toute façon.

Je regarde Sandra d'une autre manière, alors qu'elle saisit délicatement son paquet de Vogue menthol. Curieusement, Barbara ne se jette pas sur le sien pour lui emboîter le pas dehors, elle entrevoit sans doute comme moi le moyen de parler à Jean-Claude sans qu'elle s'en mêle.

Mais Sandra n'a pas l'intention de bouger, elle tripote avec une grâce très érotique ses longues cigarettes.

– Éléonore…

Je tressaille. La vérité, c'est qu'une grande exaspération est en train de naître en moi depuis quelques jours. Cette période d'observation sur les lieux du tournage doit s'achever bientôt, mes nerfs sont mis à rude épreuve par mon inaction, par la présence de Crys qui continue à me snober, le manque de sexe, alors que l'équipe de GOTG est électrique, et mon incapacité à entamer la toile vierge qui poireaute dans la buanderie depuis des semaines.

– Éléonore, j'ai vu les croquis de la partie vestiaires du resto-room et si je peux me permettre, on peut mieux faire… enchaîne la Tornade.

Je ne suis pas la seule à bondir : ces croquis ont été élaborés sur les suggestions et recommandations de Barbara et moi. Les vestiaires sont en effet des parties communes au restaurant et à la boutique. Et voilà le fruit de longues heures de réflexion et prise de tête mises à mal par cette péronnelle ?

♦ ♦ ♦

Chez moi, enfin. Bilan de la soirée catastrophique. Une Barbara remontée comme une pendule suisse, une Sandra mielleuse et fielleuse à souhait, un Luke à l'ouest, un Jean-Claude faisant semblant d'être conciliant mais ravi de voir ses lionnes se donner des coups de pattes, griffes pas encore tout à fait sorties mais pas loin. Et moi, vigilante à défendre le travail accompli… mais la tête un peu ailleurs !

Il est minuit. L'heure des crimes. Je m'en empêche depuis plusieurs jours, mais je finis par oser : un SMS à Crystal.

UN VERRE, BEAUTÉ ? HISTOIRE DE SE RACONTER UN PEU NOS VIES ? SI TU REFUSES, JE KIDNAPPE ALCESTE ET JE LE METS AU RÉGIME BURGER-FRITES-REGULAR COKE…

Je n'attends pas de réponse. Je lance ma bouteille à la mer et me mets à avaler mon dessert improvisé : une rasade de tequila avec un peu de jus de citron et de sel. Je me console comme je peux de cette solitude et des électrochocs de la soirée. Je zappe sur les différentes chaînes à ma disposition et reste sur celle qui diffuse des musiques d'ambiance en continu, sur fond d'images de paysages en fondus enchaînés. Je surfe sur le web. Envie furieuse d'un corps contre le mien.

Toc. Toc. Discret. Pas insistant. Du genre, si ça ne répond pas je m'éclipse. À cette heure, de quoi peut-il s'agir ? J'enfile un kimono et jette un œil en entrouvrant la porte. Dylan me contemple du haut de ses deux mètres. Je lui souris et le fais entrer. Je lui propose, pour la forme, un shot de tequila. Il refuse en me fixant de ses prunelles hypnotiques. Il me dévisage des pieds à la tête, s'attarde avec une gourmandise à peine dissimulée sur mes pieds, mes hanches, mes seins, ma bouche. Je frissonne et, dans un élan de folie, me jette à son cou avec fièvre. Nous attendons ce moment depuis notre rencontre et mes verrous sautent comme par enchantement. Nos lèvres s'écrasent l'une contre l'autre, nos langues se touchent, il a une feuille de menthe en guise d'haleine et c'est délicieux. C'est la première fois depuis que je suis mariée que je touche un autre corps d'homme que celui de mon époux.

Le sien est musclé, dur, costaud, le mec dans sa splendeur, et en plus il a des yeux de biche. Mes sens sont en alerte.

Il me soulève comme une plume et me pose sur le bar de la cuisine américaine. Il entrouvre les pans du kimono et me caresse la poitrine sans précipitation, avec une science de connaisseur. Il me dénude entièrement, tandis que je ne parviens qu'à lui ôter le tee-shirt tant je fonds sous ses baisers. J'enserre sa taille avec mes jambes, me frotte contre lui, il empoigne ma tête pour la jeter en arrière et dévorer mon cou.

J'oublie tout. Le dîner. Ma famille. Crystal. La peinture. Le tournage. Je ne suis plus qu'un corps en fusion avec le sien.

♦ ♦ ♦

En attendant Crystal à la terrasse du Mariott de Time Square, je perds de ma superbe. Hier soir, mon beau Dylan, le portier, est parti sans un mot, sourire aux lèvres, m'abandonnant pantelante et humide, comblée, sur mon plan de travail. Je me suis couchée bienheureuse, levée avec un énorme cafard et mille questions en tête. Que veut dire ce moment de trahison à mes vœux de fidélité ? (Heu, à qui dois-je être fidèle à part à moi-même ?) Crystal a-t-elle répondu ? (À ma grande surprise oui. OK pour un verre.) Qu'est-ce que j'attends réellement de notre rendez-vous ?

Un peu de calme. Respiration. Je plonge le nez dans ce délicieux cocktail, mélange de Cointreau et de sirop de cassis. Une fois n'est pas coutume, je suis en avance. Je voulais repérer l'endroit, genre je suis sur mon territoire, être irréprochable alors qu'elle risque de m'envoyer un certain nombre de reproches à la gueule. Et puis merde, je m'insurge intérieurement. Ce n'est pas une faveur qu'elle me concède en acceptant ce verre, non plus !

La voilà. Mon ex, ancienne amante. La première femme dont j'ai baisé la bouche et le ventre alors que j'étais convaincue, à 33 ans, un mari et deux enfants, d'être totalement hétéro. Chevelure souple. Formes généreuses. Pantalon bouffant noir, à lacets sur les chevilles, très *sex* au-dessus de ses sandales à talons aiguilles. Je crois que je ne suis pas en reste dans ma robe bustier de panthère, cheveux blonds savamment ébouriffés sur les épaules nues…

– Je n'ai pas eu le temps de te le dire, mais je préférais tes cheveux de Barbie ! attaque-t-elle direct.

– Parce que ça me donne l'air plus jeune, moins sage et moins disponible ?

On se fait face, amusées l'une et l'autre. Crys se détend et moi aussi.

– Tu bois quoi ?

– Ne me dis pas que tu veux la même chose, je m'esclaffe. En général, c'est sur toi qu'on s'aligne, non ?

– Je suis très alignée maintenant…

Allusion sexuelle ou autre, on ne saura pas. Quelques minutes et un verre plus tard, j'apprends l'improbable (bien que Lorenzo ait préparé le terrain) :

– Je suis très sérieuse et en couple avec un homme, si tu veux tout savoir de ma petite vie. C'est un type super, ce qui m'est arrivé de mieux, attentionné…

– … depuis nous ?

Elle ne répond pas. J'enchaîne.

– Et moi je n'ai jamais été si coquine qu'aujourd'hui…

Crystal ne sourit pas. Touille son cocktail avec une paille, fait crisser un glaçon sous ses dents.

– On est là pour quoi, Élé ?

– Pour effacer les mauvais souvenirs.

– Je n'oublie rien, tu devrais le savoir.

– Ça ne m'a pas échappé. T'as la dent dure. Alors on est là pour remplacer les mauvaises souvenirs par de nouveaux, plus beaux.

– La soupe dans la vieille marmite, c'est pas mon truc non plus.

– Hey, c'est moi que tu traites de vieille marmite ?

–…

– On n'a que six ou sept ans d'écart, je te signale. En plus, c'est toi qui as l'air de sacrément t'embourgeoiser…

– M'embourgeoiser ? T'es gonflée, c'est toi qui m'as joué la scène de la mariée-maman repentie…

– Parce que je l'étais ! C'était donc si difficile pour toi d'admettre que je ne pouvais pas jeter au feu Jack, les jumeaux, les vacances en Bretagne ou en Thaïlande, le prêt pour l'appart ? Surtout pour une fille instable…

– Je ne suis pas instable. J'étais prête à te donner tant !

– Je n'étais pas prête à lâcher autant.

Une pause. Crystal ne me regarde pas.

– Pourquoi on remue ça ? Ces questions se posaient il y a un an et demi. Plus maintenant. Comment va ton mari ?

– Jack est revenu à Paris. C'est le pire des emmerdeurs et je ne sais pas comment notre histoire va finir. Je ne suis pas partie à cause de ça, mais cette conjonction est troublante… Voilà, tu es contente ?

– Contente? Élé, excuse-moi de te dire ça, mais je m'en fous. Enfin je veux dire, c'est con que vous n'y soyez pas arrivés. Mais on a chacune tourné la page, alors…

– Tant mieux. Comme ça, pas d'ambiguïté.

– C'est ça.

Je fais signe à la serveuse. Deux de plus. Après quoi, je me sauverai pour retrouver ma meilleure amie Claudia. La présence de Crys me heurte, et si je crois avoir eu raison de provoquer ce rendez-vous pour mettre en apparence les choses à plat, je suis trop à vif pour rentrer ensuite chez moi… et faire face à un choix (pas franchement extraordinaire sur le long terme non plus !) : un colosse sensuel ou une webcam muette.

Je reprends.

– On m'a dit que tu étais super occupée sur ce tournage…

– Ah *fuck*, on t'a parlé d'Alex, je parie ? C'est fou, ça, tous ces *gossips* qui courent plus vite que l'éclair !

– Quoi, Alex le beau gosse ? L'assistant de Ronald ? Tu veux dire que c'est lui ton mec… ?

– Oups, je me suis grillée toute seule… Tu vois, la Crys que tu connais n'a pas tellement changé… Gaffeuse un jour, gaffeuse toujours !

Je simule un rire et me hasarde :

– Ça va durer ?

Crystal ne me répond pas, balaie du regard le bar et termine cul sec sa boisson.

– Je ne lis pas dans le cristal, malgré mon nom ! On préserve notre relation et on ne s'affiche pas au boulot.

– Hum. Votre relation…

– Tu es jalouse ?

– Je suis… je suis… attendue.

Il est bientôt 22h et nous avons chacune un programme de deuxième partie de soirée. Je file rejoindre Claudia, dans un resto italien à trois blocs d'ici. Et j'espère que de son côté, en rejoignant son BG, ma Girafe ruminera en repensant à mon esquive…

9

Crystal

– AH NON, STEFFIE, tu ne peux pas emmener ta nièce à *Seaworld* en Floride !

– Pourquoi, tu as une dent contre la Floride ?

– Bien sûr que non, j'ai plutôt la mâchoire entière contre Seaworld ! Tu n'as pas vu ce fameux documentaire qui explique comment les orques et autres dauphins atterrissent dans ces parcs avides de fric et séducteurs de gamins bourrés de rêves ?

– Pas du tout, Crys, je n'ai même pas réfléchi à la question. Pour moi, l'important est de faire découvrir la vie marine à la petite en passant une journée sympa…

– Dis-toi que pour t'offrir cette « journée sympa », les animaux ont été d'abord arrachés à leur famille en mer, dans d'atroces conditions, puis affamés et confinés dans des sortes de baignoires pendant des mois, jusqu'à ce qu'ils obéissent… Ils n'ont pas d'eux-mêmes décidé de sautiller dans les airs, de pousser des zozos en combinaison et d'envoyer des baballes. Non vraiment, il faut boycotter ces lieux quand on aime la nature. Ta nièce préférerait sûrement visiter le *Clearwater Marine Aquarium* qui vient en aide aux habitants de l'océan, crois-moi…

– Comment peux-tu rendre une conversation joyeuse aussi dramatique ??

– Va sur Google, tape « Baie de Taiji dauphins », « Blackfish », et regarde la boucherie… On en reparlera !

– Bon, bon, OK. Mais le mot « boucherie » ne colle pas au *mood* de la soirée et me gâche un peu mon mojito, donc parle-moi plutôt d'Alex et de tes nouvelles chaussures en création, please…

– Alex… j'aimerais bien lui enfoncer un talon de ma collection où je pense pour lui redonner le feu, par moments !

– Roh, t'exagères, je vois bien la manière dont il te regarde sur les plateaux, et ce n'est pas le pôle Nord dans ses pupilles !

– Et la nana là-bas, on dirait plutôt l'équateur, non ?

– T'es indécrottable !

En effet. Et je préfère détourner la conversation parce que ce soir j'ignore si c'est la routine avec Alex ou l'omniprésence d'Éléonore qui me mine le plus. Et comment puis-je penser à l'un ou l'autre dans un lieu aussi électrique, bouillonnant de libido en attente de satisfaction ?

Le *Marquee*, sur la 10e avenue, envoie du lourd. La sélection à l'entrée est drastique (ma combi shorty a su convaincre) et on dirait que toutes les belles femmes de New York s'y sont donné rendez-vous. Dans une ambiance très manga, les projecteurs aux nuances bleutées éclairent des banquettes en cuir molletonné rouge et noir, pleines à craquer. Mille distractions pour mes yeux qui scrutent, tandis que la voix de ma copine Steffie me berce sans que j'y prête grande attention. Elle ne tarde pas à le remarquer.

– Bon, si on ne peut pas discuter de poissons ni de ton mec, tu peux au moins m'en dire plus sur la blonde parisienne au lieu de mater dans ton coin ?

– Avoue que d'en haut on a une jolie vue sur les derrières qui remuent…

– Accouche !

– Je suis un peu chamboulée par son arrivée. Je ne comptais pas revoir cette nana. Et honnêtement, j'ai plus envie de t'attraper pour enflammer le dance-floor que d'étaler mes états d'âme devant mon whisky !

– OK, vendu. Mais juste un truc, et après je te fiche la paix. N'oublie pas ce que tu m'as confié sur Alex, les sentiments qui t'ont gardée près de lui et ont fait taire tes démons. Ne fous pas tout en l'air sous prétexte que tu goûtes au train-train que tu retrouveras dans n'importe quel couple installé…

– Ouais, j'y pense. Bon, *go* !

Une dernière gorgée de mon whisky douze ans d'âge, un check dans le miroir des toilettes, et c'est parti pour une nuit durant laquelle seuls mes pieds agités auront le luxe de me faire souffrir !

♦ ♦ ♦

Arrachée. Je peine à indiquer mon adresse au chauffeur de taxi qui ne me ménage pas avec ses questions. Je dois lui inspirer une dose certaine de dégoût avec mon charabia, ce que je peux concevoir. Whisky, déhanchements interminables et autres shots de tequila : le résultat est pitoyable. C'est dans ce genre de situation que je rêverais d'avoir une coupe à la garçonne. Mes cheveux de trois mètres de long refoulent et n'arrangent rien à mon état nauséeux. Quant à la conduite saccadée de mon Chinois, je vais finir par lui expliquer ce que je pense de ses virages serrés en repeignant ses sièges de mon vomi liquide… Ou je vais me retenir parce que, malgré tout, j'ai un peu de fierté.

La douche m'a juste assez requinquée pour me donner le courage d'aguicher mon colocataire (pas le poilu, l'autre) qui joue les endormis. J'enfile, non sans difficulté, le premier déshabillé que je croise, ne fais pas l'effort d'y ajouter bas et porte-jarretelles, allume la petite lampe orientale très tamisée de ma table de nuit et me positionne en levrette (oui, partisane du moindre effort, présentement).

– Mais qu'est-ce que tu fous, Crys, il est 5h du mat là, je bosse demain…

– Ben, euh, moi aussi hein, je balbutie.

– Tu as l'air raide morte, t'as pas dû compter les verres ! Je sens l'alcool d'ici !

– Bon, t'as décidé d'être agréaciable, euh, agréable toi encore… N'importe quel mec aime être réveillé pour baiser, non ?

– Non, suis dans les vapes. Viens te coucher, t'es éclatée, et j'ai pas du tout envie de…

– Ouais c'est ça, bonne nuit.

Mon ego et moi, nous allons dormir sur le canapé avec Alceste.

♦ ♦ ♦

Barbara, dite le Dragon de Komodo, Éléonore et son Jack de malheur, Alex et son râteau, Steffie et sa psychanalyse : ce petit monde a eu raison du peu d'heures de sommeil que je voulais m'accorder. J'ai une gueule à faire fuir les colonies de rats new-yorkais. Heureusement qu'aujourd'hui je ne suis pas attendue dans les studios, mais cela s'annonce *hard* pour mon programme de création.

En ouvrant mon frigo et mes placards, je sais que tout va y passer. J'ai une dalle d'ours blanc sur la banquise et un self-control au niveau zéro. Fromage, beurre salé, tomates, saumon fumé, reste d'ailes de poulet à la mexicaine, risotto et cookies maison, toasts de pain complet… Je suis un aspirateur. Alceste, qui a perdu deux kilos, m'envoie une œillade réprobatrice. J'ignore. J'ai assez de mon propre jugement, merci.

Tourbillon de visages et d'interrogations dans ma tête, d'aliments dans mon ventre. Le « réflexe Paula » me tente, mais l'option « seule avec mes crayons » écrase la balance. À terre, croquis et feuilles de notes éparpillés, j'ai le sentiment que le poids plume d'Éléonore me broie autant que mes petites habitudes qui tirent un peu la tronche. GOTG ne me fait plus bander comme avant, même si les tournages sont gorgés d'une atmosphère ardente et que je ne perds pas de vue les enjeux financiers. J'aime ce job, cette équipe complètement déjantée et parfois mal assortie, mais je dois créer quelque chose de plus grand, quelque chose qui m'appartienne.

Bien sûr, le rôle que je tiens dans ce barnum géant me pousse vers l'avant, me valorise et me permet d'accumuler les coupures de presse sur mes réseaux sociaux. La visite de Barbara Carton, mon ancien tyran, m'a évidemment octroyé un petit moment de plaisir. (J'ai pris une revanche pour Debbie au passage.) *Non, je ne suis plus ta boniche, regarde, je compte ici…*

Un tour au zoo s'impose. Respirer un peu d'air pur, remettre mes jambes en action et oxygéner mon cerveau.

♦ ♦ ♦

Le *snow leopard* se cache encore et m'interdit de contempler sa splendeur. Laquelle devrait à mon sens s'épanouir en pleine nature, plutôt que dans cet enclos… Si je suis contre les parcs qui prennent en otage les animaux marins pour amuser la galerie, je n'en pense pas moins concernant les zoos. À la différence que dans ces derniers, il y a parfois une volonté de préserver des espèces en voie de disparition. Et que je ne peux m'empêcher de les visiter par amour pour leurs habitants, qui n'ont au moins pas de pirouettes à réaliser pour rentabiliser les tickets.

J'opte donc pour la chaleur et pénètre dans la serre tropicale… Devant ces oiseaux multicolores, mon esprit voyage et s'accroche au dessin animé *Madagascar*. Alex le lion, Marty le zèbre, Melman la girafe et Gloria l'hippopotame, résidents du zoo de Central Park. Si seulement ils pouvaient se matérialiser là tout de suite, ça égaierait sacrément ma journée !

Juste Melman me suffirait. Les girafes me fascinent depuis toujours. (Je m'accommode ainsi très bien du surnom qui me colle aux talons.) Leurs cils gracieux que tout le mascara du monde ne saurait concurrencer, leur immensité qui les préserve de certains prédateurs et leur offre un garde-manger inatteignable à la majorité, le pinceau de poils noirs qui orne leur longue queue, leur pelage tacheté de roux et de jaune…

Si je devais me réincarner, je voudrais définitivement être l'une d'entre elles, gambadant gaiement dans la savane parsemée d'une végétation discrète et esthétique. Une pensée en cognant une autre, je m'arrête net. Et si mon enchantement pour ces longs cous majestueux ne demeurait pas béat.

iPhone, répertoire, Lorenzo :

– Loloooo, j'ai une idée. Et si on lançait une collection de sacs et de chaussures exclusivement basée sur un imprimé girafe ?

– Toi, t'es encore fourrée au zoo...

– Oui, mais sérieusement, ne serait-ce pas magique ? Ras le bol de l'imprimé panthère et léopard ! La girafe a le droit d'avoir son heure de gloire ! Imagine...

– Je visualise, ça me parle... Mais tu es sûre que ça n'existe pas déjà ?

– Oh si, certains créateurs en ont distillé ici ou là, mais je ne connais pas une collection de *shoes* et de *bags* entièrement dédiée à cette merveille de la nature qui aurait fait couler de l'encre et agité la toile...

– Bon, on se cale un dîner pour explorer le sujet !

♦ ♦ ♦

D-Day. The place to be ce soir, l'*event* du mois : la big party GOTG éclate autour de la patinoire de Central Park. Pourtant rompue aux grosses fiestas redoublant d'originalité, je suis émerveillée par ce choix de lieu, ce blanc qui appelle Noël et envoie un clin d'œil à Disney. Mêler les paillettes jet-set et la féérie du patinage, c'est audacieusement élégant.

Nancy et Amber rayonnent de glamour et sont perchées sur mes escarpins inédits, créés pour un des derniers épisodes de la saison 1 de *Girls*. Une paire noire et strass à aiguilles argentées pour la rousse, l'autre rose bonbon et bleu électrique, avec des lacets qui remontent sur la jambe, pour la blonde.

L'arrivée de Tom et David fait crépiter les flashs : ces deux-là n'ont pas donné congé à leur pote sex-appeal. *God*, la chaleur grimpe le long de mes cuisses et se loge exactement là où vous l'imaginez... Je vais devoir cadenasser mes pulsions, alors même qu'aux yeux du plus grand nombre je suis une fille libre, à prendre, à séduire, à tenter. Alex a décidé de passer son tour – sous un faux prétexte – puisque nous aurions dû scrupuleusement nous éviter, pour ne pas éveiller les soupçons.

Je serre la main de Steffie que j'ai pris en « +1 » (les maquilleuses n'étant pas sur la liste des invités) et la dirige vers l'open-bar. Une coupe de champagne, rosé oui, cul sec ou presque. À peine le temps d'assimiler ce pétillement savoureux que Ronald me tend une deuxième ration. On dirait qu'il a déjà pris une sacrée avance, de son côté... Une des actrices secondaires me bouscule pour se faire servir. Je ne relève pas son incorrection d'une de mes réflexions poivrées.

Accélération. Toujours plus, plus vite. Les corps semblent déjà sous influence, la nymphomanie des uns déteint sur les autres. Les toilettes sont occupées depuis vingt minutes et les smartphones traquent les scoops. Se fondre dans le décor, sans faire de vague. Ce qui se produit dans les soirées professionnelles rejaillit sur les journées professionnelles... Mes tribulations parisiennes et autres expériences pimentées habitent ma boîte à pensées, comme un garde-fou.

Malgré mes quelques égarements, j'ai l'impression que la Crystal new-yorkaise a plus de plomb dans la cervelle que celle qui bossait chez Modus. Je ne cherche plus l'ivresse partout, même si je la côtoie volontiers occasionnellement, je ne me complais plus dans mes états seconds. J'en viens même à les regretter parfois, comme il y a quelques jours avec Steffie. Bien sûr, j'aime toujours jouir de ce qui est bon, mais je suis vite rassasiée. Bon, sauf au lit, avec Monsieur-je-ne-te-touche-plus-comme-avant...

10

Éléonore

MUSIQUE D'AMBIANCE suffisamment douce pour que les conversations ne soient pas dérangées. Cascades de gouttes argentées sur les murs, faux stalactites, lueurs azur, divans et coussins un peu partout pour qu'on s'y alanguisse, fausses peaux de bêtes, sol qui s'illumine façon ondes aquatiques au gré des pas qu'on y pose. Le décor est féérique et l'alcool coule à flots autour des six bars qui peuplent cet espace d'un millier de mètres carrés. Les filles à moitié nues, loin de s'être habillées pour le Grand Nord, se frôlent et sont désirables. Les journalistes de la presse new-yorkaise, triés sur le volet, s'égaillent et rivalisent d'audace stylistique pour faire le compte-rendu le plus glam possible. Les absents le regrettent déjà.

Je dois sourire et serrer des mains, et j'avale de la Putinka sans frémir. Je *dois* car je n'en ai aucune envie. Depuis dix jours, des cauchemars où Crystal et Jack me quittent pour convoler m'assaillent. Cerise sur le cupcake, mon ex m'a fait comprendre au détour d'une conversation de couloir qu'elle était à deux doigts d'une rencontre avec les parents de son nouveau mec…

Je me suis vengée en faisant flamber la carte de Modus (frais de représentation !) et me voilà parée d'un fourreau seconde peau, scintillant en diable, effet sirène. Classique mais efficace. Quant à la Baleine, je ne la reconnais plus depuis notre débarquement outre-Atlantique. Un peu perdue après une semi-crise d'autorité naturelle sur les employées de Modus

Five, pleurant après son mari gâteux, dont l'éloignement l'insupporte, elle a rendu les armes me concernant, recherchant même mon appui. Notamment depuis ce fameux dîner avec Jean-Claude, Luke Tanner et Sandra, où il a été clair que cette dernière n'ambitionnait qu'une chose : bouffer la laine sur nos dos de moutonnes absentes. Ne suggérait-elle pas déjà deux noms de collaborateurs qui pourraient renforcer l'équipe affaiblie de Nathalie ? Nous nous étions étranglées en voyant Jean-Claude les noter dans son Moleskine.

Sandra est des nôtres ce soir, naturellement. La Tornade représente notre PDG bien-aimé, qui est à Los Angeles avec Luke Tanner, et les deux actrices principales Anita et Sandy. Le BB ne peut manifestement plus se mouvoir sur terre ou dans les airs, outre-Atlantique, sans ses moues de Mexicaine atomique. Quand je pense que Barbara comptabilise le nombre de voyages que Modus m'offre pour voir mes jumeaux, je vais lui suggérer de faire le calcul des déplacements de notre directrice du développement.

♦ ♦ ♦

Cette année, nous savons que GOTG récoltera plusieurs prestigieuses statuettes au raout immanquable de la cité des anges et du cinéma.

Jean-Claude et Luke sont au septième ciel. Nous sommes nominés dans de nombreuses catégories. La fête de ce soir a été organisée par le bureau de Modus Five en un clin d'œil lorsque nous avons appris, en *off* et il y a cinq jours seulement, que nous raflerions trois prix et pas des moindres : scénario, meilleure actrice dans un premier rôle et produits dérivés.

En attendant, les festivités ont élu domicile dans un endroit pour le moins inattendu : le Wollman Ice Skating Rink. De grandes structures métalliques ont été dressées pour construire un club éphémère autour de l'une des plus célèbres patinoires en plein air du monde. Un tour de piste qui vaut le détour, donc !

Les filles de Modus Five réfléchissaient à l'*event* depuis que plusieurs jurés de la noble institution hollywoodienne remettant des prix à des séries télé avaient sous-entendu que GOTG serait cette année gâtée… Je n'étais pas censée apporter ma pierre à l'édifice, mais voyant l'équipe galérer, je me suis invitée à leurs brainstormings. Puisque l'hiver nous tombe dessus depuis des semaines et que les grands gels nous figent certains matins, la patinoire de Central Park me semblait être un bon endroit pour une jolie fête. Et quoi de mieux que « Reines des neiges » comme thème ? Les pièces du puzzle peuvent s'emboîter. Symboliquement, nos reines sont les patronnes des restos rivaux, elles sont amies-ennemies. La glace entre en opposition avec le grill, aussi meurtrière et sensuelle que le feu.

Alors que la plupart des producteurs et acteurs de séries nominées ont affrété un jet pour se rendre en masse à L.A., prenant soin de retenir une somptueuse villa sur Mulholland Drive avec traiteur et DJ prestigieux pour fêter les récompenses, nous avons opté pour un truc surprenant. Notre fête a commencé à 22h, horloge new-yorkaise, et sera à partir de minuit ponctuée des grands moments de la remise à L.A. (trois heures de décalage derrière nous). Des écrans plats nous permettront de tout suivre en direct. Les médias qui comptent dans les environs sont à nos côtés, puisqu'il n'y a pas de mondanité concurrente. Nous devrions terminer vers 3h du matin ces excès de danse, d'alcool, de tenues folles et de poudreuse artificielle, sur une note dingue : si nous obtenons la statuette des produits dérivés, elle sera mise aux enchères. Je vois déjà les gros titres dans la presse !

Les people sont là, on en prend plein la vue et le gosier. Nous évoluons dans un palais digne du cartoon de Disney. Le son, qui s'est densifié me tape sur le système alors que je devrais être ravie…

◆ ◆ ◆

Nous avons déjà raflé deux récompenses, et la fête bat son plein. Mais où est donc Crys ? La foule est rassemblée devant les écrans pour applaudir en rythme avec la cérémonie qui se déroule à l'autre bout du pays. Les tweets explosent. Je me relève d'un sofa pour remplir mon verre sans doute une fois de trop, et la voilà qui débarque pendue au bras de Ronald. Je ne peux m'empêcher de sourire. Comme à son habitude, Crystal prend les choses à contrepied, si j'ose dire. Elle arbore fièrement une robe en lamé argent sexy.

Nous nous retrouvons tous les trois au bar, Ronald est totalement ivre, et c'est en fait lui que soutient Crystal plus que l'inverse. Elle a d'ailleurs l'air très agacée et tente de ne pas le montrer, mais je la connais…

– Ronald, s'il te plaît, je t'ai déjà dit que…

– Voui ma poupée, je sais. Tu aimes les filles. Mais ça ne me dérange pas…

Crystal aurait-elle prétendu être gay pour se débarrasser de lui ? Je saute dans la conversation.

– Ronald, je suis horriblement vexée, je croyais que c'était à moi que tu faisais la cour !

Tu parles, ce genre de mec bondit sur tout ce qui bouge. Notamment quand ça vit son moment de gloire. Et que ça a trop bu.

– Princesse, l'une n'empêche pas l'autre ! D'ailleurs…

Ronald se redresse, l'œil allumé. Il passe sa langue sur ses lèvres, son haleine me donne envie de reculer, mais je ne peux pas abandonner sa victime.

– D'ailleurs je vous imagine très bien les deux, là, la blonde filiforme, la brune pulpeuse, vous frotter… *Girls on the Grill*, grrrr !

Il est ridicule, mais cette simple évocation fait naître en Crys et moi une tonne de souvenirs imagés et brûlants… Elle éclate de rire. L'autre continue son cirque :

– Mmmh, Crystal, tu pourrais lui tirer les cheveux, la soumettre, parce que tu es le feu et elle la glace, donc il faudrait la lécher aussi, ça se lèche la glace… Et en fait, tu te rendrais compte qu'elle te domine et que n'est pas la maîtresse qui en a l'air… La glace c'est plus pernicieux que ce qu'tu'crois…

Il peine à construire ses phrases et nous à l'empêcher de brailler.

– Et toi Éléonore, je te vois promener tes mains dans ses fourneaux…

– Hé, Ron, tu es réalisateur de séries grand public ou de films de cul ? On se connaît depuis quoi, quelques semaines, t'as pas peur…

– Oh Éléonore, tu sais dire des gros mots ! *Nice* ! Donc, on est sur le lit à trois…

– Trois ? coupe Crys. Je croyais qu'on était deux dans l'histoire… Arrête la machine à fantasmes, Éléonore et moi on ne couchera JAMAIS avec toi…

Ronald vire de rouge à gris. Un tremblement d'ivrogne le saisit. Il est en train de se mettre en colère, ce qu'il faut éviter. Diversion.

– Ronald, concentre-toi, c'est le moment où la meilleure actrice va recevoir son prix…

Il me regarde, hébété, et nous quitte en courant pour se poster devant les écrans.

– Ouf ! soupire Crystal. Quel boulet ! Je me le traîne quasi depuis le début de la soirée, un enfer !

– Casse-couilles patenté. Surtout quand il picole, apparemment…

– Merci, Élé.

– De rien, ma belle.

Nos voix paraissent normales, mais ne le sont pas. Les évocations de Ronald ont ranimé une intimité lointaine, qui nous surprend toutes les deux.

♦ ♦ ♦

5h du matin. Je peine à remuer la clé dans le bon sens, dans cette fichue serrure qui coince. La fin de la soirée s'est déroulée comme à travers un rêve. Crys et moi avons continué à discuter, sans animosité ni distance. Complices. La victoire d'Anita, la patronne de *Hazard Games* ? Nous l'avons à peine suivie. La vente aux enchères façon strip-poker ? Mon ex n'y a pas pris part. Finir nue pour obtenir la statuette (histoire de se consoler de ne pas figurer dans la liste des nominations) ne l'a même pas tentée. Se serait-elle réellement assagie ? Quand nous nous sommes quittées pour prendre nos taxis respectifs, que je me suis penchée sur elle pour lui faire une bise, j'ai senti un souffle faire palpiter nos deux poitrines. Elle aurait aimé glisser sa langue sur mes lèvres glossées, je le sais.

L'appartement est plongé dans une demi-obscurité, mais je note immédiatement que quelque chose cloche. Une odeur étrangère et familière à la fois. Je me raidis. Y a-t-il un inconnu caché dans un recoin ? Pourtant la sécurité dans cet immeuble est maximale… Pas vu Dylan, cependant. Mais les caméras de surveillance ne partent pas en vacances, elles. Pour parvenir jusqu'à moi, il faut montrer patte blanche à la réception, composer deux codes et enfin avoir la clé… Que les gardiens ont en double. Je frissonne, les effets de l'alcool se dissipent. Les poils de mon échine se hérissent.

Je reprends totalement mes esprits et me dirige sur la pointe des pieds vers l'espace cuisine, histoire de me munir du grand couteau à viande. Et j'allume brutalement, autant être fixée sur le sort qui me sera réservé dans les prochaines minutes. Personne dans le salon. La porte de ma chambre est ouverte, et un léger ronflement que je reconnaîtrais parmi mille s'en échappe. Jack, mon mari, est ici à New York et il dort dans mon lit d'infidèle, comme un bienheureux. Il s'est servi du double des clés que j'avais fait faire en arrivant et que je lui avais envoyé dans un colis DHL avec une jolie gourmette de chez Christie's et les codes d'accès. Je voulais, sombre imbécile !, effacer l'image de notre séparation un peu froide, lui envoyer un signal de paix et d'affection.

Je me détends, repose le couteau sur la table basse, me défais de mes chaussures et de mon manteau.

♦ ♦ ♦

Il se colle dans mon dos. Nu. Son sexe est un glaive. Jack caresse mes hanches, titille mon nombril sous la nuisette dont il se débarrasse assez vite, effleure mes seins. Son étreinte est forte et douce à la fois, il mordille mon cou, sans parler. Il doit être midi, nous nous sommes réveillés en même temps.

– Tu es bien installée, dis donc… C'est magnifique ici !

– Et si calme…

– Tu veux dire, sans mari et sans enfants ?

Il tente de prononcer ces mots sur un ton insouciant. Et continue à parcourir mon corps avec ses doigts.

– Tu sais que j'ai failli te poignarder en rentrant hier ?

– Tu as eu peur ?!

– Ça oui, j'ai su depuis le seuil que je n'étais pas seule…

– Comment ?

– L'odeur…

– Ah ben, je te remercie !

– Je n'ai pas dit que tu sentais mauvais, idiot…

Il me retourne et happe un mamelon pour le suçoter avec gourmandise.

– Toi tu ne sens pas la rose, en revanche.

Je sursaute.

– Hey, ce n'est pas très agréable !

Il lâche mon téton pour s'attaquer à l'autre, relève la tête.

– Je veux dire, on sent que tu as fait la fête hier, que tu as bu, que tu as été environnée de fumeurs et de parfums de cocottes… Il y a une vanille tenace…

Je me redresse, furieuse.

– Ça ne me réchauffe pas vraiment, ce que tu racontes !

– Relax, Élé *Darling*, je te taquine ! De toute façon, quels que soient les mots que j'utilise, j'arrive toujours à mes fins…

Il crache dans ses doigts, humidifie mon sexe, me grimpe dessus et m'empale en moins de cinq secondes. Son désir, très palpable, a le don de m'agacer. J'hésite : écouter la colère ou le besoin de satisfaire cette envie qui parcourt mon bassin ? Mon mari n'a pas perdu son savoir-faire et me pilonne avec allégresse. Je finis par m'abandonner, le plaisir se propage comme une onde chaude. Il se sépare de moi, se lève du lit et m'amène au bord, toujours sur le dos, lève mes jambes pour me reprendre en équerre, l'une de ses positions préférées. Mais subitement, mon excitation retombe. Il y a quelque chose qui coince, son sexe qui va et vient m'emplit d'une manière différente, à laquelle je suis moins sensible…

Il jouit, pas moi. Quand il retombe sur l'oreiller, ses yeux m'interrogent. Je hausse les épaules en souriant.

– Pas grave ! Allez, je te fais le petit déj.

– Regarde sur le palier si on t'a apporté le journal.

Mon mari se sent déjà comme chez lui. Je souffle. Ce week-end va être très long.

♦ ♦ ♦

– Éléonore, tu as vu les retombées presse ?

En réunion générale chez Modus Five, on débriefe la soirée « Reines des neiges ». Le succès est total, à L.A. et à New York mais Sandy, la patronne de *Come out and Play*, a, comme prévu par Ronald, saccagé sa chambre d'hôtel de dépit…

Je ne parviens pas à participer à la liesse générale. Jack a décidé de prolonger son séjour ici, et la perspective de ne pas retrouver ma quiétude, mon célibat, me pèse. J'ai pourtant tenté de le dissuader, de façon indirecte, lui préférant la compagnie de mes toiles et de mon atelier improvisé.

Tante Céleste serait heureuse et dirait que c'est ça, la grande nouvelle. Pas les victoires de GOTG, pas le faste de notre fête relayé dans les médias, et encore moins l'arrivée de mon mari bien intentionné alors que je nous croyais au bord du divorce.

Après notre petit déjeuner silencieux et délicieux, Jack a voulu remettre une partie de câlins en route. Je me suis dérobée, enfermée avec mes pinceaux et mes couleurs. Pour la première fois depuis longtemps, nue sous ma tunique blanche, j'ai ressenti une énergie et une vitalité extraordinaires. Celles qui étaient les miennes lorsque je me destinais à l'art, et pas aux paillettes…

11

Crystal

Nos éclats de rire fusent à mesure que le joint disproportionné de Léo se consume et module l'ambiance olfactive de mon appartement. Soit je délire totalement, soit Alceste est aussi high que nous : il ne pourrait pas faire le test de la ligne droite avec sa démarche actuelle. Ou bien ma vue me fait des blagounettes ? *No fuckin' idea.*

La présence de mon frérot dans mon univers me remplit d'allégresse. Les roucoulades de sa voix, pantin des substances qui le contrôlent, sont douces à mon oreille. Un peu de mon monde parisien, mon noyau solide, arrive avec lui pour infuser de vieilles habitudes rassurantes dans cette Grosse Pomme agitée et impersonnelle.

Et Alex, qui vient de se joindre à notre petite sauterie avant de ressortir au restaurant avec des potes, ne refuse pas sa part du distributeur de gaieté. Ainsi, les sphères ne se télescopent pas, elles s'emboîtent sans résistance (et sans mauvais jeu de mots). Évidemment, la venue de Léo pour ses vacances a cessé d'être une source de discorde quand mon cadet m'a balancé avec un naturel déconcertant :

– Non mais Crys, j'ai besoin d'une chambre tranquille pour baiser et fumer mes pétards, tu crois quoi ? Je vais me dégoter un hôtel pas loin et ça ira très bien !

Ce qu'il a fait dans la semaine qui a suivi, clôturant ainsi le vif débat qui animait mes échanges avec Alex. Il n'a pas changé d'un iota, mon Léo. Svelte, au style dandy, la masse capillaire imposante et assumée, la verve prolifique, la bourde au bout de la langue…

– Et avec ta blonde à New York alors, ça se passe comment ?

Mes mitraillettes le rabrouent d'une œillade. Alex qui commence à flirter avec une autre planète (il n'a pas l'habitude de tirer sur de la verte) titille les nerfs de mon chat-roi qui sort gentiment les griffes. Il est donc trop occupé à se rouler sur le sol pour relever la question malvenue de mon frère. Et, quoi qu'il en soit, son français demeure encore très approximatif. Ouf !

– Je vous sers un petit whisky, mes oiseaux ?

– Non, *Baby*, je vais filer moi, les garçons vont m'attendre. Et je suis assez stone comme ça… Elle est sacrément forte ton herbe, Léo.

– Ouais, bon plan. C'est pour ça que j'ai pris le risque de lui faire traverser l'Atlantique.

– Ne me rappelle pas ce détail, Léo, ça me donne de l'urticaire. Risquer ta vie pour de la beu, franchement, t'imagines trente secondes la gueule de papa et maman si tu finissais au trou, et aux States en plus ?

– Roh, Crys, risquer ma vie, risquer ma vie… T'as pas l'impression d'en faire trois caisses pour rien ? Ce n'est pas de l'héro !

– Je vous laisse régler vos histoires en famille, à tout à l'heure les bourriques ! lance la personnification de la Suisse avec laquelle je cohabite.

– Courage fuyons, *Honey*, hein ! Tu ne peux quand même pas donner raison à ce morveux de tenter le diable dans un des pays les plus intransigeants avec la came ?!

– « Morveux », tu prends tes aises, Sœurette !

– Non, je ne distribue ni bons points ni mauvais points, je file me sustenter parce que la faim me dévore le bide et que je veux redescendre de mon nuage de chantilly ! fait Alex en se glissant sur le palier.

Quelle poule mouillée !

– C'est vrai ça, il fait faim, Crys, et puis j'ai hâte de découvrir tes nouveaux talents culinaires que tu m'as tant vantés... Puisque tu ne me parles plus de tes prouesses cul tout court !

– Ta lourdeur légendaire m'avait manqué !

– Lol ! T'as préparé quoi ?

– Arrête avec tes lol et autres mdr ! C'est soooo 2008 !

– Et toi tu es soooo relou ! Alors t'as préparé quoi ?

– Un tartare de poissons en entrée, des gnocchis aux champignons et un clafoutis aux mirabelles... Tu devrais être rassasié ! Mais on va attendre Lorenzo et Christian pour dîner, hein !

– Hum, oui, oui ! Prends-toi ça, Alceste, toi et tes croquettes diètes, vous allez baver d'envie. D'ailleurs, si vous pouviez nous jalouser dans une autre pièce, parce que mon nez me gratte déjà ! Et que je veux être présentable pour rencontrer le *boyfriend* de Lolo...

– Reçu cinq sur cinq, monsieur casse-couilles qui parle au chat pour faire passer son message...

Finalement, mon frère et ses allergies sont bien mieux à l'hôtel !

♦ ♦ ♦

Après cette journée éreintante, je traîne de la patte sur la 43e pour rejoindre Lorenzo. Même mes bottes plates ne me ménagent pas assez. Il faut dire que j'ai été gâtée comme à mon anniversaire aujourd'hui ! D'abord les crêpages de chignon d'Anita et Sandy, puis la scène de ménage d'Amber à Tom. La rousse aurait vu son Black bodybuildé aguicher une assistante et ne s'en serait pas remise, alors même qu'ils ne sont pas en couple ! Mais elle tient à son sex-friend et se voile la face sur leur relation qui a du plomb dans l'aile – ce que le reste de l'équipe a décelé depuis un moment déjà. Pour couronner l'ensemble, j'ai dû composer avec la présence trop visible d'Éléonore (qui semble vouloir faire corps avec ma vie, mon boulot, mon entourage en fourrant son museau partout), les cinquante SMS de mon frangin-poète qui veut passer au studio et me faire organiser une soirée avec les actrices (il a, je cite, le pilier tout raide et les cailloux gonflés quand il voit Nancy !), la vue dégueulasse de Barbara au déjeuner, Ronald-la-glue et les beuglements de Luke Tanner qui refuse d'admettre que non, on ne rattrapera pas notre retard dans les tournages et que oui, il faudra décaler d'une semaine la diffusion… Quelle tannée !

Tony's Di Napoli, brasserie italienne chaleureuse, repère des gourmands qui aiment partager des énormes plats de pasta à la manière du Clochard et de sa belle. Parfait pour décompresser et envoyer balader le comptage des calories ! Lolo m'attend, installé à mon endroit préféré : la table d'angle de banquette, au fond à droite. La seule qui permette de dîner côte à côte, en étant confortablement calés, et qui nous préserve un peu du bruit inhérent à ce lieu convivial.

– Tu as pris les dessins avec toi, ma Tatass, hein ?

– *Of course Darling*, mais je commanderais bien deux verres de rouge pour trinquer avant de te les montrer.

– Vos désirs sont des ordres, Princesse.

Il hèle le serveur, choisit le vin et indique qu'on sait déjà ce que l'on mangera : des spaghettis aux meatballs, parce que précise-t-il « *we love meatballs* ». Mes fossettes se dessinent, j'échappe un gloussement, je me détends.

– Tu sais que tu fais terriblement hétéro quand tu prends tout en charge comme ça, mon Lolo !

– Terriblement italien plutôt, non ?

Je tire mes feuilles de croquis de mon Marc Jacobs et les colle sous le nez de mon acolyte en plissant les yeux, de frousse qu'il n'aime pas.

Il tourne les pages, boit régulièrement une gorgée, fait durer le suspense pour me torturer. Trop d'impatience, plus une once de vin dans mon ballon, j'explose :

– Bon alors, tu balances la purée ? Tu détestes, c'est ça… ??

– Hum… En fait… Je ne sais pas comment te dire…

– Ben vas-y, ponds-la ta critique, ce n'est qu'un premier jet, je vais retoucher…

– Comment te dire que… j'adore, Tatass !!!

– Ah, t'es con, tu m'as foutu les jetons.

– Cet imprimé girafe est de toute beauté, je vais m'y mettre dès demain à l'atelier, Chérie, ça va dépoter ! Sur les pompes comme sur les sacs, c'est canonnn !

Je reprends les quarante respirations que j'ai en retard pendant qu'il s'extasie et que mon cœur cesse de vouloir quitter ma poitrine.

♦ ♦ ♦

Le retour du silence. Celui qui me tétanise, m'anéantit. Nos peaux se tiennent à distance, dans ce lit encore trop bien fait, dont les draps à peine froissés parlent pour nous. Je préférerais faire l'étoile de mer, imbibée de whisky, mes membres ne répondant plus à mes supplications, plutôt qu'être là, dans cette position rigide, en pleine possession de mes moyens mais la langue figée de désarroi.

Je vais m'étouffer à force de retenir mon souffle pour ne pas émettre le moindre son. Deux options se juxtaposent dans ma cervelle en éruption : courir le plus vite possible, attraper un manteau, mon chat, et rejoindre le parc pour dormir à la belle étoile, ou cracher mon ressenti jusqu'à ce que je me sente vide de mots.

– J'ai grossi c'est ça ? C'est moi le problème ? Ou alors tu penses à une autre ? Peut-être que parce que tu m'aimes, tu ne veux plus me baiser comme une chienne ? Est-ce mon côté libéré qui te bloque soudainement dans ta virilité ? Le fait qu'on ne se dévoile pas dans le boulot et qu'on cache notre relation, c'est devenu pesant ? Ou je ne t'attire plus et donc tu me prends vite fait par obligation ? Je ne te touche plus comme tu adores ? Bordel, je te jure Alex, il faut que tu m'expliques pourquoi on s'envoie en l'air moins souvent, moins violemment, moins passionnément, moins tout en fait ? Parce que ça me rend complètement cinglée ! Et je ne me sens plus femme, plus femme comme avant en tout cas…

Mon monologue le laisse perplexe. Je crois que s'il n'embraye pas, je vais physiquement devenir brutale. Je me vois déjà planter mes ongles dans ses joues pétrifiées et immobiles. Le transformer en zèbre.

Il bondit d'un coup, cavale dans l'appartement, revient avec Alceste – crédibilité zéro mais capital sympathie revu à la hausse – et daigne enfin répondre, en grattant le chat qui joue les boucliers.

– Tu es magnifique et tu n'as pas changé. Je ne sais pas mettre des termes sur ce que je ressens, mais pour moi il n'y a rien de grave dans ce que l'on vit. Je n'ai pas l'impression de traverser une période lourde ou même un désert ! C'est ton inquiétude qui rejaillit sur moi. On ne baise pas tous les jours, *so what* ? Y a une police du cul qui impose un rythme ?

Je marmonne un truc inaudible.

– J'aime toujours ta manière de m'attraper, tu n'as rien à te reprocher. J'ai juste envie de te voir un peu plus calme, un peu moins pétasse, parce que je t'aime et que tu n'es pas un film porno pour moi. Tu es ma femme et je ne veux pas te dégrader…

Bordel, qu'est-ce qu'il raconte ? Sa femme ?? Me dégrader ? On n'a pas dix ans de mariage au compteur et trois marmots… Et quand bien même d'ailleurs ! Bientôt, il va me sortir qu'il me trouve plus canon en cuisine que dans un pieu ? Ne pas le frapper, rester zen. Penser à Éléonore. Non, n'importe quoi, tout sauf elle. Penser aux girafes. Voilà. Long cou, longs cils, longue queue…

– Tu es un peu rouge, Chérie, tu veux de l'eau ?

– Non.

– Ça ne va pas ?

– Ah non, ça ne va pas.

– Mais pourtant je n'ai rien dit de mal. Je t'aime, c'est l'essentiel ?!

– Non, non, non…

– Un autre mot de vocabulaire peut-être ?

– C'est très simple. J'aime être ta pute, et si je devais choisir entre être ta pute et ta femme aujourd'hui, je crois que ma décision ne t'emballerait pas…

– Tu délires. Et puis je ne t'interdis pas d'être une bombe sexuelle, je dis juste que parfois faire l'amour me convient mieux que baiser comme des animaux en rut.

– Je vais être très claire. Pourquoi n'ai-je plus le droit de te lécher aussi derrière quand je te taille une bonne pipe par exemple ?

– Parce que ça me gêne maintenant. Ta question aussi me dérange. Pourquoi te sens-tu obligée d'appeler systématiquement un chat un chat ? De tout formuler ?

– *Don't know.*

– Arrête de nous créer des problèmes parce que tu flippes qu'on reste ensemble. On baise encore, oui ou non ?

– Moui.

– Tu prends ton pied et moi aussi ?

- Ouais.

– Donc nous allons très bien. Que ça dure cinq minutes comme ce soir, ou une heure comme d'autres, c'est du détail. On crée notre équilibre, qui ne sera pas celui du voisin.

– Hum…

– Hum, qu'est-ce qu'on mange, j'ai faim maintenant…

♦ ♦ ♦

De la bouillie. Mon cerveau, mes pieds, mon estomac. Je suis un immense tas de bouillie. Léo m'a traînée dans un club jusqu'à 5h du matin, et à 11h, l'alcool déborde encore de mon gosier. Je dissimule mes excès sous de grosses lunettes noires vissées sur mon visage bouffi, censées me protéger de la lumière qui me donne la migraine. Personne n'est dupe mais ils font bien semblant.

Heureusement, Léo, qui se requinque plus rapidement que moi, bénéficie de toute l'attention dont on m'allège puisque c'est la première fois que je l'emmène sur le tournage et que son charme fait quelques vagues. Et lorsque le « On Air » se colore de rouge, je peux presque fermer les yeux sous les verres teintés.

L'épisode du jour se concentre sur les quatre serveurs écartelés entre les deux restaurants, entre Anita et Sandy, le passé et le présent. Si dans la saison 1 de *Girls on the Grill*, les personnages d'Amber, Nancy, Tom et David s'éclataient sous le même toit et ne s'interdisaient ni les concours de shots en cuisine ni les cigarettes aspirées comme des gosses, porte de derrière entrouverte, cette saison 2 les place dans une configuration plus délicate. Doivent-ils privilégier leur connivence amicale et charnelle ou leur fidélité à leur patronne respective ? Et quand, tard dans la nuit, l'appel du sexe est plus fort que tout, comment sauver les apparences le lendemain ?

Sandy traverse une grave crise personnelle. (Bon Dieu, ce qu'elle me sort par les tous les trous, celle-là !) Les jeux mis en place dans son *Come on and Play* ne sont pas suffisants pour garder la clientèle, la cuisine ne suit pas, et ses serveurs Nancy et Tom ne parviennent pas à redresser la barre. Les voilà dans le petit bureau de la chef, réunis avec un cuistot en larmes car on lui a renvoyé trois fois son steak tartare en une semaine. Il est viré… Séquence suivante : Tom et Nancy sont désemparés et se réfugient après les horaires d'ouverture chez *Hazard Games*. Comme au bon vieux temps. Anita est partie depuis un bail et ne risque pas de les surprendre, tous les quatre, à la place de choix comme des clients – une table ronde près des baies vitrées, vue imprenable sur l'Hudson. Ils sont beaux, chacun à leur manière, de types si différents qu'on ne peut s'empêcher de les trouver représentatifs d'une population de métropole. Les tensions sexuelles qui les agitent régulièrement – à tel point qu'on se demande si le scénario ne va pas les conduire à l'orgie ! – ne sont pas au rendez-vous : c'est d'amitié dont il s'agit ce soir.

Léo, qui n'en rate pas une miette, a enclenché son attitude attrape-minettes. Depuis deux heures, il fait comme si elle était la seule à exister dans les studios. Nancy, sa *target*, celle qui raidit le pilier et gonfle les cailloux… La bimbo ne le snobe pas du tout, pire, elle rentre dans son jeu, talons en avant. Nous n'avons vraiment pas les mêmes goûts. Bien sûr, je ne la repousserais pas si elle me chauffait salement, mais je n'en rêverais jamais la nuit.

J'assiste, déconcertée, à leur cirque qui ne détonne pas avec la réputation récréative de nos tournages et essaie de chasser une question : « Qui va ramasser les pots cassés de ce coup de foudre qui deviendra coup de bite puis coup dur ? »

♦ ♦ ♦

L'eau, mon élément, ma detox favorite. Quand je nage, même au milieu de dizaines d'autres courageux, j'ai le sentiment d'être seule au monde, concentrée sur mes gestes tout en ayant le temps de tirer sur les fameux fils de ma tête confinée dans son immonde bonnet de bain obligatoire.

Je m'impose deux ou trois heures de piscine par semaine depuis que j'ai renoncé au running afin de préserver un peu mes chevilles et genoux, déjà sur-sollicités par ma passion pour les Stilettos. J'ai troqué les baskets contre le maillot de bain, et la transaction me réjouit. Percer l'eau, en brasse coulée, en crawl, ou sur le dos avec les cuisses pour unique moteur, m'envoie une dose d'endorphines délectable (un complément à celles libérées par les orgasmes, dont la fréquence est en berne). Avec mon mp3-partenaire-aquatique et ses écouteurs waterproof, je choisis l'ambiance de ma nage comme je le faisais en courant. Aujourd'hui, je laisse Jacques Brel m'emporter dans sa poésie inégalable. Brel pour faire de l'exercice me direz-vous ? Parfaitement. Je peux vous assurer qu'en écoutant « Ces gens-là », même pour la dix millième fois, je me sens pousser une énergie combattive intense. « *Et qu'on attend qu'elle crève, Vu qu'c'est elle qu'a l'oseille, Et qu'on n'écoute même pas, C'que ses pauvres mains racontent...* » : la révolte au bout de sa plume me gagne, boostant mes accélérations. « Les remparts de Varsovie » me donne le rythme, « Les bourgeois » le sourire pour continuer.

Lorsque je quitte le bassin, puis les vestiaires, et que le vent balaie mes cheveux trempés, je me sens vivante. Prête à tout affronter, revigorée.

♦ ♦ ♦

Il l'a voulue, il l'a eue. Me voilà attablée au bar tournant panoramique *The View*, en plein Times Square, avec Léo, Alex et... Nancy, pour une soirée « à quatre ». Cette expression qui ne traduit souvent qu'un prétexte pour qu'un couple amène un autre à se rapprocher. Ou, en l'occurrence, pour que je permette à mon frère de fourrer une actrice *georgous* et *famous*. Comment disait Guetta déjà ? *Fuck me, I'm famous*. Une phrase que Nancy pourrait se tatouer dans le décolleté (interminable) ce soir...

Les battements de cils et autres ricanements façon parade nuptiale me gâchent mon Cosmo, je devrais passer direct au Sky, sans glaçons. Ou céder à la fontaine de chocolat du buffet qui m'aguiche, dans l'attente des fruits qu'elle est prédisposée à recouvrir. La main d'Alex qui parcourt ma nuque, allégée de ma tignasse relevée en chignon, m'offrent quelques frissons réconfortants, mais on est loin de la tension sexuelle extrême qui nous fait face.

Le pire ? Le pire s'inscrit dans d'autres considérations. Le pire prend ses racines dans un souvenir récent qui rend impossible tout laisser-aller, ici et maintenant. Le pire donc, c'est que la dernière fois que j'ai foulé le sol de ce joli bar de Manhattan, Éléonore se tenait à mes côtés. Un catch-up des plus déstabilisants, même si je n'ai livré aucune émotion.

Sur cette réminiscence, un texto part rejoindre la boîte de réception de ma blonde. Un SMS nul, puéril, typique de l'amante en manque qui ne veut rien donner mais qui ne peut pas se taire : TU FAIS QUOI ?

Le club de strip-tease dans lequel nous atterrissons plus tard m'achève. La vision de la paluche de mon frère se frayant un chemin sous la robe de l'actrice que j'ai l'habitude de chausser me traumatise. Les roulages de patins vont bon train entre Léo et Nancy, qui semblent nous avoir totalement occultés.

À la recherche d'une échappatoire, je tombe raide love d'une danseuse – qui répond au pseudo de Sheila – et m'imagine en train de la dévorer dans un salon privé. On ne se refait pas, mon inclination pour ce genre de lieu n'a rien d'inédit. Sa manière de gesticuler sur le stage et contre la barre en fer chromé chahute mes sens en alerte. Elle réfléchit la lumière avec une grâce absolue et tranche avec les robots qui l'entourent. Son regard n'est pas vide, ses mouvements pas automatiques, ses seins pas siliconés, ses hanches pas rabotées, ses fesses pas inexistantes. Elle ondule avec nuances, charme son audience, l'allume progressivement en grimpant toujours plus haut, en redescendant toujours plus lentement.

Alex devine mes pensées et m'achète un ticket pour un lap dance, dont il profitera visuellement (le genre de détail qui me rappelle pourquoi j'ai craqué pour lui). La chevelure démesurément imposante de Sheila, son odeur enivrante et sa provocation dosée m'ébranlent, m'émeuvent. Je la touche, contre toutes les règles que le lieu impose, parce que je lis son approbation de prunelle à prunelle. Elle ne se tient pas à distance raisonnable, elle passe sa poitrine sur ma bouche, effleure mes lèvres avec les siennes. Je voudrais évincer Alex, Nancy, Léo, chaque client du club, pour ne rester qu'avec Sheila la sublime.

Un éclair lumineux en provenance de mon téléphone déroute ma concentration. Éleonore : JE PEIGNAIS DANS MA BUANDERIE MAIS MAINTENANT JE PENSE À TOI... TU ES OÙ ?

12

Éléonore

NOUS NE NOUS PARLONS PAS. Dans le taxi qui nous conduit à JFK, ni Jack ni moi ne savons qu'ajouter aux mots vifs échangés hier soir, lors d'un dîner en amoureux censé être romantique. Chandelles et violoncelles. TOUT était réuni. Langham Palace. Restaurant Ai Fiori.

Mon mari, (à moitié) oisif et installé à demeure depuis une semaine, a savamment tissé sa toile. Si nos retrouvailles sexuelles n'ont pas été extraordinaires, il a œuvré pour se rattraper ensuite. Il m'a emmenée voir Lisa Minelli à Times Square, m'a traînée au MoMA pour un vernissage, à un dîner gala de charité au Ritz-Carlton de Central Park, à un concert de Rihanna. Impossible de compter ses attentions et ses cadeaux. Parfums, bijoux, fleurs, et même un magnifique tableau de Shaï-Minh Ming, une artiste que j'adore. Chaque midi, il a fait le pied de grue chez Modus pour m'inviter à déjeuner. Textos, sexe quotidien, tourbillon de mondanités.

Paillettes, paillettes, paillettes… Et peinture. Le soir, depuis que mon mari squatte mon espace de liberté, je peins. Je couvre mes toiles de couleurs vives et de formes abstraites. Silhouettes longilignes, parce que je suis obsédée par elles. Corps de femmes. L'un de mes tableaux me demande beaucoup de concentration. On n'y distingue pour le moment qu'un mouvement auburn. La cambrure d'un dos. Des talons. Je le peaufine dans ma tête, et sur des brouillons que je m'empresse de balancer aux ordures.

Paradoxalement, et alors que la peinture a toujours représenté une bulle qui lui échappait, Jack a apprécié être le témoin des retrouvailles avec ma passion première. S'est-il douté, pour Dylan ? Lui que nous avons beaucoup croisé, qui nous a accompagnés cette semaine plus d'une fois dans l'ascenseur, les yeux pleins de désapprobation.

♦ ♦ ♦

– Rentre bien, Jack…

– Attends, tu vas quand même rester avec moi jusqu'aux douanes ? Je te signale que l'avion a deux heures de retard !

– Tu ne préfères pas attendre au salon Air France ?

– Tu te fiches de moi, Élé ? On vient de passer une semaine de rêve et tu n'as qu'une envie, qu'on se quitte ?

– Je disais ça pour ton confort… Eh oui, on a eu une semaine de sorties, sans discussion de fond, je te signale.

– On n'a fait que ça ! Papoter, sortir ET papoter, faire l'amour ET papoter…

– Tu ne comprends rien…

– Je ne saisis pas.

J'explose.

– Tu trouves qu'on va bien, toi et moi ? Et qu'est-ce que tu voulais, finalement, en venant ici ? Me gâter pour m'attendrir et me faire oublier ton coup de canif dans le contrat ?

Ma mauvaise foi est ici sans bornes, je l'admets.

– Oh, tu ne vas pas remettre ça sur le tapis, comme si toi et Jean-Claude…

– T'es sérieux, là ?

– Allez, avoue-le, vous avez déjà couché ensemble.

– Je ne vais pas m'abaisser à te répondre. Tu sais quoi, on va même arrêter cette conversation ridicule, je…

– Élé, je suis désolé. Pardon. Je n'ai qu'une envie, c'est de recoller les morceaux…

À moitié levée, je le regarde. Ses yeux brillent un peu, il a l'air sincère. Je soupire et me rassieds. Jack se penche et m'embrasse sur la joue.

– C'est dur, sans toi à la maison.

– Tu parles, je suis sûre que ta mère est tellement ravie de t'avoir à elle, ainsi que les jumeaux…

– Pas faux. Mais vivre avec ma mère ne faisait pas partie de mes plans d'avenir. C'est avec toi que je suis heureux.

– Difficile de savoir si nous sommes encore heureux à deux, à plein temps, *dear*.

– Arrête de dire n'importe quoi. Nos dernières vacances chez tes parents en Thaïlande étaient merveilleuses…

– C'était, comme tu le dis justement, des vacances… Sans enfants, sans boulot, sans pression.

– Élé, on forme un tandem parfait. Ne gâche pas cela. Fais le point. Amuse-toi. Peins. Concentre-toi sur ta magnifique carrière dont je suis si fier. Et reviens.

Je fixe mon mari quelques instants.

– Je te promets que je vais réfléchir.

♦ ♦ ♦

Soleil et ciel splendides. Je me hâte sur la 5e afin de rejoindre le chantier qui a superbement avancé. J'ai enfin récupéré mes habitudes en solo et j'ai achevé ma première toile. Deux femmes qui s'enlacent, dans un mouvement surréaliste et un mélange des couleurs qui rappellent les peintures de Sonia Delaunay. Lorenzo, que j'ai invité hier soir à dîner (simple et sans chichis, quelques sushis servis sur la table basse à la japonaise, avec de la bière et du saké), a paru époustouflé.

– Mais Éléonore, que fabriques-tu comme DA dans un groupe comme Modus ? C'est dans le monde des galeries que tu devrais évoluer !!

– J'ai arrêté il y a si longtemps…

– C'est un crime. Je ne sais pas de quel acabit sont tes autres toiles, m'enfin il me semble que…

– Trêve de compliments, ton domaine c'est la chaussure de luxe, mon cher ! Et venant de ma part, c'est tout sauf péjoratif.

– Et stop les bavardages, *Darling*. J'imagine que tu meurs d'envie qu'on parle d'un sujet bien particulier…

Il n'avait pas tort. Lorenzo, je l'aime bien, mais c'est le confident de Crys. En quittant l'aéroport l'autre jour, j'ai pris une grande décision, peut-être l'une des plus importantes de ma vie sentimentale : faire lanterner mon mari tandis que je récupère mon ex.

Bien sûr, ce n'est pas fair-play pour le père de mes enfants. J'assume. Je sens que je suis à un tournant de ma vie et que j'ai besoin d'autre chose. J'ai donc invité Lorenzo dans l'espoir de mettre à jour ma fiche signalétique, indispensable dans le plan de reconquête de la Girafe que j'ai surnommé : Opération Savane. Chaque fois que j'y pense, ça me fait sourire. Barbie dans la savane de la Girafe… avouez que c'est loufoque.

Lorenzo s'est tortillé avant de me lâcher l'information principale : oui, Crystal est engagée dans son histoire avec Alex, mais ce dernier est le plus accro des deux. Et non, la jeune femme n'a pas l'air plus épanouie que jamais. Elle continue de fréquenter les bars pour voir des filles (même si elle ne passe pas à l'acte), ce qui m'a moyennement plu.

Lorenzo, en repartant, m'a claqué la bise et demandé :

– Dis donc, Beauté, tu ne prépares pas un coup fourré, hein ?

♦ ♦ ♦

– Éléoonoore !!! Qu'est-ce que tu fiches ??? Ne me dis pas que tu roucoules avec ton mari ?

– Quoi, je ne suis pas en re…

– Je ne sais pas comment gérer cette situation, dépêche-toi de venir…

Bon sang, la Baleine doit avoir un problème de taille. Ça fait un bail qu'elle ne m'a pas percé un tympan par téléphone interposé.

Je traverse le magnifique resto-room sexy de *Girls on the Grill* – moquette épaisse, tentures de velours, gravures représentant des cabarets aux murs, teintes pourpres et grenat ; tables rondes de différents formats disséminées çà et là, aux lignes et matériaux purs pour ne pas surcharger l'ensemble ; fausses cheminées, orchidées blanches. Un condensé parfait entre le classicisme du resto numéro 1 et la modernité du numéro 2 : cet équilibre harmonieux nous a demandé à Lindsay et moi des nuits de travail et d'insomnie.

J'arrive en courant dans le showroom, et voilà que je me trouve face à Barbara et Crystal. Deux paires d'yeux qui fulminent et étincellent. Une Baleine et une Girafe ne sont de toute manière pas constituées pour s'entendre. Lindsay est là, Dieu soit loué.

– Salut les filles.

Je prends un ton posé. Rapide coup d'œil circulaire (inquiétant) : l'espace est encore en chantier. Je me demande intérieurement comment le resto-room pourra être prêt pour une ouverture commune dès le lancement de la saison 2 de GOTG.

– Je croyais que votre champ d'action se limitait à Brooklyn, grince Barbara.

– En effet, rétorque l'autre avec aplomb.

– Alors ?

– Alors ?

Le ton est aigre, entre la senior et la junior qui n'ont jamais pu se piffer, même du temps où l'une dictait l'ordre du jour à l'autre. *Ne pas vexer Crys, que je dois finir par entraîner prochainement dans notre sillon, en douceur.* Autrement dit, je dois obtenir son accord pour utiliser son nom comme faire-valoir pour le showroom. Une situation qui me met mal à l'aise, notamment puisque j'ai décidé, indépendamment de tout, de la ramener dans mon lit et dans ma vie. Et cet objectif est largement prioritaire à celui de convaincre Crystal de redevenir collaboratrice directe de Modus (Athena Productions, c'est une autre paire de manches) – tâche vaine, ardue, probablement perdue. Elle a la rancune tenace.

Je reprends la parole.

– Alors, Crystal a son mot à dire dans l'organisation de la boutique, même si c'est toi qui décides, Barbara. Crystal te donnera les trois ou quatre prototypes de chaussures à exposer sur les étagères dédiées puisque son contrat stipule que les créations de la série appartiennent à Athena Productions. Mais elle a un droit de regard artistique qui prime sur la direction.

Mes deux gorgones redescendent de leur Olympe progressivement. J'ai éteint le feu, mais cela sera-t-il durable ? Histoire de la calmer, je décide d'emmener Crys visiter les coulisses du restaurant. Je la sens électrique, et je n'ai qu'un désir depuis que mon mari est reparti : la plaquer contre un mur et lui changer les idées. Lui prouver que j'ai évolué. Tant pis pour son Alex.

– Mais c'est très beau ! C'est fou comme le décor me semble familier…

– Normal, c'est vraiment une fusion de ceux que tu connais.

On se fixe. Je la sens déstabilisée, elle prend sa voix de petite fille. Lorsque Crystal Roche abandonne le ton de nana branchée, c'est que quelque chose la tournicote. La touche. Elle ne maîtrise pas et elle ne déteste pas, mais elle fait attention où elle met les pieds. Le contraire de moi. Je maîtrise tout et je déteste lâcher prise. Et quand je le fais, je m'abandonne d'un bloc, sans plus d'armure. Autant admettre que cela arrive rarement.

– Je viendrais bien avec Alex, reprend-elle pour abolir le silence qui s'est installé.

Nous évoluons parmi les tables, elle note chaque détail, je la conduis vers les cuisines gigantesques et rutilantes.

– Dis donc, c'est pas une brigade qui va évoluer ici mais une armée !

Je vais lui montrer une troisième salle, dédiée aux happenings. Je l'ai dessinée à partir des notes et des croquis pris sur le tournage. Dans la série, les happenings ont lieu dans les salles des restaurants, mais j'ai décidé, avec la bénédiction de Luke et Jean-Claude, de faire des happenings une partie réservée aux membres du club GOTG.

– Un club GOTG ? fait Crystal, les prunelles brillantes, avant que nous en ouvrions les portes.

Ce qui est exclusif est toujours désirable. J'ai donc eu l'idée de créer un club très sélect autour du resto-room. Coût de l'adhésion : 5000 dollars l'année. Ceux qui en font partie auront le droit de participer à des jeux encore plus osés, comme de manger sur le corps d'une femme nue, d'assister à un concert de Pink en compagnie d'un petit groupe de privilégiés… Des événements que l'on retrouve dans la série.

Crystal a l'air d'aimer le concept. L'élite, que ce soit par le fric, le glamour ou la culture, ça la fait tripper.

– Tu sais que ça peut dégénérer ? fait-elle, ingénue.

Je lui explique aussi que nous sommes en plein recrutement des équipes. Le chef, le gérant du resto, le personnel. Il faut que tout soit raccord avec la série. Je lui prends la main et j'allume. Boudoir chic, divans, estrade, mobilier modulable en fonction des *events*. Sur l'un des murs, j'ai accroché mon tableau. Les deux créatures qui s'enlacent. Crystal se fige en le voyant.

– Élé…

Nous nous rapprochons instinctivement. La connexion entre nous vient de repartir et aucune ne sait si c'est positif ou inquiétant. Je suis heureuse de sentir de ses poignets l'émanation de son parfum. Subitement, elle fait un pas de côté.

– Éléonore, bravo. Tu as fait de ce lieu un endroit qui deviendra mythique. Et le showroom a l'air fantastique.

– Chérie, tu n'as rien vu, tu étais trop occupée avec le Dragon Barbara.

– Ché… ? Bon, mmhh, quoi qu'il en soit…

– Tu aimes mon tableau ?

Grand blanc.

– Mais, Élé, c'est toi qui…

– Qui d'autre ? Mais je suis bête, tu n'as jamais vu une de mes peintures.

– C'est puissant.

Je sens que le mot vient malgré elle. Elle préférerait être plus neutre.

– Lorenzo aime beaucoup.

– Lorenzo ?!!

La voilà qui bondit griffes dehors, je tâche de la rassurer. Je pleurniche pour mieux attirer la belle dans mes filets.

– L'installation à NY a été difficile pour moi… Il m'a rendu visite une fois, et il a donné son avis sur ce que nous sommes en train de construire. Ça te concerne un peu, aussi.

– Moi ?

– Tes créations en particulier, et les créations vestimentaires en général de GOTG, ont pour vocation d'être matérialisées, visualisées, dans le showroom que Barbara s'efforce de monter.

– Je suis presque en train de le regretter, tiens… murmure-t-elle.

– Il ne faut pas. Ne vois pas Modus et Barbara comme des ennemis mais comme des marchepieds. Sans eux, et quel que soit le succès de la série en audience, ton travail ne sera pas valorisé de la même façon. Oublie le passif.

– Et concentre-toi sur le présent… complète-t-elle.

– Et le présent, c'est ce magnifique endroit. C'est toi et moi qui le visitons.

Crystal me regarde d'un air étrange. À nouveau, elle lève les yeux sur mon tableau équivoque. Nos flancs se touchent.

♦ ♦ ♦

Changement d'univers. De celui de Manhattan, survolté, aux coulisses du tournage à Brooklyn où je continue à prendre des notes pour parfaire le resto-room dont l'inauguration de février approche à grands pas. Barbara et moi ne sommes pas toujours raccord, mais on avance. La Baleine a accepté de collaborer avec la Girafe – quel zoo !

Je veille à démultiplier les moments de rapprochement possibles avec Crys, sans être lourde. Comme elle jadis, dans la Tour. La machine à café. La pause déj improvisée, où j'envoie une assistante nous chercher deux salades pendant que nous discutons de ses projets d'avenir. Je l'écoute beaucoup. Tente de ne pas la saouler avec Modus. Le côté égérie, ce sera pour plus tard.

Pause clope – non je ne me suis pas remise à fumer, mais je passe de nombreux coups de fil à l'extérieur. Merci la mauvaise connexion interne. C'est tiré par les cheveux puisqu'on a des lignes fixes, mais ma stratégie n'est pas d'être opaque. Se montrer présente, avancer comme un guépard au repos, avec une certaine nonchalance mais sans ramper, pour sauter sur une proie qui a comme une vague idée de l'intention du prédateur.

Voici donc Crystal en grande conversation avec un beau jeune homme. Leur parenté saute au visage… C'est sûrement Léo. Comme je suis au téléphone (je ne pousse pas le vice jusqu'à faire semblant), j'envoie un signe de la main. Je raccroche et me dirige vers eux, enjouée.

– Heyyy Crys !

– Salut, Éléonore.

Ne pas se formaliser de la distance émanant de mon prénom prononcé en entier.

– Enchanté… hmm…

– Éléonore, voici Léo. Léo, Éléonore.

– Léo Léo, ou Léo diminutif ?

– Léo tout court, précise-t-il avec un sourire lumineux.

Moins ombrageux que sa sœur.

Encouragée je me lance. Depuis quelques jours, j'ai décidé d'inviter Crys à prendre un verre. La présence de son frère va m'aider : je la connais, elle me mettra plus difficilement un vent.

– Enchantée, Léo tout court…

Les deux rigolent.

– Depuis le temps que j'entends parler de vous, de vos parents, du Sud-Ouest !

Je fais un clin d'œil à Crystal.

– Votre famille doit être fière du parcours de Crys !

– C'est sûr, les parents sont ravis et rassurés. Au moins un des deux enfants qui réussit ! fait-il avec une dose d'humour.

– *Darling*, toi et moi, il faut qu'on se parle du showroom. Je te propose un verre sur le rooftop de l'hôtel… Giraffe. Demain soir, 19h.

– Hey, toi tu es peut-être sans enfant, mais moi j'ai un mec !

– Et il t'empêche de sortir ? je la taquine.

– Non, mais…

– Je réserve. Tu ne peux pas me dire non.

♦ ♦ ♦

Robes noires. Peu de bijoux, pas de frous-frous. Chaleur immédiate et spontanéité. Le travail de fond mené ces dernières semaines pour faire à nouveau partie de son paysage visuel « désirable », amical, a payé. Réminiscences de notre première soirée passée ensemble après une journée de travail bien remplie chez Modus où nous avions finalisé le lancement de *Ladies' Taste*… et bu bon nombre de coupettes !

L'hôtel Giraffe est atypique, décoré sur un modèle colonial du début du siècle dernier, vaguement kitch par endroit, mais assez charmant. On siffle nos verres. On se retrouve. Elle se détend. Je guette, elle le sent mais ne dit rien, nos rôles se sont complètement inversés et c'est inédit. Au temps de Modus Paris, j'étais sa cible et elle le chasseur… Quand oserai-je lui dire que j'ai réservé une suite parce que je suis optimiste, que je tiens à lui prouver que je n'hésite plus et qu'elle peut me faire confiance puisque ce que je souhaite, c'est l'aimer ?

Il est 23h. On n'est pas ivres mortes mais sérieusement entamées. À jeun, mon ex ne se risquerait pas à de telles confidences sur son mec.

– Mais Alex est le meilleur des hommes, je t'assure…

– Et le meilleur des coups ?

– Bah, il y a eu une chimie entre nous, un peu en sommeil par moments, mais c'est le propre de tous les couples, non ?

À cette question je botte en touche. Mon mari, même dix ans après, est la virilité incarnée.

– Sûrement. Tu crois que si on s'était donné une vraie chance, on aurait subi cette érosion érotique ?

Crystal hausse les épaules.

– Difficile à dire… Mais, toi, tu n'as jamais eu de problème avec mon côté rodéo girl, sans limites et sans tabous !

– Pourquoi, lui si ?

– Disons qu'il a parfois du mal avec le concept de la femme ET de la pute, depuis que notre relation a pris du poids.

– Mmhh… Si tout pouvait être simplement une question de jouissance, la vie serait plus simple, hein ?

– Ah ça… S'envoyer en l'air avec des amants, c'est moins compliqué que d'inscrire une histoire dans la durée.

On se regarde et on pouffe de rire. Crystal boit une gorgée de sa piña colada tandis que je fais signe au serveur de me resservir un verre de merlot.

– Dis donc, jeune fille, je croyais que tu étais revenue à une sexualité plus classique.

– Et alors, ça ne veut pas dire que je n'ai pas le droit de m'amuser en en parlant ! rétorque-t-elle du tac au tac.

– Et ce soir… tu as envie de t'amuser ?

Regard aigu. Silence et hésitation. Si elle tergiverse trop, je n'y vais pas. Je ne suis pas non plus une de ces briseuses de couples égoïstes et sans scrupules.

– Et toi tu t'amuses, sans ton mari, à NY ?

Par pitié non, qu'elle ne me lance pas sur Dylan !

– Je suis une personne éminemment intègre, tu sais…

Je n'ai pas le temps de finir ma phrase…

– T'as réservé une chambre, avoue.

Je capitule. On se prend par la main et on monte dans la suite 2012.

13

Crystal

Je descends la fermeture de sa robe avec une lenteur qui ne me ressemble pas. Moi, le feu, elle la glace, ça c'était avant. Éléonore n'est que volcan, en éruption. Tout son être me supplie de la baiser, violemment, depuis des heures, de lui arracher ses fringues avec les dents, de lui montrer de l'ardeur. L'impatience, qu'elle diffuse par chaque pore de sa peau, freine la hâte qui pourrait me gagner. Je ne lui appartiens pas, je ne meurs pas pour elle, je ne brûle pas. Je déguste l'instant. Cette femme avec qui j'ai vécu tant d'aventures, elle que je ne pensais pas revoir, elle qui a choisi son mari plutôt que notre passion improbable et palpitante, elle qui a brisé mon cœur, me veut. Elle froisse ma tenue, de ses ondulations répétées, volontaires, réclamantes.

Je l'envoie valser sur ce lit bien fait, dans la suite qu'elle nous a donc offerte au Giraffe Hotel. Je n'arrive pas à décider si cette initiative (dont j'ai l'habitude d'être l'instigatrice) m'indispose ou me surprend agréablement. Est-ce que j'aime vraiment la voir se décarcasser pour devenir une autre sorte de moi ? Ne perd-elle pas son charme à mes yeux en s'efforçant à se muer en Crystal bis ? Que cherche-t-elle à prouver ? Que son personnage lisse et rangé peut finalement renaître et marquer les esprits, changer la donne, piquer l'adversaire, stupéfier les plus hardis ?

Bien sûr que ça m'excite, soyons sérieux. Mais ça me trouble aussi. Alors je la laisse s'agiter en sous-vêtements sur les draps taupe et crème pour me distraire, tandis qu'à distance, encore habillée, je sirote un whisky (comme si je n'étais pas assez cuite) sur le fauteuil noir qui fait face au plumard classieux. Jusqu'où ira-t-elle ? Je cherche, sournoisement, ses limites...

Éléonore, d'ordinaire si soucieuse de son image de dame, ne se démonte pas : tête renversée en arrière pour éviter mes prunelles (parce qu'il ne faut pas pousser le bouchon trop loin non plus), elle se caresse et gémit avec délectation. Elle jette quand même des œillades discrètes dans ma direction pour vérifier que je suis attentive à son show.

Réchauffée, je la rejoins enfin. Ce corps-à-corps, auquel je ne pensais honnêtement pas céder, ne sera pas langoureux. Il sera dur, intense, presque brutal (tout ce dont je pourrais rêver avec Alex parfois) ; rempli de la rage enfermée à double tour depuis plus d'un an... La rage amoureuse, la pire. Je sais qu'Élé a une perception différente du moment. Et puis elle ne cherche pas du sexe classique avec moi, donc elle s'adapte, se révèle même.

Je me déshabille, sans l'autoriser à me toucher, et m'assieds au bord du lit, cuisses ouvertes, porte-jarretelles et bas pour seuls vêtements, escarpins encore aux pieds. Elle est à genoux et fixe mon sexe qu'elle semble redécouvrir avec intérêt... Sa langue s'engage et n'a rien perdu de son agilité. Sa position, en totale soumission, ne semble pas la déstabiliser. Je crois qu'elle veut me reconquérir, par tous les moyens. Elle m'attendrit, à force de jouer ce rôle supposé me plaire, même si je suis plus sensible à l'intention qu'au résultat.

Je pince ses seins, agrippe ses cheveux un peu courts à mon goût, oriente ses mouvements. Puis je m'abandonne à ses doigts qui ont trouvé leur chemin, à sa bouche qui ne se décolle pas de ma chatte. S'ensuit un putain d'orgasme, puissant et spontané. Je crois qu'on est parties pour jouer toute la nuit...

Je l'invite à se mettre à quatre pattes et lui donne directement un double va-et-vient (oui, double comme double pénétration).

Son sexe trempé me facilite tous les accès, sa docilité m'enivre, la vision de son rimmel qui se répand m'attise et ses supplications vont finir par me donner une deuxième décharge de plaisir. Je claque son petit fessier et continue mon rodéo. Soudain, je sens ses muscles en contraction, je force encore, jusqu'à ce que son cri me perce les tympans.

Round 3. Je n'ai pas été aussi sexuellement déchaînée depuis une éternité…

♦ ♦ ♦

Pourquoi les valises sont si étroites et le besoin d'emporter son dressing avec soi si pressant ?

–*Baby*, tu ne vas pas prendre tout ça ?! Je te rappelle qu'on part dans les Hamptons en train, pas en limousine !

Comment expliquer à un homme la nécessité d'être large dans ses choix pour s'éviter une crise d'hystérie quand, à deux heures de route de son appartement, on réalise que non, on n'a pas cette robe ou ce petit top dans lesquels on se sentirait si bien pour la soirée. Et qu'évidemment, rien d'autre de ce que l'on a à disposition ne pourrait faire l'affaire ! Mission impossible.

Le dilemme, le vrai, ce sont les pompes ! J'ai disposé douze paires dans mon salon et, assise en tailleur en face d'elles, j'essaie. J'en pousse certaines à droite, d'autres à gauche, j'entends presque leurs piaillements de douleur lorsque je les sépare. Et puis les vêtements déjà empaquetés qui me chuchotent qu'ils ne pourront pas se passer de telles ou telles compagnes à talons. Léo prendrait un fou rire en me voyant. Il me manque déjà, mon cadet, mais ce n'est pas le sujet. Les rouges ou les saumon, les noires ou les noires pailletées ??? Je serais presque tentée de choisir en fermant les yeux parce que, quelle que soit ma décision, je le regretterai. Manque de bol, même les yeux clos, je les reconnais !

♦ ♦ ♦

Le voyage jusqu'au nord-est de Long Island a été extrêmement pénible. Tandis qu'Alex a piqué un roupillon paisible, le défilé du paysage, associé au magnifique album *You+me*, de Pink et Dallas Green, n'est pas pas parvenu à chasser mes pensées torturées. Éléonore et ses sextos explicites n'ont rien arrangé. Un flot de questions m'a submergée, écrasée comme une fourmi trop petite pour lutter (un comble pour une Girafe). Comment vais-je regarder en face la famille d'Alex alors qu'hier soir je me suis envoyée en l'air avec quelqu'un d'autre ? Rencontrer ses parents au bout de presque un an, c'est peut-être logique mais pourquoi serait-ce un passage obligé ? Et pourquoi faut-il donc que ce soit à l'occasion du baptême de sa nièce ? (Le premier qui me parle de mariage ou de bébé va se prendre un méchant coup bien dirigé !) Comment vont-ils accueillir Alceste ? Et si l'un d'entre eux est allergique ? Où allons-nous exactement dormir ? La maison est grande, mais grande comment ?

La vue des vagues qui, dans un doux clapotis, s'écrasent contre le sable, évince mes inquiétudes et autres ruminations. L'air iodé courtise mon visage, en même temps qu'Alex effleure mes cheveux dans un geste répétitif et délicieux. La péninsule est ravissante sous ce ciel bleu d'automne sur le déclin. C'est la première fois que je m'éloigne de la ville depuis que je vis aux États-Unis et j'ai le sentiment de retrouver des plaisirs français oubliés. Ces moments près de la mer de mon Sud-Ouest natal ou ces escapades à Deauville, qui ponctuaient un train-train parisien parfois étouffant.

Après avoir aperçu l'étendue de dunes et de plages en longeant la côte, nous voilà devant la maison, que dis-je la demeure, familiale. Somptueuse. En pénétrant ce lieu, je comprends qu'Alex m'a tu l'aisance financière de ses parents et la beauté de l'endroit, probablement pour me laisser la surprise. C'est réussi, je suis bouleversée face à tant de charme et de goût. Alexia et Edward, ses parents, nous enlacent et confient nos bagages à leur femme d'intérieur. Naturellement avenants, ils me mettent d'emblée à l'aise.

– Nous sommes si heureux de te rencontrer, Crystal. Et alors, qui se cache donc là ? C'est ton fameux chat ? Libère-le, il va faire connaissance avec le nôtre, me dit chaleureusement Alexia.

– Moi aussi je suis ravie de vous connaître enfin. Oui, c'est Alceste, mais il doit encore être un peu vaseux avec les transports, il a l'estomac sensible.

– Prends-le avec nous sur la terrasse, ça va lui dégourdir les pattes !

– Bonne idée, il marche super bien en laisse en plus !

– Pendant que vous faites le tour de la maison, j'accompagne Papa au garage, il veut me montrer sa dernière acquisition, lance Alex qui m'abandonne donc à sa mère.

Je me sens toute petite au milieu de tant de luxe et de raffinement. Alexia me tend une étole en cachemire d'un bleu électrique tout à fait fascinant et m'invite à la suivre dehors. Une terrasse, parée de rambardes en bois blanc, entoure trois pans de la *beach house* et offre une vue imprenable sur l'océan.

Alceste, qui a dû entrevoir son futur colocataire pour le week-end, est sur ses gardes, mais Alexia ne lui donne pas le temps de douter ou de sortir les griffes : elle le prend dans ses bras (terriblement bien dessinés pour son âge) et le couvre de baisers tout en essayant de lui montrer les environs.

On s'installe sur deux jolies chaises en fer forgé et, en dégustant des muffins à la myrtille faits maison et un bon thé glacé, qui correspond plus à l'ambiance qu'à la saison, on se découvre au fil de la conversation. Je suis plutôt agréablement stupéfaite par ce feeling immédiat entre nous. Le stress qui m'a rongée pendant le trajet s'évapore dans la brise automnale, je suis prête à embrasser pour les deux prochains jours ce clan qui n'est pas le mien.

♦ ♦ ♦

Après être allés faire un tour obligatoire jusqu'au fameux phare de Montauk, en Pontiac cabriolet quatre places – hommes devant, femmes derrière – et avoir parcouru le petit port de pêche, le *Montauk Marine Bassin*, et sa sympathique poissonnerie, nous voilà de retour au bercail.

Je n'aurais aucune difficulté à m'installer dans cette chambre pour une longue durée ! Elle m'inspire. Style épuré, ambiance immaculée. Au centre de la pièce, il y a une table basse – composée de deux plaques de verre ovales qui se superposent ou se déplient et reposent sur deux pieds amovibles rejoignant une masse blanche joliment dessinée – entourée de deux petits tabourets en fer dont l'assise est recouverte d'une moumoute confortable et esthétique. À droite, une baignoire ovale elle aussi, trônant sur une petite estrade, qui invite à la relaxation, face à un miroir mural. À gauche, un lit qui pourrait accueillir quatre personnes sans difficulté, habillé d'une multitude de coussins. Et, pour couronner l'ensemble, des baies vitrées, s'ouvrant sur une carte postale vivante. Tout ce que j'aime…

Alex trifouille son portable, allongé en travers de notre couche, pendant que je réfléchis à ma tenue pour la soirée qui nous attend : dîner maison, concocté par Susan, la bienveillante *maid* de la famille, avec la sœur d'Alex, son mari et leur petite Abby dont le baptême aura lieu demain matin ; puis billard.

Je farfouille dans l'armoire, parmi mes affaires déjà joliment rangées par Susan, en regrettant bien sûr mon dressing de Central Park ! Je commence par le plus simple : les sous-vêtements en dentelle bleu marine.

– *Hum Baby, you turn me on…*

Alex me renverse sur le tapis en fausse peau de zèbre qui recouvre le sol aux abords des fenêtres, près du radiateur, et parcourt mon corps de ses mains soudainement gourmandes. Il attrape mes *shoes* (une paire de la collection « Mourir de plaisir ») dont la couleur est assortie à mes dessous – ce garçon a définitivement une *fashion touch* qui me séduit – et la lanière en soie d'un de mes déshabillés qu'il m'arrive de mettre en bracelet.

Poignets liés, appuyée contre le radiateur et cambrée au maximum, je lui semble prête pour une levrette endiablée. Son bas-ventre rebondit avec vigueur contre mes fesses qui suivent le rythme avec entrain. Ma queue de cheval – qui n'a jamais aussi bien porté son nom étant donné la longueur de ma tignasse – lui sert de bride, ne manque que le mors... Soudain, il sort de moi, s'approche de mon visage et, à ma grande surprise, me couvre de bifles avant de m'enfoncer sa virilité au fond de la gorge. Je suis comblée, enfin entravée comme il me plaît de l'être. Le feu dans ses yeux, comme un désir fougueux retrouvé, me transporte, loin... En quelques secondes, mon dos est collé contre la vitre, mes pieds disent bonjour au plafond, et mes jambes en ciseaux accueillent un nouveau balancement intense d'Alex qui, genoux à terre, plante ses prunelles dans les miennes et vient presser mes seins jusqu'à la douleur. La buée grimpe sur les miroirs et les baies vitrées, comme pour tracer la preuve de notre symbiose enivrante. Les minutes s'égrènent, la passion domine le moment.

Dans un jet de fluides euphoriques, on s'abandonne, fatigués mais terriblement satisfaits. Il est l'heure de prendre un bon bain rapide en amoureux, et d'enfiler quelque chose pour rejoindre la tribu au rez-de-chaussée.

♦ ♦ ♦

Si la soirée s'est déroulée dans une convivialité des plus commodes, et que le jeu du saladier – qui consiste à faire deviner le maximum de personnages à son équipier en un minimum de temps – s'est révélé plus amusant que je ne l'aurais imaginé, tous installés dans le confortable et magnifique canapé circulaire beige du salon, je suis présentement prise d'une angoisse massive, pesante.

Seule avec Alceste (qui ne peut pas piffer l'autre chat), sortie fumer un cigarillo à la vanille face à l'océan, je cogite. Les craintes qui m'habitaient il y a deux jours encore sur cette rencontre ne sont plus celles qui me consument maintenant. Je pensais le problème à l'envers. *Et s'ils ne m'apprécient pas ? Et si je n'ai rien à dire à ces gens ? Et si l'ambiance est trop lourde, les questions trop indiscrètes, la compatibilité inexistante ? Et si, concrètement, je me fais chier comme un rat mort ?* Mais c'est tout l'inverse. Ce cocon est chaleureux, cette famille unie et affable. Les questions qui se bousculent sont autres : *Et si un jour on se quitte, je devrai également quitter et décevoir ces gens-là ? Et si je prends des mauvaises décisions, vont-ils m'en vouloir eux aussi ? Et s'ils apprenaient que je suis une salope d'infidèle qui aime parallèlement les femmes, comment réagiraient-ils, eux qui m'ont ouvert très grand leurs bras joyeux ?* Par « les femmes », en ce moment, il est certain qu'il faut comprendre une femme en particulier, Éléonore. Élé, que je n'ai cessé d'aimer que dans la haine, autre forme d'amour, on le sait tous… Élé, dont les textos réguliers accroissent inexorablement ma culpabilité.

Tandis qu'Alceste ronronne contre mon ventre, mes doigts dessinent des formes improbables dans le sable froid, comme pour creuser à la recherche de réponses toutes faites. Des réponses faciles : *Je n'ai pas vraiment trahi Alex, puisqu'Éléonore est une femme. Et puis je la connaissais déjà, je l'ai baisée en premier, bien avant lui. On s'est éprises l'une de l'autre sur un continent différent. Et cette nuit ne veut rien dire, il ne s'agit que d'un dérapage entre vieilles connaissances. Qu'est-ce que cela pourrait signifier d'autre ?*

Quand je commence, il m'est difficile de stopper le Tétris de pensées, d'interrogations qui me traversent le ciboulot. Homme ou femme ? *That's the question !* Plan-plan ou torride ? Les deux, évidemment. L'équilibre, mon équilibre personnel, résiderait-il dans un trio dont je serais la seule à jouir pleinement ?

– Crystalll ? Tu es là ?
– J'arriveeee…

♦ ♦ ♦

Le coucher du soleil sur Time Square a une saveur différente que celui que j'ai eu la chance d'observer hier dans les Hamptons avec Alex et les siens, à la fin de la journée de baptême. Pas de surfeurs intrépides ici, juste une foule compacte et un flot de lumières éparses.

Au téléphone avec Debbie, je m'insurge contre cette rédaction de forher.com, qui n'a décidément aucun scrupule à voguer sur un buzz dont elle a congédié l'instigatrice. Les gonzesses exploitent au maximum le concept de ma désormais copine dont elles s'approprient l'inventivité et le talent. Ça me donne la gerbe.

– Écoute, ma belle Debbie, laisse-les manger tes restes, tu feras plus grand et plus fort ailleurs…

– J'espère, j'ai tellement les boules !

– Je comprends. Pourtant, il faut que tu tournes la page, que tu te désabonnes de leurs réseaux, sinon tu ne cesseras jamais de constater leur malhonnêteté.

– Je sais, tu as raison, mais ce n'est pas simple. Quand je tombe sur le hashtag que je leur ai créé sur Twitter, j'ai des montées d'urticaire…

– Bon, tu es dispo pour déjeuner lundi prochain ?

– Oui, avec plaisir.

– Je vais t'emmener dans ma cantine japonaise préférée et on fera les langues de vipères pour se détendre, OK ?

– Vendu, merci Crystal !

– *You're welcome !* Et d'ici là, pense à leurs gueules déconfites quand elles verront un hashtag mille fois plus puissant encore chez un titre concurrent et que tu en seras la fondatrice.

En attendant ce déjeuner, c'est un dîner des plus plaisants que je m'apprête à vivre : je rejoins ma tendre Paula, qui est de passage dans la Grosse Pomme, pour un catch up et une orgie culinaire, dont les calories se greffent déjà à mon cul rien qu'en y pensant. Le *Shake Shack* près de Broadway, au croisement entre la 8e et la 44e, sera notre lieu de perdition… Un point de rencontre totalement loufoque, quand on pense aux endroits que Paula fréquente d'habitude.

On commande des cheese fries, deux ShackBurgers et du Coca pour arroser le tout. Bon Dieu, qu'on va le regretter sur la balance demain matin ! Mais pour l'heure, on s'en moque, c'est trop bon, probablement parce que c'est si rare d'ailleurs !

– Suis complètement paumée ! Entre Alex et Éléonore, c'est un sacré bordel et, avec les deux sur le tournage, ça ne va pas s'arranger…

– Tu me fais marrer ! Je t'avais bien dit que tu ne pouvais pas rester hétéro…

– T'es bête !!

– Non, plus sérieusement, fais attention, tu joues à un jeu dangereux… Tu n'es plus la fille libre comme l'air, qui peut copuler avec qui elle veut, quand elle veut. T'es maquée et t'es surtout love. Tu ne vas pas tout gâcher pour une femme mariée qui veut s'affranchir de son époux le temps d'une année outre-Atlantique et qui va te répudier à nouveau quand il s'agira de retourner à ses morveux ?

– Je croyais que tu aimais bien l'idée de mon duo sensuel avec Éléonore, toi ?

– Moi, celle que j'aime, c'est toi, *Baby*. Je te taquine avec tes amants ou tes maîtresses, et j'essaie de te raisonner parfois, mais ce qui m'importe c'est ton bonheur. Je pense que tu l'as trouvé avec Alex même si rien n'est aussi parfait que dans ta tête d'idéaliste… Du coup, je ne suis pas certaine qu'il soit bon de retomber dans les bras de ta blonde. Sauf si c'est juste pour le cul, que tu es certaine de pouvoir le dissimuler à ton mec et que tu m'assures n'avoir plus aucun sentiment pour elle…

– C'est plus complexe que ça. Face à Éléonore, je suis comme Samantha de *Sex and the City* face à une grosse bite bien raide, tu vois ?

– Quelle cochonne tu fais !

– Élé est une confiserie à laquelle j'ai de plus en plus de mal à résister parce qu'en plus elle met le paquet pour me troubler. Mais j'aime Alex, à ma manière.

– Hum… tu veux les deux quoi, mais pas pour la même chose.

– Grosso modo, ouais.

– Et il est où ton bellâtre, là ?

– Il est resté deux jours de plus dans les Hamptons avec sa famille, adorable au passage. J'ai vraiment passé un délicieux week-end.

– Toi dans ta belle-famille ? Je ne pensais pas qu'on aurait ce genre de conversation avant tes quarante ans… Bon, et le boulot, ça roule ?

– Oui, c'est toujours une jolie routine, trépidante par moments sur le plateau, mais artistiquement moins grisante qu'au début.

– Ta fièvre créatrice te reprend ? Un truc sans commande et sans contrainte, du pur Crystal ?

– Exactement. Je suis sur un projet de collection avec Lolo, un imprimé girafe décliné en chaussures et en sacs.

– Waouh, je veux la première paire et le premier *bag* !

– Promis ! J'avais besoin de me lancer un autre défi, de faire du neuf… Et puis j'ai conscience que la série ne durera pas dix ans, bien qu'elle soit partie pour quelques saisons.

– Tu as raison, sois stratège, étends ton influence et ne mets pas toutes tes *baby-shoes* dans le même panier !

Mon ventre va exploser, mais je me concentre sur les mots amicaux de ma Paula pour ne pas me ruer aux chiottes, rendre ce que j'ai avalé…

14

Éléonore

MAINTENANT J'EN SUIS SÛRE, l'épisode à l'hôtel Giraffe le prouve. Je compte encore pour elle. Au moins sexuellement, ce qui pour une fille comme Crystal a une vraie importance. Les sens prennent souvent le dessus sur son cœur, quitte à ce qu'elle regrette ses égarements. Je ne serai pas un égarement.

Je sais qu'elle est partie dans les Hamptons. Qu'elle a rencontré une future potentielle belle-famille. Et, pour ma part, regardant les toiles que nos brèves retrouvailles m'ont inspirées, j'ai le sentiment d'avoir renoué avec une autre Éléonore. La jeune femme que j'étais avant d'être colonisée par un mari, des enfants, un job. Plus innocente, vulnérable et abîmée, et pourtant pleine d'énergie. Je goûte au bonheur de cette parenthèse égoïste car je récupèrerai mes enfants au terme de cette année test. La bataille avec Jack sera dure, mais je préfère ne pas y penser.

♦ ♦ ♦

– Il n'y a aucune raison que ça se passe mal, Barbara, arrête de psychoter et va prendre ton cours d'anglais. Je gérerai Crystal à distance et avec décalage horaire. *No problem*.

Depuis que la Baleine sait que je prends plus de dix jours pour rejoindre mes petits monstres, elle panique et me jalouse – elle part dans plus d'une semaine et rentrera un jour seulement après moi. Ses rapports avec Crys sont tendus et je joue les diplomates régulièrement. Au fond, j'aurais sans doute dû insister pour m'occuper du showroom et lui abandonner le resto, mais je trouvais ça tellement amusant de changer d'univers. Et puis imaginez Barbara dans une cuisine, elle qui sait à peine cuire un œuf à la coque… (Jean-Claude lui a demandé de réduire les dépenses de traiteur en livraison à domicile le soir, c'est dire !)

J'ai trente-cinq ans, et j'en ai ma claque du monde de la mode. Il y a deux ans, si on m'avait posé la question, j'aurais répondu que mon unique objectif était de devenir associée et actionnaire de Modus. Le luxe, un paradis merveilleux que je n'aurais troqué pour rien d'autre. Au final, qu'est-ce que j'en garde ? Peu d'amitiés, en dehors de Claudia. Peu d'enrichissement intellectuel ou artistique. Le sens du marketing, de la stratégie, de l'enrobage publicitaire ? Intéressant de les comprendre, amusant de les appliquer, inutiles compte tenu de ce qui m'anime sur le long terme.

Alors là, dans nos magnifiques bureaux de la 5e, entre deux textos que j'envoie à la Girafe pour garder le lien même si elle n'y répond pas, et deux derniers à mon mari cocu pour préparer le terrain de nos retrouvailles, la scène de Barbara m'irrite. Son débris d'Auguste, sa Lilly Rose, ses déboires, ses atermoiements… Les nouveautés l'inquiètent. Je regarde par la fenêtre.

Silence radio côté Crys. Faut-il désespérer ? Parviendrai-je réellement à la récupérer par le sexe ? Épicurienne, elle est capable de tout pour satisfaire ses désirs, sans remords. Enfin, c'est comme ça que je l'ai connue, sans limites quand son plaisir était en jeu. Mais est-elle vraiment la même ? Quand je pense au chemin que j'ai parcouru et aux changements intérieurs que je vis, je me dis que Crystal aussi a sûrement évolué.

♦ ♦ ♦

Les lumières de Paris m'accueillent, familières, chaleureuses, évocatrices. Jack et les jumeaux doivent m'attendre à l'aéroport. Je me hâte dès l'atterrissage. Je n'ai pas enregistré de bagage en soute, ce qui me permet d'aller plus vite. Je me rue vers la sortie… pour constater que c'est le désert.

Larmes au coin des paupières. Alors, lentement, je brandis mon téléphone pour gueuler. L'ancienne Éléonore n'aurait pas gueulé. Elle aurait attendu et fini par décrocher pour demander doucement si problème il y avait. Ou mieux, se serait excusée de déranger et aurait sauté dans un taxi. L'ancienne Éléonore avait peur du conflit. La nouvelle ne doit plus transiger. Elle n'est pas contente de ne pas apercevoir les bouilles de ses gamins et va le faire savoir. Le texto tombe avant la connexion. Inadmissible, compte tenu des dernières déclarations de mon mari :

ÉLÉ *DARLING*, PRENDS UN TAXI ET APPELLE-MOI QUAND TU ES EN BAS POUR QUE JE T'AIDE AVEC TA VALISE. PLUSIEURS CONTRETEMPS À NEUILLY !

♦ ♦ ♦

Les visages de Jules et Lili palpitent de joie. Ce sont eux qui m'ouvrent la porte, et j'entre dans un appartement où je me sens vaguement étrangère. Mes enfants ont encore poussé, mûri, appris, et c'est étonnant de le remarquer. Je les attrape chacun d'un côté, les pose sur mes hanches, les embrasse longuement, et on tombe dans le canapé de cuir où j'ai vécu tant de nuits blanches tandis que ma belle-mère occupait notre chambre. Quelle n'est pas ma surprise de voir cette dernière jaillir de la cuisine en s'essuyant les mains sur son tablier !

– Bonjour ma petite Éléonore, comment vas-tu ?

Désarroi. Je pensais retrouver les miens en « tête à tête ». Dormir ce soir dans mon lit, être réveillée demain à 7h par les petits qui y grimpent pour se lover dans mes bras… Maëlis n'est pas une mauvaise personne, loin de là. Disons qu'elle occupe le terrain et qu'elle est pétrie de certitudes. Jack nous sert un chardonnay, éloigne les enfants un instant, s'installe avec nous sur les coussins du salon.

– Chérie, il n'y aura plus de chaises musicales concernant le couchage.

Bonne nouvelle. Mais ensuite ? La belle-mère jubile, de quoi dois-je me méfier ?

– Oui ma chère, vu l'implication qui est la mienne dans l'éducation des jumeaux cette année, j'ai vendu l'appartement de Quimper afin de racheter la chambre de bonne au-dessus de chez vous, attenante à euh, ton... atelier. On est tous gagnants : on garde la maison sur la plage en Bretagne, et j'ai un pied-à-terre qui ne risque pas de se dévaluer au fil du temps.

Joyeux Noël !

♦ ♦ ♦

Une semaine plus tard.

– Un, deux, trois !!!

Tout le monde se saute dessus pour le traditionnel bisou avec décompte à la télé, sur les ondes radios, dans les rues.

Jack me prend dans ses bras avec une tendresse feinte. Les amis chez qui nous dînons, avec Maëlis et les enfants (réunis avec d'autres dans un petit salon peuplé de jouets et de dessins animés), jugent certainement leur soirée très réussie. Et elle l'est. Leur appartement sublime, près du Champ-de-Mars, offre une vue de dingue sur cette bonne vieille Tour enrobée de guirlandes roses – non mais quelle idée !! Le traiteur a été impec, les vins sont fins et le champagne rafraîchissant.

Je plonge dans ma flûte remplie à ras bord comme si l'alcool pouvait me faire oublier quoi que ce soit, en évitant de mater Jack. On est beaux, bien sapés, privilégiés, nos mômes sont beaux, bien sapés, privilégiés, et le cœur n'y est plus. Moi qui pensais être capable de faire semblant, je me découvre pire que piètre comédienne.

La semaine a été cauchemardesque. L'omniprésence de Maëlis n'a rien arrangé. Au fond je préférais quand elle squattait notre chambre. En effet, se sentant « occupante des lieux », elle était jadis beaucoup plus effacée. Désormais, ma belle-mère vit au-dessus de chez nous. Et *cherry on the cake*, point de démarrage d'une longue série de querelles avec Jack, mon « atelier » a été annexé à la chambre de Maëlis, qu'elle trouvait trop petite. (Tu parles, trente mètres carrés pour elle seule, sans cuisine ou coin salon car les nôtres lui conviennent amplement.) Non, il lui fallait un « boudoir » pour recevoir ses amies et prendre le thé. Et boum, voilà mes toiles et mes livres d'art à la cave, son cul sur le fauteuil en cuir, une nouvelle peinture parme au mur que je déteste. J'en ai tremblé de rage. Jack et Maëlis ont beau affirmer que dès cet été, je retrouve mon atelier, je me sens annexée. Je n'ai qu'une envie : rentrer à New York. Et qu'une trouille, vu la pauvreté de mes échanges avec Crys qui ne répond qu'aux messages pros : me résoudre à ce que l'idylle reste sans lendemain.

Que peut faire la Girafe à l'instant ? S'amuse-t-elle ? Ses vacances sont-elles plus plaisantes que les miennes ? C'est tout ce que je lui souhaite. Si elle est toujours à NY, elle fêtera le passage à la nouvelle année dans six heures. Mais peut-être est-elle rentrée en France chez ses parents ? Avec ou sans le beau gosse ?

Rire de Jack au loin. Heureusement que ces vacances s'achèvent. Après demain matin, je serai déjà en réunion dans la Tour mère avec Barbara, Jean-Claude, Sandra et Nathalie. L'avion de 13h me ramènera aux États-Unis dans la foulée, ouf.

♦ ♦ ♦

Vers 9h, en arrivant chez Modus dans le XVIe arrondissement, je me faisais la réflexion que mes habitudes parisiennes ne me manquaient pas le moins du monde.

J'ai quand même eu une sale impression quand j'ai constaté que mon bureau, isolé du reste de l'open space, a été réquisitionné pour accueillir l'adjointe de la directrice du développement. Le pompon ? Mon bonzaï a rendu l'âme. Je me suis légèrement crispée, alors que Barbara a manqué crever d'indignation, car son propre bureau est colonisé par Sandra elle-même. Je l'ai calmée comme je l'ai pu.

La réunion a bien commencé, autour de croissants chauds et d'expressos savoureux. La Tornade nous a exposé les grands dossiers sur lesquels elle travaille. Nous avons fait le point sur le resto-room, qui sera lancé le 14 février.

– Tout avance donc pour le mieux, minaude Barbara, et nous serons de retour comme convenu avant l'été...

– À ce sujet, intervient Jean-Claude.

– Nous pouvons même rentrer plus tôt si nécessaire !

Sandra l'interrompt :

– Je pense que Jean-Claude avait en fait prévu que vous restiez jusqu'en septembre.

– Quoi ???!!!

La Baleine et moi bondissons sur la panthère et le patron. Ce dernier est gêné.

– Voyez-vous Mesdames, les trois projets de développement dont vous parle Sandra seront ensuite gérés par elle sur le plan marketing et artistique. Oh, rassurez-vous : je n'ai pas l'intention de lui réattribuer vos fonctions et je réaffirme devant vous la stabilité de vos postes. Simplement, puisque ces domaines l'intéressent, nous trouvons normal qu'elle assure la réalisation de ses idées jusqu'à leur terme. Et par ailleurs, le resto-room sera trop récent en juin pour être abandonné à des petites mains. Je tiens à ce que vous consolidiez sa clientèle et sa réputation pendant l'été.

– Jean-Claude, vous ne pouvez pas...

– Je peux tout et vous le savez Barbara, tranche notre boss d'un ton sans discussion. Maintenant si cela ne vous convient pas...

– Et mon mari ?

– Barbara, votre Auguste est à la retraite, pourquoi n'emménagerait-il pas à Manhattan ? Votre loft est spacieux, non ? Ça le distrairait un peu, parce qu'il me semble qu'en dehors du club de bridge…

Barbara se renfrogne et garde pour elle les noms d'oiseaux dont elle a envie de les affubler lui, Sandra… et la Terre entière. Quant à moi, je suis perplexe. Je me vois déjà avec les jumeaux cet été, deux mois à New York, avec Alison leur ancienne baby-sitter, dont j'ai appris qu'elle avait elle aussi rejoint la Grosse Pomme. Et je gagnerai du temps avec Jack et Crystal…

Un peu avant la fin de la réunion, Jean-Claude me demande de le suivre dans son bureau.

– Éléonore, pardonnez-moi de ne vous prévenir que maintenant et en public. Je sais que vous êtes souple, je craignais surtout la réaction de Barbara et préférais évoquer ceci devant témoins pour ne pas créer d'ambiguïtés. Je la connais, elle est très forte pour me retourner comme une crêpe à la suite d'un changement qu'elle n'admet pas.

– Je vais vous plaindre, tiens ! C'est gentil de me refourguer le bébé. Vous savez qu'elle va tourner en boucle là-dessus pendant des semaines, et que nous partageons un micro-bureau sur la 5e ?

– Où en êtes-vous de la mission Crystal Roche ?

– Opération Savane ?

– Pardon ?

– Rien, désolée, j'étais dans mes pensées. Crystal et moi avons un peu raccroché les wagons, mais ce n'est pas encore fameux.

– Débrouillez-vous comme vous voulez, faites-lui la danse du ventre en string, adoptez un chat, apportez-lui son café le matin… Je VEUX qu'elle représente le showroom !

♦ ♦ ♦

–Ma Claudia, comment as-tu réussi ce tour de passe-passe ? Prendre le même vol et avoir ta place à côté de la mienne, même en business, c'est fort…

–J'ai des relations dans l'aviation ! sourit ma meilleure amie.

Claudia est toujours aussi ravissante. Le temps n'a pas de prise sur elle. Chevelure sombre, lèvres ourlées, corps de rêve, tout ça après quarante ans… Bon, quarante ans sans enfants ! Elle se rend à NY pour un shooting avec Peter Lindberg, et repart aussi sec le lendemain vers Rome où elle organise chez elle un grand rassemblement familial.

–Alors, cette vie de célibataire ? J'espère que tu en profites !

–Si tu voyais le garçon d'ascenseur, tu serais dingue.

–Oh raconte…

–Colosse hawaïen. Tu vois Drogo, dans la série *Game of Thrones* ?

–*Mio Dio* !

–Le même, en propre et sans dread locks.

–Dans un ascenseur…

Nous pouffons de rire.

–Tu as donc couché avec lui, j'ai du mal à le croire. Tu arrêteras donc à l'avenir de me sermonner sur mes infidélités ? T'es enfin devenue une personne normale ?

–Claudia, je ne pense pas que l'infidélité soit une norme dans un couple ! Mais oui, c'est fini les semonces austères…

L'avion décolle. On se relaxe, devant des jus de fruits frais. Musique d'ambiance. Personnel de bord aux aguets.

–Et le travail ? Ta Barbante ?

–Elle a été très dépaysée au départ, s'est rapprochée de moi, semble avoir oublié nos chantages épouvantables l'année dernière quand j'essayais de sauver la peau de Crystal…

–Tiens, ça faisait un bail que tu ne m'en avais pas parlé ! J'ai cru lire dans la presse qu'elle dessinait pour GOTG ?

–Dans le mille.

–Mais ça signifie que vous… vous voyez ?

–Exact.

–Arrête de me faire languir, je sais que tu brûles d'envie de tout me raconter !

–Je n'étais pas à l'aise au début, rappelle-toi, c'est ma faute si on s'est éloignées.

–Ben oui, tu ne pouvais plus continuer comme ça. Mais d'ailleurs, tu n'as pas recouché avec une fille après Crystal ?

–Non…

–Ça t'a manqué ?

–Je n'y ai même pas songé.

–La suiiiite !!!

Les hôtesses apportent les plateaux repas, ô miracle, pour une fois mangeables.

–Donc j'étais embarrassée, et au départ la relation, qui ne consistait qu'à nous croiser, a été du genre glacée… Ça m'a tuée de la voir si indifférente.

–Alors tu as dû ressentir ce qu'elle-même a éprouvé quand elle t'a rencontrée, puis quand tu as fait en sorte de l'éloigner.

–Sans doute. Et j'ai eu une révélation après la venue surprise de Jack : je veux et je vais la récupérer.

–*Cara mia*, je ne me permettrais pas de te donner des leçons. Mais c'est vrai que j'ai encore du mal à te voir comme une lesbienne !

–Je n'en suis pas une, enfin je ne crois pas. Je suis amoureuse d'une créature… spéciale, ce qui ne m'empêche pas d'aimer les hommes, d'où l'incartade avec Dylan !

Claudia semble sceptique et me dévisage comme pour comprendre ce qui a changé en moi.

–Amoureuse ? Hum… Tiens, et ton boulet de belledoche dans tout ça ?

–Je préfère ne pas parler d'elle, si ça ne t'ennuie pas, elle m'a mis les nerfs en pelote pendant les vacances. Pour en revenir à Crystal, mon plan est clair : je cerne l'animal (fait), je le flatte (fait), je l'endors (hum) et clac ! Je lui tombe dessus. J'ai déjà réussi à exécuter la première partie de mon plan…

– Qui consistait à... ?

– Baiser avec elle.

Claudia allonge son fauteuil.

– Tu es diabolique.

– Non, passionnée.

– Et c'était bien ?

– Merveilleux... Indescriptible... Brutal mais bon...

– Et après ?

Je hausse les épaules.

– Après le sexe, les sentiments. Je vais être romantique... comme elle lorsqu'elle m'a séduite à Paris. Le seul hic...

– Ah ! Il y en a souvent un...

– Elle est en couple.

– Merde. Et ta rivale est belle plante ?

– Bel arbre. C'est un mec.

– Pfiiouuu, je ne comprends rien à vos histoires. Tu deviens gay et elle retrouve le chemin de l'hétérosexualité ? C'est du grand n'importe quoi, cette *story* ! Enfin, si tu t'amuses, c'est le principal.

Je réfléchis.

– Je ne crois pas m'amuser...

– Tu es vraiment sérieuse ? Dingue, ça. Bon un mec, ça se balaie de la carte postale après tout, vois comment ta Crystal a éjecté ton mari du décor quand vous étiez chez Modus...

– Tu exagères. Je ne l'ai jamais fait passer en second. C'est ce qui a conduit à notre rupture...

– Allez, tu dégages l'arbre, tu prends le buisson, et...

– Beurk, Claudia !

– Je te taquine. Donc tu prends la toundra et son poilu...

– Claudia !

– Ce qui m'inquiète dans ton affaire, je te connais, c'est que tu auras du mal à assumer une double vie. Tu mens tellement mal !

– Je n'ai pas l'intention de mener une double vie !

– Tu es dingue. C'est tellement moins risqué de s'amuser en silence.

– Pas mon genre… Tu sais, peut-être que je déconne complètement et qu'elle refusera n'importe quel rapport avec moi autre que sur un lit…

Mes paupières deviennent lourdes. Le ronron de l'avion me met en mode sieste.

– Tu ne m'as pas reparlé de Sandra…

– Dangereuse, j'ai bien peur que Barbara n'ait eu raison.

– Explosez-la avant qu'elle entortille le BB autour de son doigt…

– C'est déjà foutu. Et puis, je m'en fiche. Je me suis fixé jusqu'à la fin de l'année pour quitter le groupe.

– Tu plaisantes ??? Éléonore, il ne faut pas qu'on reste si longtemps sans se voir, au téléphone ou par mail tu ne dis jamais rien, je loupe tout et je pige que dalle quand on se retrouve !

Je ris.

– C'est toi la fille courant d'air que personne ne retient dans une *city* plus de quarante-huit heures !

– Bon sang, pourquoi quitter Modus ?

– Pardi, pour peindre !

– C'est marrant, je crois entendre la jeune fille que tu étais à vingt ans…

15

Crystal

Je me relève d'un coup, droite comme une trique, et en même temps qu'Alex. Nous venons d'être sortis, sauvagement, de nos rêves et de notre lit douillet par un bruit tonitruant. On tend l'oreille, pour comprendre ce qui se passe. De la musique. Putain, c'est du délire. Il y a donc un mec qui joue du saxophone dans la rue, sous nos fenêtres, à 2h du matin ? Le gars est suicidaire… Alors que je suis limite prête à lui jeter un seau d'eau, les « *shut the fuck up* » affluent et le son semble s'éloigner. Nous ne sommes évidemment pas les seuls à estimer que l'idée est incongrue et casse-bonbons. Et, s'il est vrai qu'à une époque, j'aurais pu juger ça hilarant (surtout avec des restes de pétard de Léo dans le sang), cette nuit, je trouve ça juste insupportable… Je suis crevée, j'ai des cernes que mes crèmes et autres sérums ne parviennent plus à gommer, et mes paupières lourdes voudraient un peu de répit. Est-ce trop demander ?

L'aller-retour d'à peine quatre jours à Paris pour Noël s'est révélé plus fatigant que ressourçant. Bien sûr, serrer ma famille très fort n'a pas de prix et le jour du sapin est sacré, alors… Je traîne encore mon épuisement une semaine plus tard, sans trop broncher. Mais qu'on ne vienne pas me faire chier avec des mélomanes mal embouchés en pleine nuit !

♦ ♦ ♦

– Lolo, peux-tu me dire pourquoi les pantalons blancs semblent toujours plus petits que les autres ?

– Mais encore… ?

– Non, sérieusement, c'est dingue ! Il n'y en a pas un qui me va ! J'ai l'impression que mes fesses sont de trop, quoi…

– Prends une taille au-dessus, banane !

– JAMAIS ! Et puis ce n'est pas une question de taille mais de couleur. Je te jure, c'est effrayant.

– Hum… T'es zinzin, Tatass ! En revanche, le bracelet Pandora qui entoure ton poignet ne semble pas trop étroit, lui !! Il est magnifique, c'est un cadeau de tes parents ?

– Non, d'Alex. Il est sublime, je suis totalement fan de cette marque en plus.

– Eh ben, t'es gâtée !

– Oui… Bon, je t'avoue que le charm « cadeau du cœur » avec le petit coffret en argent qui renferme une bague de fiançailles en or, me fait un peu flipper. C'est, certes, un pendentif du bracelet parmi d'autres, mais il est lourd de signification et Alex l'a placé au centre de la composition !

– Il est love ton mec, que veux-tu…

– Oui, moi aussi je l'aime, mais pas au point de l'épouser, tu vois ?! Rien que prononcer cette phrase me donne envie d'aller me rouler dans des draps avec Éléonore…

– Éléonore ?? Vous avez recouché ensemble ?

– …

– Crys ?? Pourquoi je ne suis pas au courant ?

– Parce que je n'en suis pas particulièrement fière, Lolo…

Je détourne la conversation parce que, non, je n'ai pas envie de disserter sur le sujet Éléonore versus Alex. Trop prise de tête.

Nouveaux chaussons blancs à pompons aux pieds (Alceste les adore, un peu trop d'ailleurs), je réfléchis sur le sol de mon salon – c'est à douter de l'utilité du canapé, des poufs et des fauteuils ? Je songe à nos imprimés girafe et à la paire de pompes probablement la plus importante que j'ai créée jusqu'à présent. Lolo est, quant à lui, plutôt dans un *mood* bavardages que brainstorming…

Je l'exhorte à se ressaisir, tout en perdant mon regard dans le fin manteau blanc qui recouvre Central Park. De mes fenêtres, j'aperçois l'arc-en-ciel qui se dessine sur un des lacs, entre le jet d'eau et les rayons du soleil. La nature ne suffit pourtant pas à m'apaiser.

– Je n'ai jamais été aussi stressée de toute ma vie, je crois !!

– Pourquoi, Tatass ? Pink va adorer tes chaussures, t'inquiète !

– Non mais cette nana, c'est mon idole absolue ! La sonnerie de mon téléphone c'est « Fuckin' perfect » je te rappelle et je n'ai jamais autant baisé que sur sa chanson « Slut like you » ! Et puis, chaque fois que je l'ai vue sur scène à Paris, je suis entrée en transe… Alors, visualiser mes chaussures à ses pieds de reine, pendant son apparition dans l'épisode de *Girls* demain, ça me chatouille le ventre.

– Je sais bien, Crys, mais tu t'es battue avec Ronald et Luke pour avoir ce privilège ! Savoure-le au lieu de t'affoler !

– Non mais imagine qu'elle déteste ? Le rouge n'est-il pas trop cliché ? Le talon transparent trop… transparent ? Les lacets strassés remontent peut-être trop haut ?

– Non, la seule chose qui est *too much*, c'est ton angoisse de parano perfectionniste ! Je classe ces shoes dans mon top 5 des plus belles que l'on a confectionnées, c'est dire… Et en plus, on leur a ajouté un zeste de « Mourir de plaisir » dans la semelle, pour qu'elle ait le maximum de sensations…

– Bon, bon.

– Allez, sors de tes chaussons, finis ton donut fourré qui va se greffer direct dans tes fesses anti-pantalon blanc, enfile ta tenue d'hiver et allons visser tout ça à l'atelier. Il faut que je te montre mes premiers tests sur la pochette girafe. Ça t'évitera de gamberger sur ta chanteuse pendant les prochaines heures. Mais laisse Alceste ici, Scarlett a la crève…

♦ ♦ ♦

Je tente de contenir mon émotion. Pink est là, devant moi. Belle – avec sa minijupe plissée, ses bas résille et son bustier – pleine d'un pep's vivifiant et excitée comme une puce à l'idée de chanter en live et en acoustique dans le restaurant d'Anita, *Hazard Games*. Elle ne fait pas sa *star*, malgré ses gardes du corps et son entourage colossal à l'américaine. Ma voix tremble un peu, mais je maîtrise au mieux mes mains qui glissent ma paire de Stilettos déjantée sur ses doux petits pieds d'acrobate.

– *You're gifted girl ! Those shoes rock !*

Elle demande l'approbation générale, qu'elle obtient aisément. L'allégresse qui m'envahit est indescriptible. Moi la grande gueule culottée, je n'en menais pas large il y a encore dix minutes. Mais je me détends et profite de ce moment d'étoile, de ceux pour lesquels j'ai choisi ce métier, dans ma caboche de gosse, en trifouillant des crayons et noircissant des carnets.

Girls on the Grill ne pouvait accueillir une *guest* plus parfaite à mon goût. Sa voix rauque, son mordant, son irrévérence et son physique musclé vont faire des ravages. Luke Tanner compte sur elle pour exploser les audiences et je pense qu'il n'a rien à craindre de ce côté-là.

Je m'en grille une dehors, malgré la température polaire, en attendant d'assister à cette tuerie musicale. Barbara, qui n'a pas remarqué ma présence, est en guerre au téléphone avec une certaine Sandra. Le Dragon n'a décidément pas changé : ton autoritaire, remarques au vitriol et autres mentions de sa supériorité hiérarchique dégueulent de sa bouche vieillissante ! Je me sens d'office pleine d'empathie pour cette Sandra dont je ne connais ni le rôle ni le visage…

Un frôlement me sort de cet espionnage involontaire.

– Tu as du feu ? me lance ma chanteuse blonde.

Je l'allume avec un plaisir indicible. Sous les vapeurs des cigarettes, je perçois son parfum boisé, sophistiqué et frais à la fois, qui me donne dangereusement envie de me rapprocher. Elle me pose des questions sur mon parcours, et je réponds en me perdant dans son regard de chat, bleu somptueux. Alex nous observe de loin... Heureusement qu'Élé n'est pas là.

♦ ♦ ♦

Tout s'est déroulé à merveille. En trois prises seulement, sa prestation était dans la boîte et le staff aux anges. La voir partir avec mes chaussures (bien sûr que je les lui ai offertes, avec l'aval de Ronald et de Luke) me fait un effet contradictoire : triste qu'elle s'éloigne, ravie qu'elle s'en aille avec un bout de moi.

Nancy est loin de partager mon euphorie aujourd'hui. Elle vient me chouiner dans les oreilles en déplorant le manque de nouvelles de la part de mon frangin Léo. Bon sang que ça m'agace. Je m'attendais à ce retour de bâton après leur aventure (même si je l'envisageais en sens inverse) et j'ai envie de lui gueuler qu'on ne s'attache pas à un Frenchie dandy quand on est une Ricaine en vogue ! Mais je courbe l'échine, joue les épaules accueillantes et trouve les mots pour l'éloigner, en douceur, de ce *crush* sans lendemain.

En parallèle, je textote discrètement Léo pour qu'il ait la décence de lui répondre et de mettre les formes dans sa distance, afin de m'épargner ce genre de scène pitoyable. De toute façon, je la connais maintenant, dès qu'elle se sera repris un bon coup, elle s'accrochera à la nouvelle queue qui lui donnera l'impression d'être la plus extraordinaire des femmes, le temps d'une nuit...

Sauvée par le signal de reprise de Ronald ! La journée est encore longue... et le meilleur est passé !

♦ ♦ ♦

Après avoir fait une pause devant les pingouins – sans Alceste que j'aurais eu du mal à planquer dans mon Marc Jacobs –

et être allée nourrir les biquettes au « Zoo enfants » (activité qui m'enchante depuis mes trois ans), j'accorde un peu de temps à mes réseaux sociaux. Je rattrape une tonne de messages en retard de lecture et je m'empresse de poster la photo de Pink et de mes chaussures sur Instagram, Twitter et Facebook. J'ai obtenu cette autorisation, car la production ne veut pas jouer la carte de la *guest* surprise mais plutôt celle du *teasing* pour attirer le maximum de fans devant leurs écrans le jour de la diffusion.

Quand je reçois la notification de son retweet (donc potentiellement vu par plus de 25 millions de followers), parce que bien sûr je l'avais mentionnée, j'envoie direct un SMS à Éléonore, à Lolo et à Paula pour partager mon orgasme !

Le retour très tendre d'Éléonore me met mal à l'aise : BRAVO MA GIRAFE, JE SUIS SI FIÈRE DE TOI, DE TON PARCOURS DEPUIS DEUX ANS, TU AS LE SUCCÈS QUE TU MÉRITES. UN PEU JALOUSE DE NE PAS AVOIR UNE PAIRE INÉDITE MOI AUSSI HIHI. HÂTE DE TE VOIR, VITE... T'EMBRASSE FORT <3. Ce cœur à la fin me laisse perplexe, mais évidemment l'ensemble me touche. Barbie déploie décidément tous ses charmes pour me récupérer...

Lolo m'appelle sans passer par la case SMS et semble encore plus sur-exalté que moi !

– Tatasssssssssssss !

– Ouiiii ! T'as vu, c'est trooop cooool ! On a une de nos paires dans les tweets de Pink ! Elle vient de me répondre en plus du RT, trop sympa la nana !

– Ouais c'est génial, ma biche, mais il y a mieux !!!

– Quoi donc ?

– Un courrier reçu à l'atelier. (Bon Dieu, que je bénis notre site web *Cryzo*...)

– Arrête de me faire languir, accouche !

– Un courrier à ton attention que je n'ai pu m'empêcher d'ouvrir en voyant l'expéditeur.

– Qui est ???

– La grande maison de mode londonienne et installée à New York... *Vintage* !

– Putain, *fuck me*, tu plaisantes ? Qu'est-ce qu'ils veulent ?

– Te rencontrer, asap !

– Je me suis évanouie, je reviens.

– T'es bête !

– Lolo, aboule tes fesses ici avec cette lettre et fissa ! Je ne crois que ce que je vois, tu sais bien… Et là, je vois le fil Twitter de Pink mais pas ce bout de papier prometteur !

– Bon j'arrive, je prends un taxi. Je viens avec deux nouveaux prototypes girafe ! Tu bouges pas de chez toi, hein ?

– Aucun risque, je fais l'étoile de mer qui manque d'air…

– Tssss ! À tout'.

En attendant mon acolyte et sa missive de la plus haute importance, je me prends à rêver de ce qu'elle pourrait présager. Je me visualise dans un grand bureau surplombant Manhattan, montée sur mes plus beaux talons, en train de lire le dernier *Vogue* dont la couverture serait dédiée à une collection aux couleurs de la savane…

♦ ♦ ♦

Après ce déjeuner avec Debbie, journaliste/community manager prolixe, éconduite de forher.com pour délit de talent, je suis dans une rage folle. Contre la Terre entière. J'implose, littéralement. Tout à l'heure, devant une bonne salade César, un diet coke et ma nouvelle copine, j'ai gardé mon sang-froid, j'ai rempli son Samsung Galaxy de bons numéros et je l'ai poussée vers l'oubli, la reconstruction, la reconquête d'elle-même, ailleurs. Mais, baskets sur le bitume, Stromae dans les oreilles et tignasse hérissée, à présent j'hésite. Aller défoncer la porte de forher.com et apprendre à ses connasses le mot éthique dans un maximum de langues ? Balancer un tweet explosif et solliciter l'appui de Leighton Meester (rencontrée grâce à Debbie) ? Pourrir la réputation de cette rédactrice en chef, Clara l'hideuse incompétente ? Faire pirater leur site par mes potes qui excellent en la matière ?

Intimer à Alceste de crotter sur le paillasson de leur *so called community manager* Evangeline (oui, autant que je suis chirurgienne) ? Boire trois whiskys cul sec et capituler face à la connerie humaine sur laquelle je n'ai aucune prise ? Bosser très fort mon rendez-vous avec *Vintage*, et placer Debbie là-bas lorsque j'aurai le bras long ?

Non, je sais. Aller glisser sur la patinoire, près du Rockfeller Center, pour expulser ma colère et mon esprit de justicière, sans le costume. Voilà.

J'aime la sensation de la glace sous les patins, la vision des morceaux de givre sous la lame. Cette légèreté du mouvement et cet envol, toujours un peu risqué quand on ne pratique que deux fois par an mais délicieusement grisant. Je me concentre pour ne pas me prendre un mioche qui valse ni un gros balaise faisant de son mieux ou encore une fille bien plus dégourdie que moi, bref pour éviter toute collision. Je tourne et retourne, au rythme de la musique, en ignorant le froid vorace qui transperce méchamment ma doudoune et l'absence d'une main dans la mienne. Je patine, je prends de l'assurance et donc de la vitesse. Au milieu des couples, des enfants, des familles et autres bandes de copains, je me sens pourtant seule au monde. Et heureuse de l'être. De me retrouver avec moi-même, de pratiquer une activité que j'adore et qui me régénère. Danser, évoluer sur cette banquise plate et circulaire, me met du baume au cœur, des couleurs dans les idées. S'il n'y a déjà plus le grand sapin illuminé en cette deuxième semaine de janvier, il reste pourtant ici la magie des fêtes, qui se propage de corps en corps, de lumière en lumière, de tour en tour de piste…

Plus je m'essouffle, plus j'accélère. Pour les endorphines. Je me demande si je préférerais présentement agripper les doigts épais et rassurants d'Alex ou ceux, aux ongles vernis, d'Éléonore. Un de chaque côté ? L'idéal. Les deux, sans choix cornélien, sans tromperie, dans un consensus mutuel. Les deux pour les joies et les blues, le privé et le pro, la tendresse et le sexe ! Et pourquoi pas ?

Sur le trajet du retour, entre la marche à pied et le taxi, je textote l'un, puis l'autre, en essayant de ne pas me tromper de conversation. Élé est chaude comme le sable en Égypte, Alex est encore excité… par mon rendez-vous à venir avec *Vintage*. Leurs messages respectifs se complètent pour combler mes besoins. Et s'ils pouvaient aussi, de concert, assouvir mes désirs ? Je suis toujours dans le taxi mais, les yeux clos, nous sommes trois sur la banquette, et la berline se transforme en limo avec chauffeur discret, comme celui de Chuck (Bass, évidemment). Ou alors le *driver* mate ? Je ne sais pas, comme il veut, tout est permis. Je descends au sous-sol pour joindre les gestes aux images.

Alex déboutonne son jean brut, sort sa matraque et se branle lascivement, tandis qu'Éléonore lèche mes oreilles (l'autre clito de mon anatomie) et que je l'enfourche en retroussant ma jupe sur mes jarretelles, donnant au passage un coup de cul au dos du siège conducteur. La radio envoie « Born to die » de Lana del Rey comme pour nous rappeler à quel point nous sommes vivants. Ma langue se mélange à celle d'Élé, de façon ostentatoire, comme les hommes aiment le voir. Nos seins désormais nus se réclament et se collent, nos cheveux fusionnent. Élé respire fort, Alex se rapproche, mais je le repousse en accordant à la blonde ce qu'elle réclame : mes doigts humidifiés dans sa chatte impatiente. Je la domine, une fois encore. Ses jambes écartées retombent sur mes épaules, ses hanches suivent le mouvement de balancier, l'impulsion que je donne. Mon pouce fait des cercles, mon majeur et mon index des va-et-vient. Sa tête rebondit contre le dossier, ou contre la vitre lorsque le chauffeur déconcentré (il a donc choisi de regarder) prend un virage un peu serré. Je voudrais lui glisser ma main tout entière. Pour voir, pour lui faire un peu mal aussi. Je l'abandonne au bord de la jouissance, pour me jeter sur la queue dressée d'Alex. Élé ne s'avoue pas vaincue et prend mes cheveux pour guider ma bouche. Je le sens au fond de ma gorge, il gémit, elle observe, curieuse et gourmande. J'enfonce mes ongles dans sa cuisse, légèrement, pendant qu'il balade ses mains sur ma poitrine et celle d'Élé. Qui va s'empaler en premier ? Elle. Je la guide, en attrapant son petit cul de brindille et viens ensuite plaquer mes lèvres inférieures sur celles d'Alex. Je veux que l'on exulte à trois, simultanément, sur « Sexual Healing » de Marvin Gaye, que le voyeur de devant a décidé de nous balancer dans les tympans…

Et, en vrai, ce serait comment ?

16

Éléonore

Ce matin, j'accompagne l'attachée de presse et des journalistes sur les plateaux puis au resto-room en vue de préparer l'inauguration du 14 février qui approche à grands pas. Je vais donc croiser mon ex, que je n'ai pas vue depuis un bail. Espérons que l'absence aura créé un petit manque...

À l'entrée des studios, j'accueille la poignée de gens des médias qui vont nous suivre aujourd'hui. Pour le moment, c'est à la responsable des RP de jouer. Je vois Crystal habiller Nancy et Amber, avec la méticulosité qui la caractérise. Même agenouillée, elle est sexy. Ses longues boucles noires ruissellent sur ses épaules rondes. Ronald leur tourne autour, visiblement plus intéressé par la croupe de mon ex que par ses actrices. *Ça m'agaaaace !*

Sous les feux des projecteurs ou dans l'ombre, tout le monde est très concentré. La scène : David a trahi Anita en refilant d'anciennes recettes de cuisine à sa rivale, et cela a été découvert par Tom. Ce dernier a toujours été en compétition amicale avec David auprès des filles. Va-t-il compromettre son vieux pote ? Bref ! Je n'écoute plus le doux babil de la meute, Barbara nous précède, l'air hagard. Depuis les vacances de Noël, elle s'est complètement renfermée dans sa coquille. De l'eau dans le gaz avec son Auguste ?

Je me faufile vers la sortie quand Crystal récupère ses accessoires pour quitter le plateau. Elle ne m'entend pas sur ses talons, aussi est-elle très surprise en me découvrant dans l'ascenseur. Je la mate avec intensité et appétit.

– Hum, salut Élé. Je ne t'avais pas…

– Hey Crys ! Je dois aller vérifier un truc à la compta. Je t'aide à porter quelque chose sur le chemin ?

Soulagée, elle me tend une boîte.

– Merci. Ça faisait un moment que tu n'étais pas venue ici ou je me trompe ?

– Je suis à fond sur le 14 février, et j'ai pas mal d'imprévus à gérer… des petites contrariétés, mais c'est rien !

On se tait un instant. Je ne parviens pas à décrocher de son corsage. J'ai faim de cette peau. Bloquons l'*elevator*, comme dans les mauvais films, et jetons-nous l'une sur l'autre pour se caresser. Sans se déshabiller, on se frotterait l'une à l'autre, on sortirait un sein, on passerait une main dans le string.

Gling, ouverture des portes. Je lui emboîte le pas en continuant cette conversation bizarre jusque dans le salon des accessoires où je hisse mon chargement sur un bureau. J'y pose aussi nonchalamment mes fesses, en écartant imperceptiblement mes jambes sous la jupe crayon. Je ne sais même pas ce que je lui raconte. Elle s'active dans ses froufrous, j'entends sa respiration un peu haletante. Je m'éclipse.

♦ ♦ ♦

Je sens ses lasers de manga sur moi. Je jacte depuis une demi-heure devant les journalistes et l'équipe du tournage, pour faire valoir avec Barbara – qui ne m'aide pas beaucoup, dans son silence renfrogné ! – le concept de resto-room.

Je m'efforce de regarder Crys, sans insistance, avec une expression qui ne peut la tromper, surtout après la journée que nous venons de vivre. Car la brève discussion dans le salon d'essayage a été suivie de nombreux épisodes où je me suis débrouillée pour la frôler, lui sourire, l'amuser, la draguer. L'ambiance générale facilite cela. Et l'équipe de reporters, avec laquelle il fallait jongler, n'a fait qu'accroître mon plaisir dans ce petit jeu avec elle.

Applaudissements soutenus. Les journalistes apprécient les décors, le concept du club privé, la carte du menu et celle des amusements non gastronomiques. La chef a exposé sa vision avec entrain, brio et audace. Sa brigade est composée de jeunes gens surmotivés, et ça se sent. Le champagne, les mojitos et les margaritas coulent à flots depuis dix-neuf heures, je ne touche à rien. Objectif Girafe. Parviendrai-je à la distraire de Ronald, Alex et ces nombreuses créatures qui virevoltent autour d'elle ?

Lorenzo a assisté à la conférence de presse et se rue sur moi pour me féliciter, surveillant en coin que Crys n'en prenne pas ombrage. Mon ex rapplique cependant, pas à l'aise de nous voir papoter. Je le prends comme une invitation à la chasse… après avoir été plutôt cool à la pêche.

– Tu as marqué des points, ce soir, Éléonore… remarque-t-elle.

– On verra ce que donnent le compte-rendu dans la presse, le dîner d'inauguration et le taux de fréquentation dans la foulée !

– Tu es prête ? s'enquiert Lorenzo.

Je souffle. Je suis tellement prête que ça en devient ennuyeux. Aucune surprise pour cette soirée du 14 février. Le lieu et les activités se suffiront. Pas besoin d'en rajouter, il faudra simplement garder à l'œil les serveurs et le dress code de la clientèle.

– Que se passera-t-il au showroom ? insiste le complice de Crystal.

– Il ouvrira une heure avant le restaurant, et on va convier une trentaine de rédacteurs en chef à assister à un petit défilé.

– Pas de truc grandiose alors ?

– Le maître mot : élégance. On ne lance pas une boutique et un temple du plaisir gustatif comme un produit. D'autant que le showroom n'a pas de vraie visée commerciale, il s'agit d'une vitrine qui renforcera l'image de Modus. Et le resto est destiné à des *happy few*...

– Viss et Tanner ont raison, l'apparence, c'est tout, aujourd'hui... murmure Crystal.

J'acquiesce. À quel moment lui avouer que nos patrons attendent d'elle qu'elle fasse partie de l'écurie des visages de Modus ?

♦ ♦ ♦

Je ne pensais pas que cela se produirait ce soir. Embrassade fougueuse entre Crys et moi dans les cabines du showroom. Les miroirs nous renvoient cette image que j'ai cherché à traduire dans mon tableau. Toutes les tensions sexuelles accumulées depuis ce matin ont raison de nous. Elle s'abandonne à mes caresses et mes baisers, l'étreinte nous brûle.

Et je la lâche avant l'orgasme. Je saisis son menton et lui roule une pelle avant de me sauver. À quelques mètres de là, Ron, Alex, Anita et Sandy, la clique, se gargarisent. Bon Dieu, il faut vraiment que je tourne une page professionnelle car les divas, les caprices, l'arrogance de ceux qui font partie du sérail, tous ces gens qui se déclarent artistes, adulent une culture poubelle, je n'en peux plus. Tante Céleste approuve à deux cents pour cent.

♦ ♦ ♦

Scotchée sur la presse tombée ce matin pour parler du « *R* », je ne pense qu'à Crystal. Aussi je tressaille en entendant sa voix rageuse dans le couloir :

– Je dois la voir tout de suite, c'est urgent, je me fous qu'elle ait un rendez-vous à 10h !

Je lève la tête, curieuse. Il est 9h30. La Girafe entre dans mon espace avec d'amples mouvements de bras, de jambes et de tête. Seigneur ce qu'elle est grande, pour moi qui suis assise ! Son air furax me rappelle la bonne vieille époque parisienne, lorsqu'elle fulminait contre Barbara dès le dos du Dragon tourné.

– Barbie ! Éléonore, je veux dire !

– Mouiii, ma belle ? Enlève ton manteau, assieds-toi et raconte-moi ce qui te perturbe…

– Pas le temps !

Vlan. Mince. J'espère qu'elle n'est pas en rogne contre moi.

– J'ai une journée chargée, je fais un stop à ton bureau par correction, sache que je vais faire retirer mes chaussures du showroom, Barbara a pété les plombs, cette salope…

– Calme-toi. Quel est le problème ?

– Elle me provoque. Elle se croit à l'époque de Modus Paris, cette imbécile… Et je n'ai pas l'intention de me laisser faire !

– Mais explique-moi, bon sang !

– Tu es allée voir l'installation définitive de votre boutique à la con, après la conf d'avant-hier ?

– J'y mets rarement les pieds…

– Eh ben, tu devrais ! Ce Dragon mal sodomisé a fait en sorte de disposer mes créations le moins en valeur possible, limite dans des tiroirs. Poubelle, quoi. Aucune pompe en vitrine. Et elle n'a pas mis les étiquettes avec mon logo ! Et pas de prix, rien ?

– Ça, c'est normal, Crys… Regarde les autres robes, les sacs et les cosmétiques : aucun prix. Ce n'est pas un lieu destiné à la vente. Pour ton logo, c'était négocié dans le contrat ?

– Ben…

– Hum.

– Quoi qu'il en soit, je renonce à toute cette merde ! Je vais exiger du juridique de revoir le contrat et de préparer un avenant ou je ne sais pas quoi, parce que je ne vais pas supporter la vioque longtemps, je m'étais promis à Paris de ne plus JAMAIS respirer son haleine fétide…

Pfiou. C'est mal barré. Elle fait mine de partir, je me lève et la retiens par le bras.

– Je vais arranger ça. S'il te plaît, ne prends pas une décision stupide parce que tu es à chaud. Demander un changement de contrat risque de faire grogner Luke et de le conduire à décider de se passer de tes services !

– Rien à cirer.

– Ce serait dommage…

– Je peux me débrouiller seule. J'ai un nom que les gens connaissent maintenant, et des tonnes d'idées super.

– Et si je deviens ton unique interlocuteur pour le showroom du *R*, et que je gère personnellement la mise en place et en avant de tes créations ?

Elle hésite.

– Faut voir…

À peine est-elle partie que je me jette sur le téléphone. D'abord pour faire valider cela par Jean-Claude, et ensuite pour que Barbara gobe la pilule sans s'imaginer que je déborde sur ses plates-bandes. M'occuper de chaussures n'est pas un dossier qui me passionne, mais l'artiste qui les dessine me fait fondre. Si cela pouvait me permettre d'accélérer le rapprochement personnel et de la convaincre lorsque je lui transmettrai l'offre du BB…

♦ ♦ ♦

En rentrant chez moi ce soir, je m'écroule sur le divan, épuisée, et me sers un verre de chardonnay. (J'ai changé de continent, pas de péché mignon !) Je repasse le film de cette journée harassante, où mon bureau s'est transformé en guichet des plaintes.

Comme je m'y attendais, Barbara a très mal pris mon intrusion dans son travail. Mais, vérification faite, Crystal avait raison d'être exaspérée.

Ensuite, il va falloir rouvrir le chantier du club privé, un radiateur a explosé et il y a un dégât des eaux. L'inauguration du *R* est retardée de quelques jours, ce qui a mis Luke et Jean-Claude en pétard. (Je soupçonne Barbara de s'être réjouie de mon malheur.)

J'ai aussi vu défiler des membres de l'équipe du film, soucieux d'obtenir quelques privilèges au *R* – je m'en suis étranglée, vu les cachets que ces gens touchent ! – comme des réductions sur les menus du restaurant ou sur les fringues en exposition. Tous préfèrent s'adresser à mon effluve vanillé plutôt qu'au mélange de saumon fumé et de semelle usagée de Barbara.

La prétention de Ronald m'a *troué* le cul. Le réalisateur, qui en a d'ailleurs profité pour me parler longuement de Crystal, ne désirait pas moins qu'une table ouverte pendant la première année d'exploitation et un accès pour cinq au club ! Je l'ai froidement éconduit, et c'est là qu'il s'est épanché sur sa vie sentimentale et sexuelle, m'expliquant qu'il connaissait désormais mon ex mieux que personne, qu'elle était sa compagne cosmique (oui, Monsieur se prend pour Jim Morrison), qu'elle finirait par le comprendre, que Crystal était pour lui le sel du pain et bla-bla-bla... Insupportable. Ron est tellement égocentrique que les rares déjeuners ou verres pris avec elle, il les a à mon avis passés à disserter sur son nombril ! Pas comme ça qu'on séduit une Girafe !

Tranquille chez moi, rien ne peut m'atteindre. J'ai les cartes en main. Les emmerdes et les emmerdeurs, j'y suis comme anesthésiée. Le mail qui clignote sur mon portable, signé Maëlis (depuis quand sait-elle envoyer des mails celle-là ??), je lui fais *fuck* avec un sourire.

Je n'ai aucun doute sur son contenu. Ma belle-mère, insidieusement, me glisse que les unions qui ne fonctionnent plus, il faut y mettre un terme, que c'est mieux ainsi, surtout s'il y a des enfants. À Paris, la dernière fois, sans m'affronter ouvertement, elle s'est débrouillée pour que j'entende son avis : en gros, je ne pense qu'à moi et je rends mon monde malheureux. Je suis absolument en désaccord...

avec la deuxième partie de sa phrase. Mes jumeaux ont l'air très équilibrés, comme le prouvent les remarques de la maîtresse et de la nouvelle baby-sitter (que Maëlis déteste puisque je l'ai choisie).

À une époque, tous ces conflits, ces contrariétés m'auraient foutu la boule à l'estomac et privée de sommeil. J'aurais abdiqué, je serais rentrée, privilégiant la paix. Ce temps est révolu ! Je balance son mail direct, sans le lire, dans la corbeille. Je bois lentement une gorgée et trinque seule à ma carapace et mes désirs. Mes pieds nus savourent la moquette épaisse. Direction la buanderie où une toile immense, presque achevée, m'attend.

17

Crystal

Elle est partout. Féline, obsédante, sensuelle. La nouvelle Éléonore m'excite et m'exaspère. Son mini-cul, souvent bien moulé dans un jean clair, ne se dandine jamais loin de mes yeux, ses cils déploient leur talent de séduction, ses doigts tournicotent des mèches de cheveux (manie qui me rappelle la mienne et tant d'heures de bureau parisiennes partagées à faire simultanément ce geste). Toute la journée encore, elle m'a effleurée, déconcentrée, invitée par SMS à la rejoindre dans des recoins. J'ignore comment le staff peut passer à côté de son petit manège, et comment rester professionnelle dans ces conditions. Son désir compulsif devient inévitablement contagieux…

L'heure de piscine nocturne post-boulot ne m'a pas calmée. Même l'écœurement provoqué par les multiples odeurs de parfums mélangées dans l'eau (quelle idée de s'asperger avant de venir nager ?!) n'a pas dissuadé mon entrejambe, qui réclame toujours son dû. Sa blonde. Putain. Son image clignote dans ma tête, essaie de me faire flancher. Alors, je me tiens à distance de mon téléphone et de l'impulsion fatidique qui conduirait nos deux corps à se chahuter jusqu'à l'aube. Je me concentre sur le programme de la soirée : cuisiner pour le dîner de demain, avec Alex et sa sœur. Ne pas le trahir, à nouveau.

À cette pensée, mon énervement change de source et de cible. Pourquoi mes actes devraient-ils dépendre de quelqu'un d'autre ?

À quel moment suis-je devenue la victime de mon attachement à ce garçon ? Il y a à peine un an je n'avais qu'une ancre, qu'un lien indéfectible et induisant une responsabilité à prendre en compte : celui qui m'unit à mon chat-roi, le bien nommé Alceste.

Je pénètre dans mon appartement avec un sentiment désagréable mais soudain tenace : celui de subir une intrusion. Alex est là, dans ce qui était seulement mon chez-moi il n'y a pas si longtemps. Je l'ai autorisé à s'installer dans mes nuits, mon cœur, mon lit et maintenant dans mes décisions, sans qu'il en ait conscience. Il m'accueille avec un baiser tendre, que je lui rends froidement. Me parle des courses bouclées pendant ma séance de sport, du menu, d'Alceste qui a vomi ses croquettes allégées, du froid dehors et de la poignée de porte qu'il faut réparer dans la chambre. Au secours... D'où sort cette conversation de vieux couple ? De la routine dont elle émane ? Beurk. Encore un mot que j'exècre, routine. (Oui, avec « choisir » et « silence ».)

J'étouffe. Aucun espace vide et personnel où me planquer. Aucune latitude. Je veux m'isoler et je ne peux pas. Même les ronrons d'Alceste me laissent de marbre puisqu'ils sont sur écoute, observés, disséqués. Notre cocon n'est plus.

Il faut que je ressorte, que j'éteigne le feu, que j'atténue l'irritation avant de prononcer, au galop, des mots trop forts, trop péremptoires. Vite, un prétexte. Les courses ? Déjà faites. Hum, un cadeau pour Abby, la fille récemment baptisée de sa sœur ? Pas mal. Elle ne sera pas là au repas à trois de demain (bébé étant chez les parents d'Alex, et mari en déplacement) mais c'est une douce attention que de lui prévoir un petit quelque chose. La pilule passe sans un haussement de sourcils, ouf. Il commencera à cuisiner sans moi : parfait.

Direction le Disney Store de Times Square. À pied, pour perdre le maximum de temps, et au rythme de « I wish I was a punk rocker », pour le regain d'énergie nécessaire.

Un bip me sort de ma bulle musicale. Évidemment, ça ne pouvait qu'être elle. Je suis assaillie. TU ME MANQUES DÉJÀ...

ET UNE QUESTION ME TURLUPINE : TU PORTAIS QUOI SOUS TA ROBE AUJOURD'HUI ? E. Ne pas répondre. Résister. Prouver que j'ai réellement changé. Qu'on ne peut plus m'appâter ainsi.

J'écoute « Shake it Off » de Taylor Swift, je remue mon postérieur en marchant et tente de me focaliser sur le beat. Puis « Chandelier » de Sia que je fredonne de façon sûrement trop tonitruante, si j'en crois les regards hébétés des passants. Ce qu'ils ignorent, ces gens qui me prennent pour une folle, c'est que je mène un combat intense contre moi-même. Chanter est une diversion comme une autre. *Fuck them all.*

Je sens mes forces m'abandonner au fur et à mesure des pas en avant. Le petit démon de l'épaule gauche va l'emporter sur l'ange de l'épaule droite. Éléonore 1 – Alex 0 : JE PORTAIS UN ENSEMBLE EN DENTELLE ROUGE DE L'AGENT BY L'AGENT PROVOCATEUR... ET, PERSONNELLEMENT, TOI, TA LANGUE ET TES FESSES, VOUS NE ME MANQUEZ PAS DU TOUT...

♦ ♦ ♦

Le dîner épaterait Paula, mes parents et mon frangin. Tartare de poissons au basilic et à la sauce thaï un peu relevée, côtes de veau au parmesan et purée de légumes, tarte au citron meringuée. Le tout joliment disposé sur une table, éclairée à la bougie, pour compléter les lumières tamisées de notre nid.

La sœur d'Alex semble ravie. Son enthousiasme l'entraîne sur un terrain hasardeux :

– Vous êtes tellement mignons tous les deux... C'est pour quand les fiançailles ? J'ai déjà la robe pour le mariage, moi !

Gros blanc. Moment de solitude général.

Alex embraye :

– Ce n'est pas encore à l'ordre du jour, Sista !

Je bondis sur le « encore » et engloutis presque d'une traite le reste de mon verre de vin, que je remplis à nouveau dans la foulée. Je me demande si cette réponse en demi-teinte, probablement inspirée par mon silence absolu, ne cache pas une entourloupe. Aurait-il invité sa sœur à me tester pour lui ? Ou est-elle naturellement lourdingue ? Je me contiens, par tous les moyens (notamment en abreuvant ma bouche pour éviter de l'ouvrir). Alex ne pourrait-il pas être comme la majorité des mecs ? Totalement paniqué à l'idée de l'engagement ? J'ai parfois l'impression que c'est moi l'homme...

– Crystal, ta tarte est absolument délicieuse. Un vrai régal ! Tu as raté ta vocation, non ? dit-elle en riant.

– Arf, non, la cuisine est une passion très récente et à laquelle je n'accorde que peu de temps. La création de chaussures me fascine bien plus... Faire des petits plats est seulement une manière de me détendre, de ne plus penser à rien.

– Je vois...

Raté ma vocation, mais qu'est-ce qu'elle raconte cette imbécile ?? Elle n'a pas la télé ou quoi ? Elle n'a jamais vu un épisode de *Girls* ? Mes pompes aux pieds des actrices principales ? Je sens la tension monter en flèche dans mon dos, jusqu'aux cervicales.

– Tu sais que mes parents étaient enchantés de votre rencontre. Ils parlent très souvent de vous deux. Ils imaginent même la cérémonie de mariage sur la plage et la fête qui s'ensuit dans leur maison...

Putain, elle recommence. Ce n'est pas possible ! J'ai la sensation d'avoir le cul sur un siège à ressorts, avec une terrible tentation : bondir. Pour fuir ou pour la rembarrer. Alex garde un sourire neutre. Mes prunelles envoient des balles par dizaines, donc je fixe Alceste qui, lui, ne s'en offusquera pas. J'avais largement préféré notre week-end familial dans les Hamptons, sans pression et sous-entendus douteux.

Je change de sujet en lui tendant le cadeau pour sa fille Abby, une peluche Pan-Pan – le lapin de Bambi – qui ira très bien avec les oreilles déjà surdimensionnées de la petite (réflexion que je garde enfermée dans ma tête, pour éviter de déclencher une vraie guerre).

♦ ♦ ♦

A-t-il perçu ma crispation ? Remarqué ce besoin constant de combler ma gorge ? Ce flot de mots limité, qui ne me ressemble pas ? J'imagine que oui. Parce qu'une fois la sœurette débarquée du navire, et Alceste coincé dans la salle de bains, mon Apollon – au cœur trop sensible et aux desseins incertains – se plante nu devant moi, raide et prêt. Il me pousse à terre, à genoux, et me fourre son engin contre la langue, dans sa grotte du plaisir. La plus belle façon de me faire taire ou de pallier le manque de paroles.

Il me baise salement, sur le sol, contre la vitre, contre le bar. On dirait qu'il a bouffé du lion et je me félicite de lui avoir donné tant d'énergie avec mes mets. J'oublie ce moment pénible et embarrassant, mes réflexions sur Éléonore, mes infidélités et ma rage naissante : je lui donne et lui prends tout. Jusqu'aux gémissements ultimes, jusqu'à l'explosion.

♦ ♦ ♦

Après un vendredi soir torride, et un réveil tout aussi charnel ce matin, je me sens pleine d'une inspiration à jeter sur des feuilles plus vierges que moi (oui, ce n'est pas difficile). Le rendez-vous avec *Vintage*, qui a lieu la semaine prochaine, demande à être particulièrement préparé, ce que Lorenzo et Paula me rappellent constamment. Leur stress, qui s'ajoute au mien, ne m'apporte aucun réconfort mais confirme l'urgence d'élaborer un coup de génie (rien que ça !!).

Je décide donc de prendre mon nouveau sac rouge Givenchy, mon bloc de pages blanches, mes crayons, mon cahier à idées, mon iPod chargé et le casque Bose associé, mon bonnet à pompons, mes UGG et mon courage : direction l'Empire State Building.

Arrivée au 86e étage de ce gratte-ciel de la 5e Avenue, deuxième plus grand immeuble de New York, je respire à pleins poumons. La vue panoramique de cet observatoire ouvert au public me fout le vertige mais me procure une tonne d'émotions. Liberté, émerveillement, angoisse. Je suis soudain minuscule. D'ici, je peux contempler le sud de Manhattan, admirer de loin Brooklyn, apercevoir la Statue de la Liberté, saluer l'Hudson tout en m'amusant à reconnaître les quartiers et à compter les légendaires taxis jaunes. Je pense à King Kong, que j'aimerais croiser là-haut, et je me dis qu'il n'y a pas de meilleur endroit pour étoffer ma collection girafe que le presque sommet de cette grande perche. Je me pose contre un rebord et commence à griffonner, face à ce paysage qui m'enchante. Je fais abstraction des quelques touristes – moins nombreux en cette saison – et du froid polaire qui me fige les doigts. À la fois étourdie et vivifiée, je suis prête à tout pour séduire *Vintage*, par le biais des lignes et des courbes qui prennent forme sous mon Critérium...

Vintage, c'est la marque qui séduit les femmes à la recherche de luxe et d'élégance, en tapant juste, entre simplicité et audace, en osant se parer de couleurs inattendues... Leurs collections de fringues et d'accessoires mériteraient sans doute une touche de folie supplémentaire, mais leur raffinement les rend déjà aussi intemporelles que populaires.

Vintage fait partie de ces enseignes lancées à la fin des années 1960 avec comme souci de moderniser la femme, d'être raccord avec le parfum de liberté qui régnait en Europe à ce moment-là. Née dans le cerveau d'un groupe de créatrices anglaises, qui lancèrent le concept à Londres où demeure encore le siège social, dans le très huppé quartier de Mayfair, puis ouvrirent des boutiques dans le monde entier, *Vintage* se voulait aussi un lien avec la tradition, surtout il ne fallait pas marquer de rupture trop grande avec la femme d'avant-guerre. Une Chanel *middle class*, qui a besoin de relooker son blason...

♦ ♦ ♦

Ce dimanche a encore bien démarré. Alors que je prenais mon bain pour me réchauffer, Alex s'est introduit dans l'eau, puis en moi, interrompant sans le savoir ma masturbation journalière. Une heure d'éclaboussures, de rires et de cris s'en est suivie ; légèreté et gaieté absolues.

– On se retrouve pour le brunch, *Baby* ?

– Oui ! Je vais promener Alceste et on se textote quand tu as fini ton call avec Ronald.

– Parfait, vendu !

J'habille le tigré qui rentre à nouveau dans ses petits vêtements d'hiver mais me gratifie de ses habituels grognements de mécontentement. S'il continue, je vais lui fabriquer des chaussures pour chat et il aura une vraie raison de rouspéter !

Dans les rues qui nous mènent à Central Park, je peine à faire avancer ma bestiole têtue qui joue les clowns tristes et mime l'asphyxie. Je le tire, le traîne et lui gueule dessus, mais rien n'y fait : il pose son derrière par terre à la moindre occasion et se dandine comme pour tenter de se débarrasser de son pull. Manque de bol : les scratchs sont plus tenaces que sa mauvaise humeur. Le poilu comédien reprend soudain son allure ordinaire lorsque, au passage piéton, une saucisse sur pattes le houspille bruyamment. Alceste toise le teckel, comme s'il était supérieur à ce genre de démonstration de force entre bêtes et avance enfin normalement ! Parfois je me demande si ce chat n'a pas plus d'ego que moi…

Au milieu de ce poumon vert, la neige n'arrête pas le ballet incessant des écureuils, qui me captive mais pousse Alceste au bord de la crise d'hystérie. J'ai beau lui répéter que ces personnifications de la mignonnerie ne sont pas l'équivalent des souris et autres rats qui lui donnent envie de chasser, il est à l'affût du moindre mouvement…

– Et puis merde, Alceste, t'es un chat des villes, pas des champs ! Tu ne lorgnes pas les plus faibles que toi, tu bouffes tes croquettes et basta ! Allez, bouge ton gras…

Devant la majestueuse fontaine Bethesda, sorte de point névralgique qui mène vers d'autres découvertes de ce gigantesque espace public, mon acolyte se trouve un nouvel ennemi. Un gentil chihuahua tricolore à la binette trop craquante, qui tente une approche amicale et se prend une soufflante en retour. Je me poile, la scène est cocasse. Comme je désapprouve cette attitude, je me mets à caresser le petit chiot, dont la maîtresse est tout aussi agréable à regarder. L'autre, babine remontée, veut asseoir sa supériorité. La jalousie l'étouffe. Le fou rire me gagne pleinement lorsqu'un rottweiler s'en mêle. Alceste range soudain les crocs, les griffes et l'arrogance pour venir se réfugier entre mes jambes... Mauviette va ! Il n'y a pas que la taille qui compte !

D'ici, le Boathouse est à quelques pas. Ce lieu que j'ai découvert dans *Sex and the City*, lorsqu'en perdant l'équilibre Carrie et Big finissent dans le lac, et que je fréquente maintenant avec Alex. L'hiver ne lui ôte aucun charme...

L'heure du brunch, au rythme des notes de piano, a sonné. À table !

18

Éléonore

La stratégie « bouchées doubles » est payante : en dépit du dégât des eaux, nous avons réussi à ouvrir le resto-room comme prévu pour la Saint-Valentin. Succès, affluence du public le jour J et les soirs suivants. Les commentaires sur les sites de tourisme et les articles des blogs gastronomiques sont excellents pour les trois quarts. « Service sexy et efficace », « petits plats dans les grands, papilles qui explosent », « original, chic sans chichis, élégant sans ostentation, amusant, excitant sans vulgarité ». Chaque jour, je me délecte de lire ces lignes, que Lindsay rapporte fidèlement et qui comptent autant que la presse traditionnelle.

Nous avons beaucoup répété, organisant des dîners tests avec le gratin de NY qui s'est précipité à l'ouverture. Le 14 février, nos serveurs étaient vêtus de rouge, parfumés au vétiver pour les hommes, à l'ambre pour les femmes. Menu à la fête : émulsion de crevettes en goguette Espelette, quarts de homard truffés au caviar, lutines langoustines en sucrines ; brochettes de caillettes aux trompettes, soufflés de poulet au Grand Marnier, Black Angus au Massalé Mauritius ; frisson de macaron, caprice à l'anis et baiser du fraisier. Crystal, subitement passionnée de cuisine, m'a conseillée et j'ai bossé des semaines avec la chef pour élaborer ce menu poétique et mystérieux.

Sur le plan personnel, en revanche, je dois admettre que le principe des bouchées doubles laisse à désirer.

Depuis notre étreinte rapide dans le showroom le jour de la conférence de presse, nada côté Crystal. Je suis son unique interlocuteur concernant ses créations ici, mais rien ne présage un réel avenir entre nous !

J'en suis chagrine. Si je ne baisse pas les bras, j'ai décidé de ne pas m'accrocher cent sept ans. Si mon ex campe sur ses positions et que rien ne peut changer entre nous, j'ai un plan B et même un plan B bis, que je mettrai à exécution la mort dans l'âme – je serai tout sauf une victime. Je l'ai été suffisamment dans le passé. Cette époque est ter-mi-née.

Je nous donne, à Crystal et moi, jusqu'à Pâques pour nous retrouver. Si ce n'est pas le cas, je tranche sur ce qu'il advient de mon mariage en France. Et si celui-là est définitivement fini, j'embarque mes jumeaux et Drogo pour un tour du monde, avec mes primes accumulées cette année. Je réfléchirai au meilleur endroit pour nous poser à trois – parce que concernant Drogo, comment dire… ça peut durer quelques épisodes, mais pas plus d'une saison. Rome et sa langueur historique ? Londres et son fog financier ? Berlin et son bouillonnement artistique ? Un seul objectif : *Enjoy. Have fun*.

♦ ♦ ♦

– Trucmuche, mon café s'il te plaît. Lindsay, rendez-vous dans mon bureau à 9h30 pour le point presse. Barbara, viens à 10h pour que je te briefe sur les idées de Crystal. Trucmuche 2, tu as bien imprimé les docs de la réunion de 15h en douze exemplaires ?

Bah oui, ça se passe comme ça maintenant. Je suis la serial-killer-mother. Je dis, et ils font. Depuis la conférence de presse et l'ouverture du « *R* », me voici propulsée officieusement comme chef de l'ensemble, statut que Barbara ne conteste plus (est-elle en quête de riposte active ou simplement neutralisée ?) mais voit d'un mauvais œil évidemment.

À 13h, je me rends dans une voiture privée au resto le plus cher de la ville avec le patron d'un groupe de médias, que j'arrose à coups de grands crus et auquel je donne d'emblée une carte de membre du club GOTG. Humeur de wineuse.

Je ne surveille plus ma montre. Je m'autorise à être en retard à la réunion : Barbara se saisit de cette opportunité...

– Éléonore, c'est insupportable ! Tu m'as fait trois fois le coup cette semaine !

– Relax Barb', il me semble que ta journée est assez cool, j'ai jeté un œil à ton planning...

– Tu abuses ! Et tu vas quitter ton petit ton de cheftaine, j'en ai assez. Bla-bla-bla, bla-bla-bla, bla... !

Ensuite, direction Brooklyn où je dois voir Ronald pour des ajustements de scénario toujours dans l'optique que le resto-room et la série collent parfaitement. J'engueule gentiment la petite qui bavarde dans l'open space où sont les bureaux de prod, puis celle qui me rapporte un *cafe latte, j'avais dit sans sucre, what-the-fuck ?*! Une puissance intérieure et zen me galvanise. J'aperçois mon ex au loin et l'ignore. Elle passe et repasse à quelques mètres du canapé confortable où Ron et moi bavardons avec l'un des scénaristes. Elle entraîne Alceste pendant la pause à traverser le long couloir au pas de course. Aujourd'hui, elle pousse même le vice jusqu'à enfiler une paire de rollers (customisés à la Roche, of course) pour aller plus vite...

– Tu sais que tu es très en beauté en ce moment, Éléonore ? Tu étais sexy, mais là tu as l'air... hmmm, je ne sais pas, plus affirmée... croqueuse..., me balance Ronald.

– Croqueuse ? Tu parles à une employée fidèle et à une femme mariée, je te signale... Qu'est-ce que tu voudrais que je croque ?

Crystal manque de déraper et se rattrape à Nancy qui se met à rigoler.

– Oh, je ne sais pas, on pourrait en discuter dans un endroit plus... intime ?

– Tant que tu ne me proposes pas un plan à trois avec Crystal...

– Mouais, je sais, j'avais un peu abusé à la soirée Reines des Neiges... J'avais des raisons et des excuses !

– Je peux comprendre, ça arrive.

Crystal enlève ses rollers sur le canapé à l'autre bout de la pièce. Elle se penche de façon un peu appuyée, on dirait qu'un téton va surgir du décolleté en V profond, ce qui enchante ma vue et mes sens.

– C'est gentil ce que tu me dis, Élé… Moi qui pensais qu'on était partis du mauvais pied.

– Tu exagères. C'est bien les hommes, ça, tout de suite le drame…

– Et ton homme, justement, il ne te manque pas trop ?

– De quoi tu parles ?

– À ton avis ?

– Parce que tu crois que je suis Raiponce dans sa tour ? Je suis une femme moderne… Mes désirs, je les assume, figure-toi. (Là, ma voix vacille, je me maudis.)

– Miam, la froide Éléonore cache bien ses braises ! Demain, 19h, dans un bar d'hôtel ?

Non mais quel abruti, ce Ronald. Il croit qu'il va me sauter. Je souris et susurre, perverse :

– Je connais un endroit super, l'hôtel Giraffe…

Je rêve ou je vois Crys rougir ? Elle attrape son chat dans les bras, donne un coup de pied aux rollers pour les faire disparaître derrière le sofa, se lève, jette ses cheveux en arrière et quitte la pièce. Vais-je trop loin ?

♦ ♦ ♦

Conf-call avec Paris. Je repousse légèrement Barbara, qui me souffle bruyamment dans le cou.

– Sandra, je croyais que le big projet tournait autour du lancement du bracelet-flacon de parfum.

– Hum, mouiiii. Mais vois-tu, nous avons plusieurs marrons sur le feu…

– Je ne comprends pas, lors de notre dernière venue nous n'avons évoqué que ce produit. Et nous t'avons tous félicitée…

Fallait oser imaginer un micro-flacon de parfum intégré à un bracelet. Le « BF », comme bracelet-flacon et best-friend, est en effet un accessoire audacieux. Ras le bol de s'asperger le matin et de constater que la fragrance s'évapore dans la journée. Le BF est une chaîne chic avec des grelots de formes diverses, chacun contentant quelques gouttes du nectar que vous y avez provisionné.

– Éléonore, Barbara, vous me fatiguez. Je vous explique depuis dix minutes que ce projet est retardé pour plusieurs raisons !

– Et vous sortez le plan Z… coupe Barbara. Lequel empiète largement sur nos plates-bandes alors que Jean-Claude avait dit que…

– Je sais ce que Jean-Claude avait dit ! Mais vous le connaissez, c'est un patron, un jour c'est blanc, et noir le lendemain. Ce n'est pas de ma faute s'il veut que je bosse sur un nouveau cosmétique et que vous estimez que ce rayon, c'est chasse gardée ! Pas ma faute non plus si Modus n'a plus rien proposé de neuf à sa clientèle depuis votre parfum à chier des bulles – non mais vous l'avez reniflée, cette daube ? Vous n'avez qu'à vous expliquer avec JC, d'ailleurs, moi j'en ai ma claque. Salut New York.

Sandra disparaît de l'écran, on se fixe, Barbara et moi, médusées.

– Ben ça alors…

– Tu l'as dit, ma Bouffie.

– Ma quoi ?

– Rien, ma langue a fourché.

– C'est incroyable. Non seulement elle nous plante des couteaux…

– … mais en plus elle nous reproche de demander des explications…

– … tout en insultant *Ladies* !!

Bref instant de recueillement et de nostalgie.

– Elle a raison sur un point : tu connais la versatilité de Jean-Claude…

– Tu crois que ça peut marcher, son BF ? murmure ma Baleine.

– J'en sais rien, ce qui me préoccupe davantage c'est cette nouvelle palette de maquillage dérivée de *Ladies' Taste* qu'elle veut lancer !

– C'est du Jean-Claude Viss craché ! râle mon infortunée collègue.

– La présence de Sandra accentue ce côté de sa personnalité.

– Ah tu vois ? J'ai tenté de te mettre en garde quand on l'a rencontrée. Et que dire de ce dîner épouvantable avec Luke Tesson ! Mais toi voilà, tu as préféré faire la naïve comme d'habitude, tu as voulu être charmée, parce que tu as tendance à aimer les femmes jolies et intelligentes, en pensant connement qu'elles sont forcément intègres…

– OK. La question est maintenant : comment se débarrasse-t-on de ce poison ?

– J'aime quand tu parles comme ça, Éléonore, on dirait moi quand j'avais ton âge !

– Hum, faut pas pousser quand même…

Bref regard à ma montre. Si tard ! J'éteins ma lampe, baisse le capot de l'ordinateur portable, me lève. Barbara me considère, l'œil sourcilleux et étonné.

– Bah, tu t'en vas comme ça, toi ?

– Il est 19h30, j'ai un dîner chez moi dans une heure et demie, rien à me mettre sur le dos et un frigo vide. Donc oui, je pars…

– Moi qui pensais qu'on commanderait chinois et qu'on passerait la nuit au bureau à établir une stratégie pour foutre la panthère au zoo…

– Tu rêves, personne ne va payer nos heures sup. Faut pas oublier de vivre pour soi !

Oups, j'avais zappé que Barbara sans Auguste, c'est une vie uniquement pro.

– Et tu dînes avec qui ?

Malheur. Si je ne lui dis pas, elle va rappliquer. Et si je lui dis…

– Avec ma tante Céleste, tu sais, celle qui est si dure de la feuille qu'il faut pratiquement hurler pour avoir une conversation avec elle !

Céleste, pardonne-moi.

La Ronflante soupire, plus du tout envie de se taper l'incruste.

– Alors bon courage avec ta vioque !

♦ ♦ ♦

Il est presque 21h. Les bougies à l'ambre ont été allumées dans leurs photophores et la brassée de roses rouges odorantes disposée dans un vase. Une bouteille de champagne dans un seau à glace, et deux autres au frais. Les flûtes scintillent, une mélopée susurre dans les enceintes. Éclairage tamisé, robe légère, mes pieds nus sur le parquet ciré. Je n'aurai plus qu'à sortir le saumon sauvage, la crème, le citron et les fraises, si toutefois nous mangeons !

Non, je n'attends pas Drogo. Avec lui, les étreintes ne sont pas des corps-à-corps qui se préparent. Un coup contre le bar et on repart, même si nous n'en avons eu que peu. J'attends Crystal. Avec fébrilité. Ce soir est déterminant. Je le sens.

En quelques heures, tout a basculé. La semaine dernière, je draguais cet imbécile de Ron sous le nez de mon ex. Et ces derniers jours, le gel a fondu. La distance s'est atténuée. Nous nous sommes remises à parler, mieux, presque avec tendresse, riant à demi-mots de certains épisodes de notre liaison passée – parfois légers, comme l'escapade d'Alceste lors d'un trajet en train vers Deauville –, parfois plus durs, non-dits, incompréhensions, voire mésententes. Lorenzo était de nos échanges, avec sa petite Scarlett de plus en plus intenable – à l'image de son père sans doute !

Crys redevient légère et mutine. Me voir m'éloigner l'a-t-elle inquiétée, plus ou moins consciemment ? A-t-elle eu peur de me perdre une deuxième fois ? J'imagine, j'extrapole…

parce que je ne parviens pas à me convaincre qu'elle a accepté ce dîner *chez moi* uniquement pour baiser.

21h15. La sonnette. J'ouvre et tressaille en voyant Crystal et Drogo dans l'encadrement de la porte blindée.

– J'ai accompagné cette délicieuse demoiselle un peu perdue…

Mon œil, le colosse, tiens-toi à carreau, la délicieuse demoiselle est pour moi seule. Du moins ce soir. Je remercie le plus sexy des portiers, qui jette un regard au-dessus de mon épaule et semble piger, vu la mise en scène dans le salon, qu'il ne s'agit pas d'un dîner banal… Il tourne les talons à regret, j'invite Crys à entrer. Fraîche, rose, taquine, elle se débarrasse de son manteau. Seigneur ce qu'elle est grande et qu'elle me domine, avec ses escarpins (je reconnais une paire de sa collection « Mourir de plaisir ») de quinze centimètres ! J'ai la sensation d'être une petite chose face à elle, alors que je dois masquer ma fragilité pour la séduire – ou pas. Ne me disait-elle pas jadis que ce qu'elle aimait, c'était ma vulnérabilité sous le vernis impénétrable ? Que dois-je faire ? La prier de descendre de ses échasses parce que mon tapis est blanc ? Elle risquerait de se vexer. La bousculer pour qu'elle ait une vraie raison de m'en vouloir ? Mon Dieu, aidez-moi à me reconcentrer, je perds mes moyens.

Elle me fait la bise, et j'ai envie de l'embrasser furieusement sur les lèvres. Je me retiens.

– Tiens, je prends ton manteau, va t'asseoir sur le canap ! Champagne ?

– Qu'est-ce qu'on fête ? roucoule la Girafe.

– La fin de l'âge de glace ?

Elle se marre.

– Attention, après le dégel, il y a la montée des eaux… Va pour le champagne…

Je nous sers deux coupes.

– C'est bizarre que tu m'aies invitée chez toi.

– Je suis heureuse de…

– Qu'est-ce que tu attends de moi, au juste ?

Wow. Elle y va cash, direct.

– Le plaisir de te voir.

– Comme ça, sans contrepartie ? Je veux dire, rien que nos câlins clandestins ?

– Je sais que tu es en couple. Et que seuls les câlins clandestins t'intéressent.

– Et toi, tu t'es séparée de ton mari ? fait-elle, incisive.

– Pas encore. Mais pas loin.

– Tu te cherches un nouveau compagnon, c'est ça ? Pourquoi tu ne prends pas un chat, pour te sentir moins seule ? Un gentil matou…

J'accuse le coup. Elle se reprend, plus douce.

– Rien ne peut plus être comme avant, tu le sais…

– Et je ne te le demande pas. Je suis très bien seule. J'ai décidé de redonner à la peinture de la place dans ma vie…

– Montre-moi ! s'exclame-t-elle, sans doute pour faire diversion dans cette discussion qui commence à être pesante.

Je souris, lui prends la main, finis ma coupe et lui montre mon « atelier » en lui racontant comment Maëlis et Jack se sont emparés de ma chambre de bonne à Paris. Elle hallucine d'abord de leur comportement, puis ensuite devant mes toiles. Elle est touchée, parce qu'elle aime et ne peut manquer de se reconnaître dans certaines, à travers les couleurs, les formes, même si ma peinture est abstraite.

Nous restons quelques longues minutes à fixer mes tableaux, en silence. Et c'est elle qui fait le premier pas.

– Élé… Tu t'assieds sur ce bureau.

Je m'exécute, fascinée… Elle commence à m'embrasser dans le cou, sur les épaules, la bouche. Ses mains me palpent, je halète, je recule, le bureau vacille et nous manquons tomber ; dans la semi-chute, j'écrase un tube de peinture, un jet mauve qui se retrouve direct sur… son bustier chair !

Nous pouffons.

– On va essayer de rattraper ça…

– Dis-donc, heureusement que ce n'est pas du Chanel ! Tu ne m'avais pas prévenue que c'était dangereux, chez toi !

– Et encore, tu n'as rien vu ! je chuchote.

Pendant que je vais chercher un châle, elle enlève le bustier maculé. En revenant, je regarde discrètement cette poitrine opulente enfermée dans un soutien-gorge en dentelle. Je nous ressers deux coupes. Je suis à un doigt de ses seins qui me narguent. J'ai des fourmillements dans le bas-ventre, et le souvenir de nos étreintes récentes me taquine. Que nous voulons-nous ?

Troisième tournée de champagne. On est un peu ivres, les bulles pétillent, on papote de tout, de rien, je vois dans ses yeux un abandon progressif, je pourrais tenter de savoir ce qu'elle attendait de ce dîner puisqu'elle l'a accepté mais je ne le fais pas. Je ne veux pas qu'elle s'enquière à nouveau de mes intentions. Être une maîtresse ?

♦ ♦ ♦

Je ne sais pas laquelle de nous deux revient à la charge, mais je suis allongée contre elle sur le canapé, à jouer avec son téton gauche que je caresse longuement du doigt et avec une fraise. J'écrase un peu de pulpe dessus et le dévore. De ma main libre, je frôle son ventre puis remonte sa jupe, me fraie un passage sous le cuir puis dans le string. Je masse son pubis et l'extérieur de son sexe épilé, très lentement, de longues minutes, faisant mine d'y entrer en glissant sur la fente, poursuivant le jeu de la fraise sur sa poitrine tendue, sortie du soutien-gorge encore agrafé. Et puis j'entre avec douceur. La paume de ma main appuie sur le mont de Vénus tandis que mon majeur écarte les chairs une à une, avec un mouvement circulaire. Je descends encore, encore, jusqu'à l'entrée que je flatte sans la pénétrer. Dans ses yeux je ne vois qu'une envie : que j'enfonce trois doigts sauvagement.

Je me redresse et enlève ma robe, ne garde qu'une petite culotte. Je la déshabille entièrement, elle gémit, écarte ses cuisses, ondule, commence à se toucher avec frénésie.

– J'ai faim, pas toi ?

Elle est intriguée. Un peu de crème fouettée sur mon pouce, je lui tends pour qu'elle le suce. Encore des bulles, de ma bouche à la sienne. Je cale un oreiller sous son dos pour qu'elle soit à demi couchée. Et alors que je la crois à ma merci, elle attrape mes hanches et me hisse au-dessus d'elle, elle chasse ma culotte et fourre son nez et sa langue en moi sans préambule.

Elle m'empoigne les fesses, me repousse, me ramène, accélère le tempo et ralentit, me fait aller et venir sur sa bouche, claques sèches sur le postérieur.

Je m'éloigne de ses babines et m'assieds sur son pubis, que je surélève avec un autre coussin. Je commence à m'y frotter, elle gémit, ça lui plaît. Grandes et petites lèvres, nos intimités s'embrassent et coulissent. Je m'accroche à ses globes parfaits et les malaxe. Ses yeux clos témoignent de son plaisir.

Je saisis le pot de crème, lève ses jambes à la verticale et la badigeonne avant de plonger mon visage. Elle croque des fraises en essayant de reprendre son souffle. L'orgasme est proche, elle me repousse à nouveau. Faire durer. Elle me retourne, s'assied sur ma poitrine et entreprend une figure de style à laquelle je n'aurais pas pensé : elle se masturbe délicatement le clitoris sur la pointe de mes seins.

Driiiiiiiinnnngggggg ! On s'arrête, interloquées. Je me lève pour aller sur la pointe des pieds observer qui nous interrompt dans le judas. Drogo !

Je rigole, quel fantasme ce serait de le faire entrer ! Crystal a compris qui se tenait derrière la porte, tentant sa chance. Elle secoue la tête, c'est un non. Rien que nous deux.

– Si tu as besoin d'un coup de queue, espèce d'indécrottable hétéro, je peux te donner ça aussi, j'ai apporté quelques accessoires…

♦ ♦ ♦

Petites heures du matin. Je ne pensais pas que Crys resterait, mais voilà, Alex passe la nuit chez un pote qui vient de se faire larguer. Après nos ébats (et une bonne douche pour se débarrasser du sucre, des fraises et de la crème !), nous nous sommes lovées dans mon lit, au creux de la couette. Je l'ai observée dormir, retrouvant les sentiments qui m'habitaient lorsque nous étions ensemble. Je n'ose me lever pour aller chercher des croissants. Et que pensera Dylan en me voyant sortir, revenir, et quand Crystal s'en ira ? Au fond je m'en fiche. Je ne lui dois pas d'explications.

Ma Girafe se réveille lentement, dans les brumes du demi-sommeil et sourit… Puis une lueur d'angoisse passe dans ses yeux.

– Alex !

– Relax, il est chez son pote dépressif, souviens-toi !

– Mmmmh… J'espère qu'il n'a pas essayé de m'appeler trop souvent hier soir, j'ai complètement oublié de checker mon portable sur silencieux. À quelle heure on s'est couchées ??

– Aucune idée !

– Merde, j'espère vraiment qu'il ne s'est pas entêté, il va péter un câble quand il rentrera !

– Je vais chercher ton iPhone et lancer la machine à café.

Quelques minutes plus tard, Crys est soulagée.

– Un seul texto vers minuit, pour me souhaiter de beaux rêves et me dire qu'il a du pain sur la planche… !

– Ouf !

Regard soupçonneux de mon ex.

– En quoi ça te soulage, toi ?

– Ben, je n'aimerais pas que tu sois dans l'embarras… ou qu'il soupçonne un truc et que ça t'attire des ennuis !

– C'est gentil. Et surtout je ne veux pas le peiner, il est tellement mignon, adorable, aux petits soins ! C'est un mec super.

– Il a l'air…

– Si tu l'avais rencontré dans d'autres circonstances, et à l'époque où tu ne couchais pas avec des femmes…

– Ne dis pas des femmes ! Tu es la seule.

– *You're kidding* ?

Crys paraît surprise.

– Donc, tu ne veux pas le peiner… j'enchaîne.

– C'est ça. Élé, je dois rentrer avant lui… Et Alceste doit crever la dalle à la maison !

– Embrasse le poilu pour moi !

19

Crystal

De ses seins à son pénis, de ses cheveux blonds à ses cheveux bruns, de ses mains vèrnies à ses mains veineuses : je deviens schizophrène. Je passe des bras de l'une à ceux de l'autre et, si mon cœur était plutôt sûr de son orientation il y a quelques semaines, l'évidence s'est fait la malle.

Hier, dans l'appartement d'Élé, l'avidité régnait en maîtresse des lieux. Une urgence de nous dévorer, encore et encore, sous tous les angles, par tous les moyens et avec de nouveaux ustensiles. Oui, je lui ai offert un gode à deux têtes, et oui, elle a osé. La course effrénée vers la jouissance, pleine de pauses et d'aller-retours, nous a conduites tard dans la nuit. Tignasses ébouriffées, peaux en nage, maquillages fuyants, sens en ébullition. Je l'ai adulée trois fois. Comme pour lui prouver que je pouvais lui offrir trois orgasmes, puis la laisser dans ses draps humides (que je n'ai pas quittés aussi tôt que prévu). Comme pour me convaincre que tout ça n'a trait qu'au sexe. Pour éviter les longues discussions qui nous jetteraient inévitablement dans la dangereuse fosse des sentiments.

En rentrant, en guise d'excuse pour l'heure matinale, je me suis précipitée sur le pantalon de pyjama (j'adore les pyjamas pour hommes, je les trouve étrangement sexy) de mon Alex retourné au lit après sa nuit de B.A. psycho-amicale, j'ai attrapé son membre endormi, l'ai réveillé en quelques coups de langue (sans aucune protestation) et l'ai glissé en moi. Il m'a baisée, dur et doux à la fois, comme du fer dans de la soie. Probablement fâché par mon apparition tardive mais ravi de mon entrée dans notre couche. Tirant mes cheveux détachés, mordant mes lèvres encore imbibées d'alcool, me soumettant à une cadence frénétique, il m'a aussi couverte de baisers et de caresses, de celles qui donnent la chair de poule. L'apothéose ? L'éjaculation faciale, qui marque son territoire et demande une totale symbiose dans le couple. (Eh oui, on n'est pas dans un porno ici !) Nos ébats ont décidément repris leur saveur.

Cette double vie empoisonne mon cerveau, mais me fait exulter comme rarement. Est-ce que je les aime vraiment tous les deux ? Coucher avec Élé puis avec Alex ne me pose qu'un problème relatif. Mais les aimer, différemment et avec la même intensité, c'est emmerdant. Où sont les Ethan, les Delia, les Vanessa et Éric, etc. ? Ces souvenirs de mon répertoire cochon qui ne m'apportaient que du plaisir sans questionnement existentiel…

♦ ♦ ♦

En route pour mon grand rendez-vous de l'année avec *Vintage*, je regarde New York d'un œil attendri. Cette ville, qui a gagné mon amour dès les premières semaines, ne me lasse pas et ne cesse de pousser ma vie en avant. Paris me manque, bien sûr, mais j'ignore si je quitterai un jour cette Grosse Pomme pour retourner dans l'Hexagone. Depuis la banquette arrière du taxi, la ville des extrêmes et des superlatifs me semble toujours plus électrique et inventive. Il émane de ses rues et de son peuple un bouillonnement créatif, une énergie inépuisable. Ses couleurs, été comme hiver, scintillent et réconfortent.

Arrivée dans le quartier de Soho, mon palpitant s'emballe, ma respiration se saccade. Vite, une cigarette. Peu résistante à la pression (bien que je sache sauver les apparences), ce meeting avec la numéro 2 de *Vintage* me fout dans tous mes états. Je regrette de ne pas avoir sur moi une mignonnette de Jack Daniels pour me détendre. Avec Lorenzo, nous avons préparé un classeur de croquis et de suggestions plutôt chouettes, je le sais. Mais est-ce que cela suffira ? Et qu'attend-on exactement de moi, de nous ? Je suis à un point crucial de ma carrière, je ne peux pas me planter. *Vintage* sera-t-elle l'enseigne qui me donnera la latitude que je recherche dans le travail ? Et la notoriété pour toucher les it-girls mais aussi les autres, les madames tout le monde qui, si elles ne passionnent pas la presse people, n'ont pas moins d'inclination – et de pognon ! – pour le beau ?

Plus le temps d'y réfléchir, il faut sauter à présent. *Let's do it !* Un talon devant l'autre, je m'engouffre dans les locaux. À l'accueil, un assistant (beaucoup trop canon pour être honnête) m'indique l'étage de mon interlocutrice. Je pénètre dans un bureau fastueux du 36e étage et m'installe sur un club, en face d'une beauté d'une quarantaine d'années. La vue sur Manhattan envoie du lourd.

– Je suis vraiment ravie de vous rencontrer, Crystal ! Cela fait un moment que l'on suit votre évolution dans *Girls*...

– Merci, ça me touche !

– Si vous êtes ici aujourd'hui, c'est parce que nous avons une proposition à vous faire. Nous sommes en pleine restructuration et nous aimerions donner un coup de jeune à la marque, en sortant une collection inédite d'accessoires pour cet été.

– Je vois...

– Je ne vais pas y aller par quatre chemins, le but est de créer un *Vintage by Crystal Roche* qui parlerait aux jeunes femmes de 18 à 25 ans principalement. Quelque chose d'explosif et d'inventif ! Seriez-vous partante et prête à nous faire des propositions très rapides ? Les délais sont extrêmement serrés, surtout qu'il faut prendre en compte une vraie phase de publicité et de marketing viral.

– Eh bien, tout cela est très flatteur et intéressant. Je ne suis justement pas venue les mains vides…

– Je n'en attendais pas moins de vous, montrez-moi donc ce classeur que je lorgne depuis dix minutes !

Le côté très détendu de ce rendez-vous est inespéré. La belle plante qui me reçoit sait ce qu'elle veut et, visiblement, elle était charmée par mon travail avant même que je passe la porte. Jamais je n'aurais imaginé une proposition aussi folle que *Vintage by Crystal Roche* !! J'ai envie de danser nue sur son desk, d'appeler Paula et Lorenzo simultanément, d'embrasser Éléonore (qui ignore encore l'existence de ces échanges avec *Vintage*) et de serrer Alex. Tout se bouscule en moi. La quadra parcourt mes croquis le sourire aux lèvres et les yeux plissés. Bon signe.

– Crystal, vous êtes dans le ton ! Cette collection Girafe m'inspire des vitrines savane…

– Je suis heureuse que cela vous plaise parce que ça nous tient particulièrement à cœur à mon associé, Lorenzo, et moi.

– Vous parlez de la personne qui réalise vos confections dans l'atelier de Tribeca ?

– Exactement, c'est mon partenaire depuis mes débuts.

–Vous savez, je ne suis pas certaine que nous puissions vous prendre tous les deux, nous avons déjà nos propres chaînes de réalisation.

Silence. Pesant.

Je me pare de mon audace et réponds :

– C'est fâcheux, parce que je ne me séparerai jamais de lui. Au-delà de ses mains de génie et des contrats moraux qui nous lient, c'est aussi une source d'inspiration pour moi et toujours le premier à poser l'œil critique sur ce que je dessine.

– Je comprends, Crystal, mais je ne suis pas sûre que le DG s'en soucie. Nous avons des protocoles et nos propres ateliers…

– Je vous laisse voir ça avec vos collaborateurs et le patron, c'est pour moi une condition sine qua non.

–Vous êtes dure en affaires !

–Mon duo avec Lorenzo m'importe plus que le salaire, c'est vous dire… Et puis, avec les délais que vous m'annoncez, j'aurai besoin de lui, de notre osmose.

–Je vais en discuter avec mon patron et mes partenaires, je vous tiens au courant Crystal. Et merci de vous être déplacée jusqu'à nous.

Cette dernière phrase m'inquiète subitement. Je n'en montre rien, je dévale l'étage avec assurance et hauteur, roulement de cul et mouvement de cheveux. Au fond, en revanche, je n'en mène pas large. Et si, pour une fois, ma grande gueule s'était invitée au mauvais endroit ? Et si j'avais gâché une chance unique ?

Je me reprends rapidement : je n'ai rien foutu en l'air. Si cette aventure devait se faire sans mon Lolo, c'est qu'elle n'avait pas l'envergure et les qualités que j'en attendais.

So, wait and see…

♦ ♦ ♦

Ce soir, à la maison, tout est paisible. La bougie *Durance*, que Léo m'a fait livrer par colis (avec des confitures de maman), module l'atmosphère de son parfum *Fleur de coton* – une odeur de bébé propre, pour résumer. Un instant de douceur indescriptible entre les contours envoûtants de la flamme, son reflet sur la table, ses émanations dans nos narines. (Depuis quand une senteur de mioche m'est-elle agréable ??) Pour parfaire le tableau, Alceste fait sa toilette sur Alex, gratifiant ce dernier de généreux coups de langue au passage. Les querelles de territoire semblent lointaines. Ça pue l'amour et je dois reconnaître que ça me plaît…

Impossible de m'attarder sur cette sensation étrange et rassurante à la fois, je dois rejoindre Lorenzo à l'atelier pour une session de boulot nocturne. J'abandonne mon homme à sa séance d'abdos (dommage, j'adore le voir transpirer), mais embarque mon poilu qui sera ravi de retrouver sa fille Scarlett et qui se caillera les miches avec moi sur le trajet. Rien de tel pour perdre des calories supplémentaires !

Devant les derniers prototypes estampillés *Girafe*, Lorenzo et moi arrosons d'une coupe de bulles notre satisfaction. Bien sûr, il y a des retouches par-ci, par-là, des nuances à trouver dans la taille des taches de mes géantes préférées et des décisions à prendre sur les déclinaisons. En effet, il existe neuf espèces de girafe : girafe occidentale, kordofanienne, de Nubie, réticulée, de Rothschild, Masaï, Thornicroft, d'Angola et du Cap. Pour le commun des mortels, leurs signes distinctifs sont probablement peu visibles. Mais mon acolyte et moi souhaitons utiliser ces petits détails et en faire deux axes de travail, deux directions dans la collection.

– Bon alors on tranche, on est sûrrrrs ? La girafe réticulée et la Masaï ?

– Oui, ou la Thornicroft et la Rothschild ?! Elles sont toutes si belles, comment choisir ?

– La relou… Si tu continues, Crys, on va tirer à la courte paille !

– Oh non, c'est trop important ! On n'a qu'à faire un vote chacun, puis une *battle*, et celui qui la remporte décide !

– Une *battle* de quoi, folasse ?

– Tssst, je sais pas. Je propose de mettre de la musique, d'enfiler des talons, et le premier qui s'arrête de danser a perdu ?

– Enfiler des talons ? T'es pétée ou quoi ? Je suis gay, pas drag-queen !!

– Oh, c'était pour compliquer un peu l'exercice. Hum, on pourrait aussi faire un concours via les chats ? Chacun son champion, toi Scarlett, moi Alceste !

– Mais encore ??

– On leur fait un parcours de croquettes. Le premier qui a tout bouffé, en passant les obstacles et sans se déconcentrer, a gagné !

– Crys, t'es sérieuse ? Ton chat est limite boulimique ! Scarlett n'a aucune chance !

– Bien sûr que si ! C'est sa fille, elle a ça dans les gènes… Et puis elle est plus petite et plus fine, donc plus rapide, ça lui donne un avantage ! Allez, envoie la musique, mets-nous du son qui bouge et je prépare les croquettes !

– OMG, tu nous feras vraiment faire n'importe quoi, aux pauvres chats et à moi…

Après une heure de fou rire et un peu de casse, Alceste sort vainqueur ! Je n'en doutais pas puisque le trajet dans le froid et le métro l'avait clairement épuisé et… affamé ! Je savoure ma victoire en tirant sur un bon cigarillo à la vanille et en remplissant nos coupes.

– Bon sang, Crystalllllll ! Ton chat est en train de vomir sur la paire de chaussures Masaï et la pochette Thornicroft ! Quel porc !

Je manque de me pisser dessus, entre indignation et hilarité. Le chat-roi aurait-il du mal à digérer son repas mouvementé ? Ou tenterait-il de nous faire passer un message ?

– Bon, eh bien, il a résolu le problème pour nous. Réticulé et Rothschild alors ! Vendu ?

– Grrrr, quel idiot quand même, c'est foutu maintenant…

– Arrête de ronchonner. Deal ?

– Oui, oui, d'accord. Mais je suis sûr qu'il couve encore une sale gastro !

– Ouais, ou alors il prend ça pour des adversaires. Mon chat déteste la concurrence, tu sais bien.

Christian débarque et cela sonne le début d'une bonne beuverie pseudo-créative qui risque de nous conduire encore tard dans la nuit, à refaire le monde et imaginer des demains chantants.

Plus je les regarde évoluer ensemble et plus je m'interroge : lequel des deux demandera la main de l'autre ? Parce qu'une certitude m'envahit depuis quelques mois : ces tourtereaux sont faits pour couler de longs jours heureux…

♦ ♦ ♦

En engloutissant, presque sans remords, mon cupcake *Magnolia Bakery* à la pistache, je pouffe et postillonne à souhait. Il faut dire que ma compagne de « truisation » est particulièrement clownesque aujourd'hui. Le bout du nez plein du glaçage de son cupcake à la carotte, Debbie me mime ses anciennes collègues de forher.com et, là encore, elle a un certain talent. Pour quoi cette nana n'est-elle pas douée au juste ??

– T'es pas faite pour rester coincée dans un bureau, Deb' !

– Hihihi ! Je peux m'adapter à tout, tu sais, mais les autres ont du mal à s'adapter à moi visiblement…

– Tu déranges parce que tu es différente, passionnée et canon pour en rajouter une couche sur le cupcake !

– *Player* va ! Tu dis ça parce que tu m'aimes bien !

– Pfff, je n'ai pas le compliment facile, *Baby*. Mais toi, je t'ai adoptée direct ! D'ailleurs, j'ai une idée pour toi…

– Ah oui ? Laquelle ?

– Elle arrive dans ses bottes en cuir et son châle en cachemire…

– Hein ?

Paula me saute au cou !

– *Darling*, tu m'as manquéééééééééééé !

– Oh, toi aussi ma Paula, tellement ! Je te présente ma fameuse Debbie !

– Enchantée, Beauté, comment vas-tu ? C'est du glaçage que t'as sur le nez ?

– Oops, oui, j'ai fait le pitre avec Crystal. Je suis ravie et… super étonnée de vous rencontrer !

– Pitié, jeune fille, ne me vouvoie pas… Ça me donne envie d'acheter une nouvelle crème antirides !!

– OK, OK !

On s'installe dans un café et le plan que j'ai mis en place dans ma petite tête s'exécute sous mes yeux, à merveille. En effet, je vois en Debbie plus qu'un gratte-papier dans un magazine féminin. C'est une artiste d'Internet, une pro des réseaux et une mine d'idées explosives. Du coup, Paula étant à la recherche d'une perle pour gérer de façon classieuse et originale son image, ses soirées et celles de son mari, dans la presse comme sur le web, je lui ai dressé un portrait très élogieux de ma nouvelle copine. Et le feeling est au rendez-vous. Je n'ai plus qu'à m'éclipser, fière de ma manœuvre et heureuse de les imaginer collaborer prochainement.

♦ ♦ ♦

Cette fin de journée harassante de tournage sur les plateaux de *Girls* sonne le début d'une soirée qui s'annonce fabuleuse ! Des semaines que je prépare mon coup en douce, avec l'aide d'Éléonore et l'accord des big boss. Mon Lolo fête ses 30 ans aujourd'hui et je lui ai concocté une surprise de taille, avec la complicité de Christian. Une fiesta intimiste dans un des décors du studio, en présence d'Amber, Nancy, Tom et David ! Paula sera aussi des nôtres, mais à la bourre, comme d'habitude. Elle a même convaincu son DJ de mari d'improviser avec nous, aux platines.

– Déstresse, ma Girafe, tout ira bien ! me lance Élé en passant sa main sur la pointe de mes cheveux.

– Mais imagine qu'ils soient coincés dans les embouteillages ? Je ne comprends pas pourquoi Christian ne répond pas…

– Parce qu'il ne veut pas que Lorenzo tombe sur son écran de portable, pardi ! Tssss ! Reprends une gorgée de vin, va…

– Hum… toi, tu veux me faire picoler !

Alex s'approche de moi, réfrène une envie de m'enlacer, et soudain, je réalise que je suis entourée par mes deux amants qui ne se connaissent que de vue ; Éléonore ayant pris soin de ne jamais trop le croiser. Deux envies me traversent le corps : les emmener sur le plateau « appartement d'Anita » ou fuir, vite et loin. Dilemme rapidement expédié – au fond de ma boîte à mauvaises idées – par l'arrivée de Lolo qui n'en croit pas ses pupilles :

– SURPRIIIIISE !

Je le couvre de bisous, essuie ses larmichettes d'émotion et décide de lui coller au train pour les heures à venir, afin de gérer au mieux cette situation des plus délicates : être sur mon lieu de travail, pour faire la fête avec mon meilleur ami et partenaire de création, entre ma maîtresse (de plus en plus entreprenante) et mon mec (qui ne doit rien laisser paraître de notre relation puisque nous la dissimulons toujours ici)...

20

Éléonore

WAOUH... JE SUIS IMPRESSIONNÉE par leur atelier de Tribeca. Moi qui m'attendais à un truc bricolé, je dois admettre que leur installation est réussie !

J'ai pourtant hésité à venir. L'anniversaire surprise de Lorenzo hier soir a généré une gêne silencieuse chez chacun d'entre nous. Crys ne savait plus qui fuir au milieu d'Alex et moi, Lolo était submergé par l'émotion mais conscient du bal des amants cachés qui l'entourait, Paula (au courant de mon aventure parisienne avec sa protégée et de l'idylle secrète avec Alex) envoyait ses regards mi-interloqués mi-sévères. Est-elle déjà au fait de nos retrouvailles sur l'oreiller ?

Précédée de Crystal et Christian, je découvre donc *River Terrace* (ainsi est baptisé l'atelier, de la rue du même nom), une cinquantaine de mètres carrés au dixième étage d'un petit immeuble en briques. Depuis ses fenêtres, qui donnent sur l'Hudson, on distingue les joggers qui suivent le fleuve.

Les yeux charbonneux, les bracelets qui cliquettent, le décolleté plongeant, l'imprimé Girafe aux pieds pour un prototype destiné à faire sensation : mon amante n'a froid nulle part.

Christian, avec lequel j'ai immédiatement sympathisé, est tombé de sa chaise en apprenant que je n'avais jamais visité ce lieu, où Lorenzo fabrique les pièces uniques des collections de Crystal pour GOTG et pour leur site web – j'ignorais même l'existence de ce canal de diffusion.

River Terrace est calme et aménagé simplement. De grandes tables en bois, quelques engins sophistiqués dont je ne me risquerais pas à deviner le nom ou la fonction, des ordinateurs, des plantes miniatures. Une kitchenette où la cafetière trône, puissante ; des toilettes où la sensibilité de Christian a conduit Lorenzo à installer un diffuseur d'huiles essentielles et des orchidées blanches.

– Je les change tous les mois car je suis infoutu de les faire tenir… grommelle Lolo à mon attention, à mi-voix. Ne lui dis pas, il en serait trop triste !

Je pouffe comme une gamine. Seigneur, ce qu'ils sont rafraîchissants. Beaux, doués, sans vices – autres que sexuels. Ça me change des roueries et manigances poussiéreuses de Barbara, Sandra, Jean-Claude et consorts… L'esprit de liberté et de création qui règne ici m'inspire. Je m'approche des vitres, observe les modèles stockés dans un vaste dressing et ceux exposés sur les étagères au centre de l'atelier.

Subitement, tout me semble hors de propos et de dimension. Comment Crystal, même avec un salaire plus que décent lié à son contrat sur la série, peut-elle faire vivre ce lieu ? Même si les matériaux acheminés sont refacturés à Athena Productions, quid de la location du loft et des rémunérations de Lorenzo ? Merde, on est aux States, et aux States la question de l'argent n'est pas taboue. Alors je demande cash à ma paire de chausseurs préférés ce qu'il en est – tandis que je me remémore les questions sans détour mais justes de Crystal dans mon bureau ou à la cafète, lorsqu'elle me draguait et que je ne m'en rendais pas compte (ou refusais de le voir).

Personne n'est surpris de ma franchise : Crys et Lorenzo ont créé une petite société, *Cryzo*, dont Paula et son mari sont actionnaires… Quelle futée, ma maîtresse ! Elle sait qu'elle gardera son autonomie, avec de tels associés. Ou alors, c'est peut-être Paula qui est la plus futée d'entre nous, pour avoir misé sur une grande gueule qui s'attire des foudres et des jalousies, mais dont le talent reste l'atout indiscutable… Talent qui pourrait générer des millions, s'il est correctement canalisé et encouragé.

Cryzo a donc ouvert un site web, qui propose de la création individuelle pour les particuliers. À raison d'une dizaine de commandes par mois environ, à six cents euros le paquet, le business décolle lentement. Que se passerait-il si Crystal devenait le visage du showroom du « *R* » ? J'imagine que nos ventes en ligne pourraient être boostées par leur aura sur la toile… Cependant, l'autoriserait-on à continuer de mener cette activité en parallèle, potentiellement concurrentielle ? (Penser à se renseigner pour ne pas coincer mon amante malgré moi…) Et en même temps, *Cryzo* n'est pas « Crystal Roche »…

Alors que nous croquons avec joie et appétit des rolls japonais végétariens commandés chez le traiteur du coin, je comprends que les idées de ma maîtresse ne se cantonnent pas à la série, ce qui ne m'étonne guère. Elle est libre, après tout, le contrat est limité dans le temps et dans l'espace. Ils pensent que je ne les écoute pas car je pianote sur mon portable : les deux compères parlent de l'imprimé Girafe, et ça a l'air très important. Je suis terriblement vexée de ne pas être dans la confidence !

Près d'une machine à coudre, je l'observe : elle prend son rôle de créatrice très au sérieux. Juchée sur ses talons, avec ses moues lascives et ses longs cheveux raides, pin-up des temps modernes, qui travaille le galbe de ses formes généreuses à coups de séances de sport répétées. Ce serait donc cela, la femme d'affaires du nouveau millénaire… Aucun détail ne lui échappe. Couper trois millimètres au-dessus de la lanière. Relier le pan A au pan C par l'entaille A bis nouvellement créée – *c'est sûr, c'est bien plus pratique !* Renvoyer les cuirs qui ne sont pas d'assez haute qualité, redessiner le patron imparfait…

Je nous revois à Rome. Bon, techniquement, nous n'y étions pas ensemble. Mais nous venions d'échanger notre premier baiser, à l'issue de la soirée de lancement de *Ladies' Taste*. Le lendemain, Jack m'avait emmenée sans me laisser le choix en Italie, dans mon hôtel préféré, pour quelques jours de break. Déjà le visage et le parfum de Crys m'entêtaient. Je me souviens dans un bain moussant, avant un massage promis par mon mari, d'avoir textoté celle qui deviendrait mon amante, l'allumant timidement mais l'allumant quand même. Si on m'avait prévenue de ce à quoi je m'exposais !

Je me pose dans un divan près de l'entrée. Sur mes genoux, la petite Scarlett qui ronronne. Son papa Alceste se contente de caler sa tête sur ma cuisse, pelotonné en boule contre mes hanches. Bon nombre des gens qui m'ont connue à Paris n'en reviendraient pas. Découvrir Éléonore Wilde, froide et distinguée, la blonde hitchcockienne par excellence, n'aimant les animaux que de loin, obsédée par sa carrière ou la propreté de son logis, en train de rêver dans un canapé bohême, de gratouiller le crâne de deux félidés bourdonnants et d'admirer la croupe de sa maîtresse... Mes jumeaux hallucineraient. Subitement, je me dis que j'aimerais, justement, que mes enfants aient accès à cette partie libre et simple de leur maman.

River Terrace ressemble à une ruche mi-bordélique, mi-ordonnée. Je sens mon amante ravie, tout compte fait, puisque son officiel caché n'est pas présent, de me montrer l'étendue de son entreprise ainsi que de son audace créative et financière. Soudain, je la vois partir d'un grand fou rire : Lorenzo vient de découvrir quelques crottes de chat dans l'un de ses tiroirs.

– Nan mais je rêve, vous vous êtes tous ligués contre mon Masaï et le Thornicroft ? se lamente-t-il, extrayant un dossier souillé et odorant pour le jeter aussitôt.

Subitement, j'identifie ce qui nous manque à Crys et moi. Ce qui a fait le sel de notre histoire, chez Modus, en France.

Quand on s'est rencontrées, on a lancé un parfum. On a trouvé un lieu, imaginé des idées de soirées, déliré ensemble pendant des semaines pour monter un événement à la hauteur. Puis je l'ai aidée à mettre sur pied le fameux défilé du Cloître des Billettes, afin de faire connaître sa collection de chaussures à orgasmes. Crystal et moi avons besoin de challenges professionnels et artistiques.

Alceste et Scarlett ronronnent comme des malades. Mon amante farfouille dans son sac sans parvenir à trouver sa pilule, mais aussi le numéro de téléphone de l'hôtel où séjourne Léo en vadrouille je ne sais où. J'entends aussi, au loin, qu'elle ne retrouve pas ses clés et que sa recharge de parfum est à sec. Ça me fait sourire car toutes les filles ont les mêmes problèmes…

Renversant mes pauvres matous assoupis, je me lève d'un bond en claquant des doigts :

– Eurêka ! Il faut inventer un sac à main connecté et multifonctions !

Lolo et Crystal s'arrêtent net, interpellés par ma proclamation sortie de nulle part.

♦ ♦ ♦

Bip-bip-bip.

Elle prend une douche rapide avant de repartir pour son quartier. Lorsque je cachais notre relation à Paris, je maudissais son gel douche et ses crèmes, qui pouvaient me trahir en laissant sur ma peau une odeur que mon mari ne reconnaîtrait pas.

Je me fais un malin plaisir ce soir de ne lui proposer que des parfums éloignés des siens, pour se laver, rentrer propre et auréolée de nos plaisirs coupables. Alors que j'ai acheté, dans le but contraire précisément, ses propres produits de beauté… Suis-je en train de tenter de la piéger ? Ce serait vraiment nul. Pour ce pauvre Alex et pour elle qui semble avoir besoin de cette stabilité dans sa vie. Un peu de lucidité me revient, mon petit manège ne rime à rien. De toute façon, ce que je cherche, elle ne me le donnera pas. Pas plus que je ne peux lui donner… quoi, au juste ?

Bip-bip-bip.

Ça doit être encore ce maudit Alex qui s'inquiète dès que, 23h passées, sa belle n'est pas au bercail.

Les gouttes de la douche se prolongent. Après notre partie de sexe endiablé, sur fond de porno téléchargé je ne sais où, je gis nue sur le lit, avec un éventail à plumes et une paire de menottes, un tube de vaseline (si, si, c'est bien moi), et je cogite.

Bip-bip-bip.

Ne pas regarder. Savoir peut apporter plus de souffrance que l'inverse. Et si Alex la demandait en mariage par SMS, et que je pouvais l'intercepter. *Shut up, Élé*. Et si elle voulait se marier… Moi-même, je le suis encore…

Bip-bip-bip. Il me nargue.

Jalouse, curieuse – une maîtresse quoi ! –, je saisis ce maudit smartphone et tape la date de naissance d'Alceste pour ouvrir la boîte aux merveilles. L'icône est bien là, dix nouveaux messages, émanant de la seule personne capable de déclencher en moi une telle tempête bien que je ne la connaisse pas : Delia. Les intrusions téléphoniques d'Alex sont légitimes, quoiqu'enquiquinantes. D'un autre mec ou d'une autre gonzesse accro, je peux l'envisager. Mais de celle qui a initié Crys au sexe saphique, amie de cœur, copine de cul, confidente… Mon palpitant n'a pas que bondi, il a frôlé la crise fatale.

– Hum, tu fais quoi avec mon iPhone ? questionne Crys, emmaillotée dans une serviette moelleuse, cheveux humides en cascades sur ses épaules.

Pfffff… d'un seul coup je m'agace, Delia-Delia-Delia, et ma femme qui m'énerve, avec cet air innocent. Elle échangeait forcément avec son ex quand je l'ai rejointe au bar tout à l'heure. Elle tapotait avec tant d'ardeur et d'allégresse. Coup de rage, de sang, alors que je n'ai jamais été possessive. Je la regarde, partagée entre deux mouvements contradictoires, la faire hurler de plaisir en cinq minutes chrono (c'est possible) ou l'abandonner juste avant l'orgasme pour qu'elle quémande. Caresse ou fessée ? Dois-je lui dire que je la flique, parce qu'elle compte tellement pour moi, ou lui balancer que j'ai téléchargé une appli qui calcule les kilomètres et les calories, pour l'aider à garder la ligne, puisque ça l'obsède ? Un truc que j'ai d'ailleurs du mal à comprendre puisque je l'ai toujours trouvée superbe.

Je lâche son tel et j'hésite encore entre deux stratégies. Câline, pour me faire pardonner et affaiblir l'intensité des dix textos qu'elle vient de recevoir. Jalouse, pour lui montrer que j'exige… Que puis-je exiger ?

– Mon amour… euse… (Elle tressaille.) Je sais que ta vie est trépidante. T'es à cent à l'heure.

– Tu vas assez vite aussi, il me semble…

– Pas pour rien qu'on m'appelle la tor…

– … nade blanche ! Et moi la tem…

– … pête galactique !

On rigole ensemble. Ces petits surnoms ont fleuri après la soirée à Central Park. Je reprends mon sérieux.

– Chérie, désolée, j'ai vu ton phone s'allumer. Clignoter. Péter les plombs. Je me suis dit… que ça pouvait être… grave. Ton mec qui se plante en moto ou je sais pas quoi (*œil réprobateur et dubitatif, ce que je peux comprendre*). Bon, c'est ta ssaall… ta chère Delia.

Crystal change de couleur.

– Tu as lu ses SMS ?

– Hum, non. Je n'ai pas osé. Je…

– Oui ?

– Bah merde, ça me fait chier qu'elle t'envoie dix textos fiévreux depuis son enfoiré de salon, alors que bordel on passe une soirée à deux tranquilles…

– Je crois que c'est la première fois que j'entends autant de gros mots dans une de tes phrases !

Ça ne m'amuse pas, elle si. Elle s'assied sur le rebord du lit. Ce qui m'étonne, c'est qu'elle ne tente pas de m'arracher l'iPhone des mains – ce que n'importe quel coupable ferait. Décontractée, un peu songeuse, elle plante ses grands yeux de manga sur moi, observe mes courbes, se lèche les babines, essore ses cheveux. Moi, avec son téléphone dans la main, j'ai l'air d'une belle andouille.

– D'abord, Delia n'est pas dans son salon…

– Ne me dis pas qu'elle est dans le tien ?

– Elle est en voyage au Mexique. Avec une meuf que je lui ai présentée… et avec laquelle elle s'éclate !

Je me sens niaise. Je chipote :

– Ah ouais, et elle voudrait que tu les rejoignes, c'est ça ?

– Elle veut des conseils, elle flippe car elle sent que c'est sérieux.

– Et tu vas prétendre que tu es ravie pour elle.

– Tu fais l'enfant, ce soir, c'est mignon.

– Ksss…

– Tu me fais penser… à Alceste !

– Rho, t'aurais quand même pu dire Scarlett, pour plein de raisons !

– Delia s'éclate, elle m'a envoyé plusieurs messages avec des photos. Point. Tu veux les voir ?

Je refuse. Lui tends son téléphone, boudeuse. Elle se marre. Me fait un gros smack et se rhabille. Elle va partir. Je ne veux pas qu'elle parte. Elle a raison, je suis un gros bébé, ce soir. En manque de câlins, de tendresse, de présence. Drogo ne me fait plus tripper, à force de bander ses muscles quand je prends l'ascenseur, il est toujours aussi gentil mais un peu ridicule. Je veux ma Khaleesi brune !

Elle repasse à la salle de bains, je me glisse derrière elle, m'asperge de mon parfum, lui saute au cou, lui en mets partout. Crys me repousse, moitié rieuse, moitié sérieuse :

– Élé, reprends-toi, faut que je rentre, moi !

Ah oui. Son mec. Les Hamptons, la belle-famille, le confort, la voie normale. J'ai envie de lui dire : « Poupée, je connais. *Been there, done that*. Au final, hélas, ce n'est pas forcément la voie normale qui rend les artistes heureux. » Mais voilà, c'est ma chérie, la fille qui me fait vibrer et dont je ne souhaite que le bonheur, alors pourquoi m'interposer ? Après tout, après l'époque bohême avec mon petit ami italien, j'ai moi-même éprouvé le besoin de me stabiliser. Je dois respecter cela.

Je l'embrasse furieusement sur le pas de la porte. Et vlan, quelques touches de gloss qu'elle effacera dans le taxi, mais elle pensera à moi. Je referme la porte, songeuse. Si Delia a le droit de l'inonder de textos, alors moi aussi.

Deux heures plus tard, ignorant les consignes de sécurité conjugale standard, je la bombarde de messages non compromettants et un peu idiots. J'ai envie d'être auprès d'elle, et je tiens à ce qu'elle le sache sans qu'Alex, s'il exige de lire ou le fait en cachette, s'en inquiète.

Maudite Delia. Ses vacances au Mexique, mon cul !

♦ ♦ ♦

Tante Céleste est à mes côtés quand la nouvelle tombe. Comme d'hab, on mange chinois agenouillées, on papote, je lui montre mes tableaux dont elle ne commente guère la thématique car elle a compris que je vis un drôle de moment. Mais elle est là. Et elle apprécie les formes, les couleurs, l'audace.

Jack lui déplaît (elle ne me l'a pas avoué, mais je la cerne si bien), donc l'idée du divorce ne la choque ni ne la chagrine. Elle ne connaît pas Crys et mes nouvelles orientations lui paraissent certes étranges, mais elle ne les juge pas.

« On aime une personne, pas un sexe… » a coutume de répéter mon amante. Je reprends cette maxime à mon profit, ça passe, pour autant je ne suis pas sûre que Céleste se sente à l'aise si je convie Crystal à un de nos dîners traiteur-fesses-à-terre.

Soupes Miso, brochettes de champignons-sésame, omelettes fleur de courgettes, salade de lotus mariné : on est installées face à l'un des épisodes inédits de la saison 2 de GOTG. Je souhaite lui montrer le travail de Crys…

Et comme dans une série télé, mon téléphone retentit. Numéro inconnu, on est vendredi soir, la tentation de zapper est grande, mais ma tante préférée me houspille. Il faut répondre… Elle fera semblant de ne rien entendre, focalisée sur la glace au haricot rouge.

Je viens de lui raconter Crystal, son impact de styliste sur la série – en plus de ma vie – et de lui avouer que j'allais quitter Modus. Pour tenter ma chance en tant que peintre. Céleste jubile. Douze ans après ses conseils, qui me suppliaient d'abonder dans ce sens, je tourne le dos à l'industrie du luxe, la mode, le glamour, pour suivre mes aspirations plus profondes : cela ne peut que lui plaire. Alors ce coup de fil…

Explications : il y a deux semaines, je me suis armée de courage. J'ai réalisé des photos de mes peintures, les ai regroupées sous forme d'album et les ai envoyées à quelques galeries en vue en ville. Dont l'Agora Gallery, à Chelsea. Espace magnifique, 4000 mètres carrés dédiés à l'art contemporain, des volumes mis en lumière de façon exquise, un sol de ciment vitrifié sublime… La directrice de la galerie souhaite voir une dizaine de mes toiles. Celle de la série que j'ai intitulée *Ladies*. Elle était prudente au téléphone, ne préférait pas s'engager, mais son enthousiasme était palpable. Je manque m'écrouler sur la moquette en raccrochant, incrédule, pensant que l'on me fait une blague, n'osant y croire mais tellement joyeuse.

Une joie identique à certaines vécues en France. Lorsque Crys et moi avons trouvé l'appartement du milliardaire ayant servi de lieu pour le lancement du parfum sur lequel nous travaillions, alors que nous cherchions depuis des semaines. En échangeant un premier baiser passionné à l'arrière d'un taxi. Ou même à Deauville, lors d'un week-end au casino où mon amante avait gagné un bon paquet. Elle m'avait offert ensuite un sac à main magnifique, indécent, gage de son attachement.

Joie et incrédulité : l'Agora Gallery s'intéresse aux barbouillages d'Éléonore Wilde, bientôt divorcée, accro à une fille délurée et en couple. Espérons que je ne sois pas déçue à l'issue de tout ça – et quand je dis *tout*, je ne pense pas qu'à mes toiles.

♦ ♦ ♦

Merveilleuse tante Céleste. Qui a compris l'essentiel de ma conversation avec la directrice de la galerie. Me voilà rêvant, la nuque appuyée sur ses cuisses, nous deux lovées au creux de mon canapé. Diana Krall en fond sonore, et le thé vert remplacé par un peu de champagne.

– Petite chérie, quelles sont les prochaines étapes ?

– Rencontrer la directrice de l'Agora Gallery. La convaincre. Lui montrer qu'il y a une série, mais aussi un travail plus…

– Un travail de longue haleine ?

– C'est ça.

Je n'ose réfléchir à la suite. Ne pas vendre la peau de l'ours. Et surtout, comment convaincre Angela Di Bello de me prendre comme artiste ? Et si j'avais surinterprété son ardeur ?…

– Ma poupée, tu me parais sur le point de changer de vie…

– Tu veux parler de…

– Ton mariage, tes enfants, ton travail, tes créations… Et puis cette jeune femme… Tu es amoureuse ?

Pfff. La question qui ne tue pas, qui mérite d'être posée, mais que l'on maudit.

– On dirait qu'elle… te fait du bien. Je te trouve plus sereine, libérée, déchargée d'un poids.

– Oh, c'est sans doute la situation avec Jack, plus claire pour moi.

– Ou l'absence de mômes qui braillent dans ton quotidien, se marre ma vieille tante indigne.

– Ou le fait d'avoir repris la peinture !

– Plus plausible.

Elle avale une gorgée de bulles.

– Quoi qu'il en soit, ça te va bien. Mais cette Crystal, donc…

Elle ne lâche rien. Elle sait que c'est important.

– Tu te vois vraiment vivre avec une femme ? Sans homme ?

– Sans pénis ?

– Ben, les deux…

– Hem, pardonne-moi Tantine, tu vis sans pénis toi aussi.

– Nous n'avons pas exactement le même âge.

– On n'habite pas ensemble. Et puis… elle n'est pas libre !

Ma tante s'étouffe.

– Bon sang de bonsoir ! Elle est…

– En couple avec un homme.

Céleste roule les yeux. Reprend une lampée.

– Donc il n'y a rien de sérieux entre vous.

– On ne peut pas dire ça comme ça non plus…

– Seigneur, ce que c'est compliqué !

– Bof, pas tant que ça même si un peu…

Je m'embrouille, les bulles me montent à la tête, et nous finissons par en rire. Lorsqu'elle s'en va, tante Céleste laisse un grand vide derrière elle. Ce qui m'étonne. Je croyais chérir cette solitude nouvelle, sauf que depuis nos retrouvailles avec Crys, mes certitudes sont mises en balance. J'aime la vie en couple, or quel est mon avenir avec elle ? Jouer les maîtresses ne m'amusera qu'un temps. Si je n'aspire plus à reproduire l'image de la famille Ricoré, parfaite, à l'heure du petit déjeuner, je veux néanmoins partager un quotidien, le construire à deux, y inclure mes enfants, faire des projets, des voyages, nourrir des rêves communs…

21

Crystal

J'AI MAL AU VENTRE, je n'arrive plus à en placer une correctement, les larmes s'échappent en masse de mes paupières tantôt closes tantôt bien ouvertes, mes mâchoires me font souffrir le martyre… Oui, j'ai un putain d'énorme fou rire, de ceux qu'on a trois fois par an seulement. Coincée dans la voiture de location d'Éléonore, redevenue ma Barbie chevelure de rêve (son carré a repoussé), je suis pliée en deux, impossible d'articuler. Sur le chemin de la piscine, nous évoquions ce soir la scène d'anthologie que nous avons vécue au MoMA le week-end dernier. En effet, ma blonde m'a traînée dans son musée chéri, que j'aime mais avec parcimonie et que j'ai surtout l'impression d'avoir vu dix fois.

Notre point d'accord sur ce rendez-vous ? L'audience à disposition, l'exhibitionnisme dissimulé, la possibilité d'être virées pour trouble à l'ordre public. Nous avons souvent quinze ans ensemble. Des plaisirs d'adolescentes, des rires de petites poufs, des attitudes de gamines pour s'attendrir mutuellement, mais aussi la flamme dans l'œil, celle de l'ex-pucelle fraîchement cueillie qui en redemande, encore et encore…

Au MoMA donc, après avoir succombé à la vue d'un portrait d'homme fait de gommettes circulaires, nous nous sommes échauffées sur un banc, en nous roulant de grosses pelles. Le rapprochement de nos lèvres a tiré un « oh, quand même ! »

réprobateur à un couple de vieilles amies bourgeoises, qui se tenaient sur ce même banc, à l'opposé de nous. Il en fallait plus pour nous arrêter. Nos mains baladeuses, venant ensuite offrir à leur vue des caresses plus explicites, ont carrément provoqué l'évanouissement de l'une des deux, puis le sursaut de l'autre voulant rattraper la première, et – notre assise ayant basculé dans leurs mouvements – notre chute.

C'est en repensant à ce moment précis que le fou rire incontrôlable, fait d'interminables gloussements de poule hystérique, m'a pris dans la voiture. Et a atteint Élé par ricochet. Ridicule mais tenace. Heureusement, nous étions à quelques mètres de nous garer quand ça a commencé et nous continuons à plein gosier, sur notre place, moteur éteint, portières fermées. Ma Barbie finit tout de même par se reprendre avant moi :

– Allez Crys, calme-toi, tu dois me faire visiter cette piscine dont tu as mystérieusement obtenu les clés…

– Oui, mais… (Et c'est reparti…)

– Bon, je sens que tu as besoin d'un électrochoc, *Baby* ! Rappelle-toi ton orgasme dans les toilettes, après… Tu sais, cet instant où tu étais assise sur moi, cuisses écartées, que j'ai craché sur mon majeur, puis fait des cercles sur ton clito, tout en mordant ton oreille…

– Bordel ça y est, je bande ! Viens, on y va !!

Cette petite allumeuse a réussi à me faire switcher de mode, mais mes joues trempées ne sont pas près d'oublier ce bidonnage absolu. Que ça fait du bien…

Nous voilà donc devant la porte d'une résidence huppée de Brooklyn, que nous ouvrons sans la moindre embûche, comme deux cambrioleuses aguerries. Au centre d'une dizaine de maisons coquettes, un bâtiment abrite une piscine intérieure et chauffée… Ce lieu, que je fréquente de temps à autre pour reposer mes neurones et entretenir la fermeté de mes cuisses, est prêt à accueillir notre folie, à prendre le pouls de notre désir insatiable. L'air est doux ici, il invite à la nudité. Les lumières sont plus tamisées que dans les piscines municipales, et mes enceintes pour iPhone se chargeront de modeler le reste de l'ambiance. Je lance l'album *Unorthodox Jukebox* de Bruno Mars, dont je suis dingue et qui invite à la concupiscence.

Je n'arrive toujours pas à réaliser qu'Éléonore me suive dans une telle aventure, au risque de voir débarquer un gardien, un résident ou, pire, un flic… Elle murmure tout de même, pour éviter le tapage. Ma maîtresse sexy ne porte déjà plus rien d'autre que sa lingerie blanche, qui promet la transparence au contact de l'eau. Quant à moi, ni maillot ni sous-vêtements. Pour une fois que je peux me baigner nue, je ne vais pas me priver de ce plaisir.

Je plonge, façon sirène lascive, et fais quelques brasses, pendant qu'Élé imprègne progressivement ses jambes, toujours posée sur le rebord du bassin. Ses yeux incandescents m'attisent autant que ceux que je sais tapis dans l'ombre… En effet, si elle ignore tout de mon deal avec un des agents d'accueil de l'endroit pour obtenir le sésame, le voyeurisme en fait pleinement partie, ce qui redouble mon excitation. Le garçon trouvait l'idée sympathique, mais n'entendait pas s'ôter le droit de regard sur notre petite sauterie féminine.

Où est-il exactement ? Près ou loin ? Debout ou assis ? La braguette ouverte ou close ? La main immobile ou déjà en pleine recherche de sensation ? Est-ce qu'Élé lui plaît ? Gardera-t-il sa position secrète ? Ou la tentation de percer notre duo oxymorique se fera si forte qu'il déchirera sa promesse dans un mouvement gourmand et courageux ?

Je m'approche de ma blonde, empoigne son fessier et colle ma bouche remplie d'eau à sa culotte, avant de décharger cette lampée sur son entrejambe, anéantissant ainsi toute opacité.

– Grande maligne !

– Tu crois quoi… Alors, ça te plaît ?

– Évidemment, c'est une adresse engageante… Mais je me demande bien comment tu en as négocié l'accès ?!

– Profite et cesse de te poser des questions… Je ne révèle jamais mes sources ni mes combines !

– Mouais… J'espère que ta petite manigance ne t'a pas obligée à poser ta langue sur un autre corps que le mien…

– Bordel, ça va pas bien, Élé ? Je suis dévergondée, mais je ne vends pas mes charmes pour t'impressionner, ne délire pas ! Je ne lèche ou suce que par goût, jamais par intérêt !!

– Roh, te vexe pas, chérie…

Hum, je pars pour une autre série de longueurs, histoire d'oublier qu'elle a osé émettre cette hypothèse. Je me calme en chemin, réalisant que mon troc n'est pas bien plus glorieux. Si elle savait, prendrait-elle la fuite ? Ou la nouvelle Éléonore, pleine de surprises et d'aplomb, s'accommoderait-elle du choix tordu que j'ai fait pour nous ? Qu'importe. Nous ne sommes pas réunies ici pour papoter ou se triturer la cervelle. Il est temps de battre un record d'orgasmes.

En immersion, nous voilà en train de tester notre endurance en apnée. Élé m'entoure de ses jambes repliées sur mes reins. Je caresse ses seins et avance mes doigts en elle, luttant à peine contre la maigre résistance de l'eau. Elle est belle, cheveux mouillés plaqués au visage. Et ici, en profondeur, personne ne peut nous voir…

♦ ♦ ♦

Nancy et Amber déambulent sur le plateau, mes chaussures aux pieds. La scène d'Anita ne sera pas tournée avant une heure, je m'accorde donc une pause cigarette bien méritée. J'observe Alex de loin et je m'interroge : comment ai-je pu conduire ma vie affective à un tel bordel ? Delia me raconte ses histoires tout en me chauffant par SMS, je réinvente la définition du mot luxure avec mon ex à la moindre occasion, je m'endors auprès du même homme depuis plus d'un an et je trouve encore le moyen de me masturber chaque jour. Suis-je une garce ?

Élé est plus investie que jamais dans notre relation – qui a pourtant connu bien des époques tumultueuses et généré des tourments indicibles –, mais si son Jack de mari ne lui en faisait pas baver à ce point, les choses seraient-elles différentes ? M'aime-t-elle réellement moi, ou aime-t-elle la liberté que mes prunelles lui renvoient ? Ne fait-elle tout simplement pas sa crise de la quarantaine quelques années trop tôt ? Son maudit instinct de survie, son attachement à ses avortons et son désir de rester dans les clous ne finiront-ils pas par la rattraper et me gifler en pleine tronche ? (Impression de déjà-vu…) Vais-je encore risquer de me prendre un mur alors que la stabilité m'ouvrait enfin les bras ? Je sais que je délaisse Alex pour mes retrouvailles charnelles avec elle. J'ai aussi la lucidité de constater que nous avons dépassé, depuis quelque temps déjà, l'inclination sexuelle, la soif de redécouverte et le réveil du passé. Il n'est plus juste question de jouissance en pagaille ou de jeux avec l'interdit. Nous n'estompons plus la rage amassée, nous sommes obnubilées l'une par l'autre, redoublons d'inventivité pour nous attraper, assistons inexorablement à l'amplification de nos sentiments.

Au-delà de mes doutes sur la sincérité de mon amante, j'en ai de nombreux quant à mes propres souhaits. Suis-je la reine de l'esquive, cherchant désespérément une échappatoire ? La volonté d'engagement – que j'ai perçue dans les paroles d'Alex et celles de sa famille – brouille-t-elle mon esprit d'éternelle hédoniste ? Mon attitude est-elle le reflet de ma trouille ou la prise de conscience que mon avenir doit s'articuler autrement ?

Ma copine Steffie, qui vient de boucler sa retouche maquillage, me rejoint pour s'en griller une et interrompt (comme bien souvent) mon introspection bouillonnante.

♦ ♦ ♦

Le doux et puissant parfum d'Alex me saute aux narines. Alors que je farfouillais dans mon historique de publications sur ma page Facebook, à la recherche d'une photo de Pink portant la fameuse paire que je lui avais confectionnée avec Lolo, mon homme vient fourrer son museau dans mon cou.

– Tu fais quoi, *Honey* ?

– Je fouinais dans mes archives pour trouver une tof…

– Je t'emmène dîner ou tu préfères qu'on commande un truc ?

– Hum, il fait froid, je resterais bien à la maison. On prend du jap ?

– Parfait, finis tes trucs, je m'en occupe !

– Tu veux que je te fasse une liste ?

– Pas besoin, je connais tes goûts par cœur, Bébé.

C'est vrai qu'il me connaît et pas qu'en surface. Enfin, il sait ce que j'ai accepté de lui dévoiler. Que penserait-il de ma double vie s'il en avait connaissance ? Je ne lui ai jamais parlé de mon vrai vécu avec Élé, seulement de mon appétence sans lendemain pour le sexe féminin, vaguement de Delia, l'érigeant en amie plus qu'en initiatrice. Je crois que ça ne le choquerait pas du tout, mais la transparence sur ce sujet me jetterait des bâtons dans les talons pour mes escapades.

M'est-il fidèle, lui ? Voilà une question que je ne me suis jamais vraiment posée. *Penser à fouiller son portable et son ordinateur, prochainement.* J'ai l'impression de lui suffire, puisqu'il se montre plus casanier que moi, qu'il me couvre d'attentions, que sa baisse de libido se conjugue au passé (ou que mon besoin hors-norme est assouvi ailleurs) et qu'il voit terriblement loin pour nous. Mais je suis bien placée pour deviner que les apparences sont parfois trompeuses…

♦ ♦ ♦

– Comment ça, un programme d'amincissement ? Non mais, vous êtes sérieuse ?

– Oui, c'est très efficace ! Un peu plus d'exercice, de la nourriture allégée et un soupçon de volonté : ça fait des miracles.

Je regarde l'assemblée qui m'entoure – et écoute religieusement la jolie numéro 2 de *Vintage* – tout en me demandant si l'assistante qui murmure à mon oreille tient vraiment à sa langue… et à ses joues. Je me sens pousser des envies de torture, à la *Game of Thrones*. Non seulement, l'emmerdeuse m'empêche de saisir ce qui se trame dans cette réunion – qui me concerne directement – mais en plus, elle ose critiquer mon chat-roi.

– Alceste n'a pas besoin de ce genre de cure, merci pour votre sollicitude ! Il n'est pas gros, il a déjà perdu du poids et, parmi la moyenne américaine, je trouve qu'il se fond très bien !

Non mais oh ! Heureusement que mon tigré ne parle pas l'humain, il aurait ravagé la face de cette morue bavarde. Je regrette l'absence de Lorenzo pour ce meeting, je ne supporte pas qu'il manque des instants aussi cruciaux. Je n'ai toutefois pas osé leur faire l'affront de venir à deux, avant d'avoir leur aval sur ce point visiblement épineux. Je me reconcentre sur la voix de la quadra décisionnaire – ravie d'avoir mouché ma voisine de table qui fait à présent un tête-à-tête avec sa tasse de café – et j'attends des réponses, des mots clés, des décisions et des axes de travail précis. Mais l'heure est aux généralités, au rappel de mon parcours et à l'évocation de ma lubie girafe.

Alceste ronronne sous mes gratouilles et, si chacun semble gamberger sur sa présence, personne ne moufte. Elle est loin l'époque du chat planqué sous le bureau, dans la Tour de Modus à Paris, et des hurlements de Barbara. Aujourd'hui, j'ai le droit d'assumer publiquement mon extravagant acolyte. Mais n'est-ce pas moins drôle, du coup ?

L'énumération, peu palpitante mais essentielle, arrivant enfin à son terme, les choses sérieuses commencent. PowerPoint à l'appui, on me présente un rétro-planning plutôt dense et une sélection d'accessoires « tendance » à revisiter (du sac à la chaussure, en passant par le chèche, le porte-clés et la ceinture). La collection sera en série limitée pour deux raisons évidentes : le buzz et les délais à tenir. Lorenzo sera de la partie (j'étouffe mon cri de joie), mais *Vintage* nous enverra une cohorte de mains supplémentaires et très qualifiées à l'atelier de Tribeca, pour insuffler l'esprit de la marque, renforcer notre duo et apporter le savoir-faire sur les accessoires dont nous ne maîtrisons pas encore le processus de réalisation. L'ensemble de la production sera griffée *Vintage by Crystal Roche* et notre site Internet *Cryzo* servira de relais au leur.

Fébrile mais enchantée, j'embarque la pochette de documents que l'on me tend. Le challenge est colossal, le potentiel aussi. Reste à recevoir la proposition financière, qui ne se discutera pas ici…

22

Éléonore

ELLE A ENVIE DE JOUIR dans un lieu inattendu ? Qu'elle se prépare...

Ce soir, j'emmène Crys à *City Hall*, bâtiment historique qui abrite la mairie de New York, au sud de l'île de Manhattan entre Broadway, Park Row et Chambers Street. L'édifice où nous nous rendons, style Renaissance, a été construit entre 1803 et 1812.

Je me suis débrouillée pour nous faire inviter au *Dîner des artistes*, où les créateurs, collectionneurs et galeristes se retrouvent et qui se tiendra dans la Governor's Room. Nous marcherons dans les pas du marquis de Lafayette et d'Albert Einstein, et je vais la faire gémir quelque part dans ces couloirs.

La Renaissance française mixée au style américano-géorgien, une rotonde et un escalier de marbre, dix colonnes corinthiennes soutenant la coupole à caissons : l'endroit est impressionnant. J'ai prévenu mon amante hier par SMS : APRÈS-DEMAIN SOIR, TENUE DE GALA (LONGUE) EXIGÉE, RIGOLADE PROBABLE, ORGASMES À TENTER.

L'invitation me vient par Claudia qui a intercédé en ma faveur. Angela, de l'Agora Gallery, y sera aussi. L'occasion de la coincer agréablement puisque, depuis le coup de fil où elle manifestait son envie de me rencontrer et de voir les toiles, rien ne s'est passé. Je connais ce petit monde :

on s'emballe, on s'appelle de peur d'arriver après la bataille, on s'oublie. Raison pour laquelle j'ai enjoint à tante Céleste de se calmer. Je ne lui ai pas semblé courtisée, à cette Angela : elle m'a mise sur la pile des dossiers secondaires. Depuis, trois autres galeries (moins prestigieuses) se sont manifestées et la soirée de City Hall sera l'occasion de le lui faire savoir. Puisque je n'ai envie que d'elle – sur le plan professionnel, j'entends.

Quand j'y pense, c'est étrange. Si parfois je regarde les jolies filles avec appétit, je ne m'imagine pas réellement coucher avec elles et encore moins avoir une liaison durable... Dois-je en déduire que je suis absolument hétéro et que je suis juste Crystal-sexuelle ?

♦ ♦ ♦

Crystal ne bondit pas de joie lorsque je lui montre notre invitation ce matin. Elle a même carrément l'air inquiet, dans la salle des costumes où je lui dépose un bisou dans le cou.

– Élé, je me demande s'il ne faut pas qu'on arrête de prendre des risques en public...

– Et se priver des fous rires quand on choque les vieilles ?

– Justement, à ce sujet... Elle ravale sa salive. L'amie d'une amie aurait dit à ma copine Steffie qu'elle était persuadée de m'avoir vue dans un parc avec une blonde... En train de l'embrasser.

Je mesure son angoisse. New York est à la fois une gigantesque ville, mais les endroits que nous fréquentons sont souvent les mêmes et idem pour nos connaissances. De plus, elle commence à avoir un nom auprès du grand public...

À Paris, elle tentait de me faire sortir de mes périmètres de sécurité, me mettait gentiment en danger pour me bousculer, raffolait du risque que je prenais pour elle, s'agaçait de mes doutes s'ils perduraient trop. Comme la roue tourne ! Elle perçoit mon trouble et change de sujet.

– Le *Dîner des artistes ?* C'est quoi ce truc ringard prout-prout ?

– Chérie, tu n'y es pas. C'est l'événement auquel toute la ville, que dis-je, tous les artistes vivant sur le sol US aimeraient être conviés…

– Ah ouais… Et Paula y va ?

– Hem. Paula n'est pas américaine. C'est une reine de la nuit, mais elle n'est pas créatrice au sens premier du terme…

– Ben et ta Claudia, c'est une créatrice peut-être ? C'est quoi son dernier film, déjà ? *Scary Movies 18*, dans le rôle de la méchante liftée ?

– Rho, tu arrêtes oui !!! Claudia n'a pas besoin de botox, elle est sublime à quarante piges…

– Hé hé hé…

– Tu me laisses finir ? Son mari est un nabab de la finance, également collectionneur d'art et mécène… Si tu m'écoutais quand je cause, tu t'en souviendrais !

– Je t'écoute ! Sauf quand tu parles d'elle…

– Tête de mule. Je t'ai toujours dit qu'entre Claudia et moi ce n'est que de l'amitié !

– Je te traite d'hétéro ou de menteuse ?

– Pfff. Tu dois donc la juger physiquement pas mal, en dépit des liftings imaginaires ?

– Ne change pas de sujet.

– Je rêve. C'est toi qui me dis ça ? Le mari de Claudia possède deux galeries à Genève, et a fait don de plusieurs toiles à des musées américains et européens…

– J'ai rien à me mettre.

Argument fatal. Je lève les yeux au ciel. Quand je ne fais pas l'enfant, c'est elle qui s'en charge.

– T'es chiante, Bébé. Tu vas arrêter de gamberger et sortir la très jolie BCBG Max Azria dont tu me parlais l'autre jour. Elle sera très bien.

– Au milieu des Dior et des Chanel ? T'es malade ?

– Réaliste. La mode aujourd'hui n'est plus forcément dans les étiquettes que seules les Saoudiennes peuvent payer avec l'Amex de leurs maris. En plus, quand on a un corps de vingt ans parfait, on peut tout se permettre. Faut juste un accessoire qui en mettra plein la vue, une pochette, ou bien un bijou. Tiens, les…

– Toi tu mets quoi ?

– Heu, une Dior.

– Ha ! Ha-ha !

– Ça ne compte pas, c'est *Modus* ! En plus, j'ai six ans de plus que toi. Je suis mariée, j'ai eu des enfants, et une putain de paire de jumeaux…

– Ouais, et t'as taillé du 36 deux semaines après l'accouchement, contrairement à moi qui oscille entre le 38 et le 40 !

– Tu fais 10 centimètres de plus que moi presque ! Bref, on s'égare. Et puis merde, fais la différence ! Si les stars ou invitées de grandes soirées mondaines ne voulaient porter que du Saint Laurent ou du Louboutin, les marques *Crystal Roche* et *Cryzo* n'existeraient pas !

– P'tain, t'es toujours mariée ?!

– Et toi, pas encore ?

♦ ♦ ♦

Plus question de se peloter dans les couloirs du studio, à l'atelier (imaginons qu'Alex arrive par surprise !) ou au « *R* ». Je suis à deux doigts de lui proposer un psy pour qu'elle se détende, mais sa tension augmente mon désir.

J'en suis à avoir envie de l'embrasser à pleine bouche par surprise devant l'équipe de GOTG, un jour d'affluence. Pour jouer, choquer, amuser. Provoquer Alex. Je me réfrène. Je comprends ce qu'elle a enduré lorsque nous étions à Paris et que nous nous cachions de mon mari. Je me dis juste que zut, entre les mômes, l'emprunt et les dettes communes, la décennie d'histoire, le bagage était lourd. Alors que Crys, même si elle aime sincèrement mon rival, partage avec lui les frais d'une thérapie pour Alceste, un loyer (et encore, Paula à qui appartient l'appart ne doit pas être au prix du marché), quelques amis et les attentes de la famille d'Alex. Peut-être le truc le plus compromettant pour moi, même si je ne peux pas craindre un manque d'affection familial chez Crystal justifiant un besoin intense de ce que son petit ami propose sur ce plan : elle adore ses parents !

Au *Dîner des Artistes*, lâchera-t-elle prise ?

Pour la calmer et la distraire, je lui reparle de ce concept qui m'est apparu comme par enchantement, en visitant *River Terrace*. S'il paraît saugrenu, il possède, à mon avis, un potentiel immense : le sac à main nouvelle génération, autrement dit « *Connected Bag* » ou le *CB* pour les initiés. Elle n'y croit pas vraiment, pour l'instant, mais je ne lâcherai pas l'idée. Quelle femme ne rêverait pas de voir un de ses accessoires préférés transformé en assistant personnel à portée de main ?

Subitement, je la vois qui réagit. Ça fait tilt, il était temps.

– Un assistant personnel ?

– On a coutume de dire qu'une femme trimballe sa maison dans son sac. Puisqu'aujourd'hui on crée des objets soi-disant intelligents, en tout cas connectés, pourquoi se limiter à des objets électroniques comme le Smartphone ou la montre ? Pourquoi le sac, qui contient tout ce dont une nana a besoin au quotidien, ne se mettrait-il pas à réfléchir et interagir, à suggérer et conseiller, en fonction de ce qu'il « sait » de sa propriétaire ?

– Barbie, c'est pas con…

Je souris.

– Je le vois comme un truc branché mais glamour ! Bien sûr, il faudra trouver des financiers, un informaticien capable de créer le logiciel qui sera intégré au sac que tu designeras… Mais cela doit rester un objet de mode !

L'idée fera-t-elle son chemin ? Le *CB*, je le visualise. Via un petit carnet, tu y entres le menu de tes repas et il te prédit la prise ou la perte de poids (en fonction du décompte des calories que tu dépenses quand tu marches avec lui), te fait des remontrances si tu n'as pas rempli tes objectifs. Il t'annonce les rendez-vous pénibles (et te programme une petite sonnerie pour y mettre fin de façon naturelle), te rappelle que tu n'as plus de plaquette de pilules et qu'il faut appeler le gynéco ; que le dentiste s'impatiente (le dernier détartrage remonte à six mois). Le *CB* te suggère le matin de prendre un parapluie car il connaît la météo, t'informe que tu n'as plus de spray buccal à la menthe, t'indique que l'option sur le billet Paris-Bordeaux va sauter, te conseille avec quelle tenue il faut matcher tel accessoire pendant la séance shopping, te renseigne sur la localisation de ton animal de compagnie, etc. Qui ne me suit pas ?

♦ ♦ ♦

– Alors, qu'en penses-tu ?

Crystal est émerveillée. Le Club GOTG nous a ouvert les portes de la maison Ralph Lauren en un tournemain : j'ai laissé la Dior, on s'est lâchées sur des tenues de cuir noir, et nous voici parfaitement accordées à City Hall.

On a décidé de jouer sur les contrastes. Ainsi, Crys a choisi un slim façon croco opaque et une veste de smoking fermée par un bouton sans top dessous, sa longue chevelure sombre et parsemée de paillettes argentées ajoutant une touche de féminité hyper sensuelle sur sa poitrine nue. Tandis que je me suis glissée dans un fourreau long et lacéré, une partie du dos, du ventre et des hanches à l'air, avec ma coupe un peu moins courte ébouriffée, et des bijoux dorés massifs (disques égyptiens autour du cou et des poignets). Nos peaux sont parfumées, bronzées grâce à quelques UV de dernière minute, veloutées par le gommage à l'institut où j'ai traîné ma maîtresse – laquelle a pourtant refusé de me rejoindre dans le hammam. À ses pieds, des Louboutin prêtées par sa copine Debbie (penser à se renseigner sur la copine Debbie, grrr). Crys en avait une paire à elle mais ne la jugeait pas assez assortie à son choix vestimentaire. Aux miens, et le cadeau m'a laissée sans voix, des ballerines compensées tirées de la collection « Mourir de plaisir ». Des ailes me poussent.

Ce soir, on fera sensation, on va s'amuser, on va vivre. Si Crys épouse Alex dans deux mois dans les Hamptons, je ne m'y opposerai pas ; mais personne ne m'empêchera de tenter d'être la plus folle et la plus heureuse avant.

♦ ♦ ♦

Le cocktail est rapide, à peine ai-je pu susurrer quelques phrases coquines à Crys entre deux coupes de bulles rosées. Nous passons à table : la Girafe, qui est désormais réellement portée sur la cuisine, ouvre des yeux aussi gourmands qu'envieux devant les plats qui défilent, alors que nous sommes assises entre des célébrités de la ville.

– Pluie d'oursin à la verveine, délices de gambas au piment rouge, bourrasque de parmigiano et roquette, fondant vanille laquée Madagascar… Tu ne devrais pas prendre des notes, pour *Le R* ?

Un poil vexée, je rétorque que notre menu est très original lui aussi, il suffit qu'elle vienne dîner un soir et je lui offrirai un tour gastronomique dont elle se souviendra, entrecoupé de pauses sensuelles…

Elle rigole et plonge le nez dans son nid d'amour épicé avocat homard bleu.

– Élé… faut vraiment qu'on fasse gaffe. Les photographes…

Je les avais oubliés, ceux-là.

– Ils nous ont immortalisées à l'entrée, je te signale. Personne ne pourra ignorer qu'on était à cette soirée ensemble…

– Oh…

– Qu'y a-t-il ?

– J'ai cru voir Sandra à la table de Donald Trump !

– Sandra... Sandra ?

– Ouais, celle qui vous a remplacées chez Modus à Paris !

– Je ne savais pas que tu la connaissais...

Elle rougit.

– On s'est rencontrées, elle est très sympathique.

– C'est ce que je croyais moi aussi...

– Elle est si... captivante !

– Ça ne fait pas d'elle une sainte, crois-moi.

Le blush qui colore ses joues est suspect. J'ai à peine le temps de le noter, que mue par son instinct, elle embraie.

– Il faut aussi que je te parle d'un truc qui risque de changer, pour moi, dans les mois qui viennent.

Je dresse l'oreille.

– Tu connais... la marque *Vintage* ?

– Bah, qui ne la connaît pas ?

– Ils m'ont fait une proposition.

– Ouf, heu, hem, qqq-quoi ?

– Je suis assez sûre de moi, j'arrête GOTG à la fin de la saison.

– Mais c'est bientôt ?

– Ben ouais, on aura fini le tournage, moi je me recase ailleurs avant, le timing est plutôt bon ?

– C'est la cata, oui !

Elle fronce les sourcils.

– Je ne comprends pas.

– Bon, autant que ça sorte maintenant, ça traîne depuis trop longtemps.

– Tu m'effraies.

– Jean-Claude est malade de t'avoir perdue. Depuis le début. Luke sait parfaitement qui tu es, d'où la facilité de contact avec Paula, qui t'aidait à retrouver un job après le scandale étouffé chez Modus.

– Ouais... donc t'es en train de me dire que j'ai quitté des connards pour les mêmes connards sous un autre nom...

– Bah, techniquement, c'est plus compliqué...

– De toute façon je n'appartiens à personne. J'honore les contrats que je signe, je fais ce que je veux ensuite. Et ce dont j'ai envie après GOTG saison 2, c'est *Vintage*.

J'accuse le coup. *Vintage*, la marque qui a amorcé un raz de marée dans le monde du luxe accessible ces dernières années. Tu m'étonnes que Crys leur ait tapé dans l'œil !

Subitement, je suis fatiguée. Je tripatouille mon omelette de lotus mariné au saké. J'ai envie d'avouer à Crystal qu'elle a raison, et qu'elle doit vivre sa vie en oubliant lesdits connards à qui j'enverrai ma dém sous peu. L'absurdité de la mission confiée par Jean-Claude me saute au visage : leur ramener Crystal, alors que je me tire ? Alors bien sûr, il ne s'agit pas de renier ce que j'ai pu vivre chez Modus, mais je ne peux qu'approuver son choix...

Pourrai-je encore jeter longtemps de la poudre aux yeux de Viss et consorts ? Regarder mon patron droit dans la prunelle et prétendre que Crystal s'apprête à nous rejoindre ? Je crois que c'est impossible.

Je regarde Crys, qui s'est mise à fulminer. Elle étripe de sa main droite le petit pain aux céréales à peine entamé et délicatement posé sur une assiette. Un serveur s'interrompt net de remplir sa coupe de champagne, John Bon Jovi, Arianna Huffington et Neil Patrick Harris suspendent leur conversation animée. Il y a de l'orage dans l'air, à ce coin de table.

– Je dois t'avouer quelque chose.

Crystal est glaciale. Je ne la reconnais plus, les ailes de son nez frémissent, sa bouche se tord, ses yeux flamboient en rétrécissant. Muette, j'attends.

– Tu savais, avant d'arriver à NY, les objectifs de tes patrons ?

– Oui.

– Ils sont parfaitement au courant qu'on a été proches, sans connaître le degré de notre proximité...

– Correct.

– Et tu vas me dire que tu n'as pas reçu la moindre instruction me concernant, quand tu as quitté Paris ?

Je prends une grande inspiration.

– Barbara et moi avons été flanquées sur ce projet parce que nous étions les mieux placées pour le réaliser.

– Mouais…

– Hé, tu as beau être une cible très convoitée, le PDG de Modus ne m'aurait pas envoyée ici pour ouvrir un lieu d'exception si je n'étais pas qualifiée pour !

– Je n'ai pas dit ça.

Vent violent.

– Tu n'as pas répondu, Éléonore. Est-ce que ce salaud de Viss t'a parlé de moi avant que tu t'envoles ? Et est-ce que tu lui as promis quelque chose me concernant ?

Je ne peux pas lui mentir, même si je sais de quoi mes mots auront l'air et comment elle va les prendre. Je ferme les paupières et je les rouvre ; dans ce genre de situation, il faut être cash et ne plus tourner autour du pot.

– Bien sûr qu'il souhaite que je te fasse revenir. Et bien sûr que lorsqu'on en a parlé, quelques heures avant mon départ, j'ai acquiescé en disant que j'allais faire mon max. Mais ça ne remet pas en…

Crystal rejette sa chaise, se redresse, envoie sa serviette par terre et quitte les lieux. Pas la peine de lui courir derrière. Une femme que j'identifie comme étant Angela observe la scène, perplexe.

Je suis malade de chagrin. Ma maladresse a causé ce désastre. Je pensais pouvoir la convaincre de ma sincérité. J'ai tout perdu – et la possibilité de ramener Crys sur un plateau d'argent chez Modus n'entre évidemment pas dans le « tout ». Envolée, mon amie, mon amante, la fille qui fait battre mon cœur et qui a levé le voile sur mes illusions de mariage, celle qui me donne du courage, me fait rire et jouir, celle que je voudrais dans ma vie plus qu'une nuit.

Impossible d'aller à la rencontre d'Angela. De poursuivre ce dîner, en dépit des visages familiers aperçus au loin. Je quitte City Hall.

♦ ♦ ♦

– Alors Sandra qui se pointe ce matin au bureau, sur la 5ᵉ, m'a saoulée au plus haut point même si ça m'a permis de dériver ma colère et ma tristesse sur autre chose…

Tante Céleste est pensive devant sa part de crumble réchauffée au micro-ondes.

– Ça n'est sans doute pas définitif…

– Tu ne la connais pas. Crys a la rancune tenace ! Jamais elle ne me fera confiance à nouveau, et surtout pas sur la sincérité de mon amour pour elle…

– À mon avis, tu te trompes. Cette jeune femme est intelligente, elle va réfléchir. Tu verras qu'elle finira par s'estimer flattée qu'on lui prête autant d'attentions. Il était naturel qu'on s'adresse à toi, et plutôt naturel aussi que tu ne déclines pas la mission…

– Mouais. Et la Sandra qui se mêle de ça, elles se sont rencontrées, et le pompon est que Crys n'a pas pu ignorer que c'est une bombe…

– Et elle est venue sans s'annoncer, cette emmerdeuse ?

– Madame a débarqué une heure avant nous et clamé que, sans patron, on se permettait des libertés… Elle n'a pas vu les heures sup' qu'on s'est tapées sans primes pendant des mois ! Elle nous a suivies la journée entière, pour prendre des notes sur le fonctionnement de la filiale et du *R*.

– Qui, selon elle, peut être amélioré ?

– Et pas qu'un peu. Elle nous a promis en souriant, de ses grandes dents de vampire, un rapport gratiné. *Réduire certains coûts, optimiser le service, rationaliser ceci, centraliser cela…* Barbara et moi, on bouillait de rage. Trois conneries à la minute, au moins !

– Si je peux me permettre, le plus malin est de faire croire à l'adversaire qu'on est d'accord. On ne conteste pas. Puis, très tranquillement, on le prend au piège de ses méconnaissances du dossier. Ça ne sert à rien de gaspiller son énergie.

Tante Céleste a évidemment raison. Je soupire et me lève pour débarrasser. Il se fait tard.

– Sans compter l'événement qu'elle voudrait organiser dans notre boutique : une palette de maquillage GOTG. Bientôt on lancera une marque de tampons et de préservatifs dérivés de la série, si ça continue !

Tante Céleste rigole et se dresse sur ses ballerines.

– Et que vas-tu faire pour la soirée presse qu'elle planifie à Paris, pour son histoire de bracelet-flacon ?

– Aucune envie d'y aller. Mon absence sera commentée, mais puisque ma décision de partir est prise…

– Qu'a-t-elle prévu ?

– Oh, elle essaie de surpasser l'originalité de la fête de lancement de *Ladies' Taste*. Aucune chance d'y parvenir ! Elle a réservé un théâtre, il me semble, et met sur pied un genre de Cluedo pour distraire les invités…

– Rin-gard.

Céleste bâille.

– Ma chérie, je vais regagner mes pénates. Prends soin de toi, et ne t'en fais pas trop pour Crystal…

C'est à ce moment que mon iPad beugle. Jack, via Facetime. Je lui ai attribué une sonnerie carrément flippante.

– S'il te plaît, Céleste, reste quelques minutes. Je vais passer un sale quart d'heure… j'aurai sans doute besoin de réconfort !

– Vous vous êtes disputés ?

– On ne fait que ça ! Il me course depuis trois jours car il a un truc important à me dire. J'ai été tellement submergée par le boulot que je n'ai pas pris le temps de l'écouter, il doit être hyper agacé…

Je fais coulisser la languette sur l'écran pour accepter l'appel.

Le visage de mon mari est très sérieux.

– Ah, enfin ! Madame a été nommée ministre et je ne suis pas au courant ? Il faut que je prenne rdv avec ta secrétaire ?

– Je suis désolée.

– T'as pas l'air.

– *Sincerely !*

– Bon, de toute façon on ne va ergoter des heures. J'ai bien réfléchi à notre situation, à tes derniers mots quand j'ai pris l'avion… C'est toi qui as raison : il faut qu'on divorce.

La connexion coupe, pour une raison mystérieuse. Tante Céleste ouvre de grands yeux affolés.

– Bon débarras ! je grommelle en envoyant valser l'iPad sur le canapé.

Ce n'est que plus tard dans la nuit que j'ai pété les plombs.

23

Crystal

– Combiennnn ? Sérieusement ? C'est dément !

– Oui, enfin Lolo, je te rappelle que cette somme rondelette est largement justifiée par les délais insensés imposés par *Vintage* !

– Peux-tu arrêter de tout rationnaliser, Tatass, et te réjouir juste deux minutes ?

– Oui, oui, t'as raison ! Mais j'ai déjà fait la danse du bonheur devant Alceste en recevant le courrier.

– Ah, ce chat est définitivement plus gâté que moi ! Bon, on signe quand ?

– Demain, je passerai te voir à l'atelier avec une grosse bouteille de champagne !

– Vendu, j'ai hâteeee !

Ce que mon meilleur ami ignore, c'est ma récente découverte sur la manipulation d'Éléonore, qui vient jeter une sacrée tache d'encre à ce tableau soi-disant parfait. Je n'ai pas le courage de me confier à lui pour l'entendre, encore, prendre sa défense.

Comment a-t-elle pu me faire un coup pareil ? Je me demande si c'était prémédité et si elle a réellement donné son corps pour me séduire à des fins professionnelles… Bien sûr, une petite voix en moi – peut-être plus raisonnable que mon accès de colère impulsif – me dit qu'elle n'a pas pu simuler ses mots, ses gestes, sa tendresse, son plaisir et son désir ardent. Depuis des semaines, tout me pousse à croire qu'elle m'aime, pour de vrai.

♦ ♦ ♦

On y est. Alex est parti courir avec Alceste. Je suis seule face à son téléphone et son ordinateur. Si je n'ai jamais vraiment songé à fouiller son intimité, convaincue de l'inutilité de l'exercice devant l'affection débordante qu'il me porte, brusquement je flippe. Et s'il n'était pas si irréprochable ? Est-ce que cela me conforterait dans mon infidélité et me permettrait d'accepter pour de bon ma double vie ? Je ne pense pas. Je suis trop entière pour tolérer d'éventuels égarements de sa part, auxquels je trouverais nécessairement moins de justifications qu'aux miens. Est-ce que cela ferait taire mes sentiments pour Élé et galvaniserait ceux que j'éprouve pour lui, ne serait-ce que par jalousie ?

Trêve d'introspection. Au fond, la seule question qui vaille est : suis-je tout bonnement en train de chercher une raison de le quitter, de ternir son image, pour me consacrer à Élé ?

Quoi qu'il en soit, après trois cigarettes fumées coup sur coup, ma curiosité est à son maximum et je cède à l'envie irrépressible. Je fais défiler les SMS d'abord. Aucune trace de présence féminine suspecte, mais il a moins la manie d'archiver que moi. Dix conversations SMS, dont la nôtre, celle avec sa mère, son père, sa sœur, Ronald... c'est maigre. Il efface le reste au fur et à mesure, c'est une certitude.

Rien de répréhensible dans les photos non plus, si ce n'est quelques images des actrices un peu dénudées sur le tournage, mais ce n'est pas moi qui vais venir juger une inclination pour le beau.

Les mails s'égrènent sous mes yeux et, entre l'ennui et la culpabilité (je suis décidément plus tordue que lui), je m'apprête à refermer son jardin secret quand, soudain... Me voilà prise à mon propre piège. Bon sang, ce n'est pas possible ! J'avais imaginé mille éventualités, des déceptions en pagaille, des découvertes renversantes, mais je ne pensais pas tomber sur une preuve d'amour irréfutable, carrément angoissante. Dans un dossier, à peine dissimulé, je tombe sur des clichés de bagues de fiançailles envoyés à sa sœur pour obtenir des conseils… Je vacille. Alex va donc me proposer de l'épouser ?!

Vite, une rasade de whisky. Les mains tremblantes, je manque de renverser la bouteille. Comment vais-je pouvoir le regarder en face tout à l'heure, sans sourciller, maintenant que je sais ? Quelle conne ! La surprise de sa déclaration aurait été moins douloureuse. Ma stupide idée d'enquête m'impose désormais une torture solitaire dont je ne connais pas le jour de délivrance. Celui où, évidemment, je déclinerai son offre.

Comment peut-il penser que je veuille me marier ? Moi, Crystal, le papillon ? Je lui ai déjà été fidèle pendant des mois, avant l'arrivée de mon ex, donné mon amour exclusif et accepté de faire de mon nid le nôtre. Ça ne lui suffit pas ? À 28 ans, je ne veux pas d'anneau au doigt… Pas maintenant, pas ici, pas comme ça.

♦ ♦ ♦

Je déteste le métro et pourtant j'erre dans ses couloirs souterrains bondés. Souffle coupé, dos en souffrance, plexus solaire compressé. Je cours presque, puis je m'arrête. Je ne sais même pas où je vais. Je ne trouve plus mon air ni mes repères. Je prends la ligne bleue, la jaune ? La rouge en sens inverse ? Non, je ne veux pas remonter dans une rame. Je veux rester là, coincée dans ce lieu que j'exècre, pour me punir. De mon indiscrétion mal placée, de ma bêtise, de mes mauvais choix. Pourquoi avoir laissé Alex prendre tant de place dans ma vie si l'issue n'était que la porte de sortie ? Je le savais inconsciemment, non ? Ou est-ce Éléonore le problème ? Aurais-je pris cette trouvaille avec engouement si elle était restée morte dans mon cœur et loin de mon corps ? Ce flot d'interrogations qui me percutent est étourdissant. J'ai le mal du doute aigu.

Bien sûr que je n'ai pas l'intention de butiner toute mon existence. L'instabilité à perpétuité ne fait rêver personne, pas même moi. Je veux des terres où le soleil ne dort jamais, mais avec qui ? Je le sais : avec elle. Mais j'ai peur d'elle, de la passion qui me traverse, parce qu'elle m'a déjà fait si mal. Elle a de lourds bagages à côté desquels je suis un poids plume, facile à balayer d'un revers de main.

Je suis en apnée, j'ai un poignard qui s'immisce de plus en plus fort entre mes deux omoplates. Que faire ? La voix d'une chanteuse black résonne soudain au loin et me tire de ma torpeur. Je ferme presque les yeux, bouscule des inconnus et me concentre sur ce son qui m'attire. La voici. Avec sa guitare, sa coupe afro et ses cordes vocales singulières, elle a réussi à arrêter le temps et à rompre le flux. Des gens d'âge divers se sont attroupés, pour l'écouter. Elle chante « I say a little prayer » d'Aretha Franklin dans une version totalement réincarnée. L'émotion me fait glisser à terre, en tailleur. Ma position de repli. Je me cale contre un poteau à deux mètres de cette voix qui me touche là où ça fait du bien. « Ain't no moutain high enough », lourde de sens, me pousse à réfléchir à la présence supérieure. M'a-t-on guidée vers cette puissante saltimbanque pour que sa playlist du jour me donne les clés qui me manquent aujourd'hui ? Pas de montagne trop haute, rien d'impossible, d'infranchissable ? Le mariage ou la tentative folle avec Éléonore ? La chanson suivante est très claire : « Halo » de Beyoncé, ma chère Queen B, égérie de *Ladies' Taste*.

« *It's the risk that I'm taking, I ain't never gonna shut you out, Everywhere I'm looking now, I'm surrounded by your embrace, Baby I can see your halo…* »

…

« *You're the only one that I want, Think I'm addicted to your light, I swore I'd never fall again, But this don't even feel like falling…* »

Éléonore.

♦ ♦ ♦

– Tu as fait quoiii ?

– J'ai fouillé dans tes affaires…

– Mais enfin, pourquoi ? Ça ne te ressemble pas ? Toi qui me brandis souvent ta liberté au visage, tu as voulu entraver la mienne ?

– Je suis désolée, Alex, vraiment…

– Et pourquoi ce besoin de m'en parler ? Tu veux mon pardon ? Si tu avais gardé ça pour toi, je ne l'aurais jamais su.

– Justement, c'est pour toi que je le dis. Parce que je ne veux plus être injuste.

– Qu'est-ce que tu racontes ??

– Je crois qu'il faut qu'on ralentisse, je minimise.

Je pèse mes paroles parce que le blesser m'atteint par rebond, parce que je n'ai aucune certitude si ce n'est que je ne peux décemment pas le laisser s'humilier en me brandissant une bague dans les jours qui viennent. Je n'ai pas le droit. Je préfère lui dire que j'ai vu ces jolis diamants, qu'ils sont magnifiques, mais que je n'en suis pas là. Que je ne suis pas capable de sauter ce pas, franchir cette étape, avec lui.

Mais la vexation sera-t-elle moindre ou amplifiée ? Bordel. Je me débats dans mon filet, mais je ne peux plus reculer. Il se sert une vodka, prend Alceste sur ses genoux (coup bas).

– Comment ça, ralentir ?

– Je ne sais pas comment te le dire pour que ça sonne mieux. Je sais seulement que je dois être honnête à ce stade, et sache que ce n'est pas facile pour moi non plus.

– Putain, Crys, crache le morceau, c'est insupportable.

– J'ai trouvé les photos des solitaires…

– Fuck… T'es vraiment gonflée, mais vu la situation, je ne vais pas m'étendre sur ce point.

Les larmes coulent malgré moi. Comment puis-je avoir le culot d'être celle qui chiale dans un moment pareil ?? Il est ému mais reprend :

– Si ça te met dans un tel état, on peut ne plus en parler pour l'instant…

Sa gentillesse me bouleverse.

– Si, Alex, il faut qu'on en parle. Je dois te dire que tu perds un temps précieux avec moi, je ne suis pas celle pour qui tu dois te mettre à genoux, je ne le mérite pas, je ne te mérite pas.

Plus je tente de retranscrire mes pensées en mots, plus je suis horrifiée par la banalité et la médiocrité de ce qui sort de ma bouche. Mais existe-t-il une façon idéale de rompre une relation établie ?

♦ ♦ ♦

Une heure plus tard, la messe est dite. Alex prépare un sac plein de ses affaires, un sac qui signe la mort de notre histoire.

Devant sa réticence et ses discours pleins d'espoirs, j'ai été obligée de durcir le ton. Il ne voyait pas l'impasse, seulement une route plus sinueuse que prévu. Alors je lui ai dit que mes sentiments n'étaient pas aussi forts que les siens, et que j'avais quelqu'un d'autre en tête depuis quelques semaines. J'aurais voulu lui épargner ça, mais me détester l'aidera à accepter, à fuir.

Cherchant à savoir à tout prix de qui il s'agissait, il s'est cogné contre un mur de silence. Je ne vais pas en plus lui révéler que c'est une femme. Il l'apprendra suffisamment tôt. Le mystère le rend fou, limite odieux, et je ne peux pas lui en vouloir. Je le regarde se défaire de moi, embrasser Alceste et claquer la porte. Je me réfugie dans les pattes du chat-roi, qui me repousse presque. A-t-il compris ? Vais-je regretter ce choix ? Apogée du scepticisme.

♦ ♦ ♦

Les derniers jours sur le tournage ont été un enfer, pour nous deux. Œillades contrariés, mines déconfites, cernes parlants. J'ai fait mon travail, en boulimique concentrée, sans pause – sauf pour fumer planquée dans mon coin – et je suis rentrée seule pour endurer les conséquences de ma décision : appartement vide, morne et triste. Il a profité d'un après-midi de repos pour venir reprendre tout ce qui lui appartenait, sans le moindre oubli qui m'aurait laissé un bout de lui, de nous. Table rase. Ni note griffonnée ni démonstration de rage. Juste un néant bavard : aucun retour en arrière possible.

Je ne réponds plus à personne au téléphone, pas même à Lorenzo. Je dessine frénétiquement pour *Vintage*, comme si le boulot était mon seul refuge. Et j'avance vite, puisque l'insomnie est ma nouvelle amante.

Alceste me fait à moitié la gueule : il cherche Alex. Je lui ai donc donné l'autorisation de dormir à nouveau dans le lit, pour acheter sa compassion. (J'ignore si le regarder pioncer pendant que je compte les girafes est salvateur pour moi, mais ça lui convient.) Comble de l'ironie, ce putain de chat, qui ne supportait pas l'invasion d'Alex il y a quelques mois, ne supporte plus aujourd'hui sa désertion.

Pink et son « Fucking Perfect » retentissent et m'indiquent que quelqu'un m'appelle. Éléonore, pour la quinzième fois en quatre jours. Je crois que je l'ai assez fait mariner et puis, honnêtement, entendre celle pour qui je viens de foutre mon couple en l'air ne me ferait sûrement pas de mal.

– Allô ?

– Crys, enfin… Pourquoi tu ne me répondais pas ?

– Parce que j'étais en phase de digestion de ta révélation concernant Modus, et parce que c'est un peu la merde dans ma vie…

– La merde ? Tu as un super job pour une série over médiatisée, tu viens d'être approchée par une marque de renom, t'as un mec et une maîtresse, c'est quoi le drame ?

– Pffff, ne parle pas sans savoir.

– Oh, mais je sais ! Et il faut que je te le dise, de toute façon :

Jack m'a quittée. Par Facetime. J'en suis à peine remise. J'ai passé trois jours à pleurer et à me défoncer la tête avec des calmants.

Élé sanglote. Moi aussi.

– Pas mieux : j'ai découvert qu'Alex voulait m'épouser et j'ai provoqué la rupture. Je suis au bout du rouleau.

– Comment ? C'est vrai ?

– Oui…

– Alors tu crois que c'est un signe ? Nos deux couples s'effondrent pour qu'on puisse être ensemble ? lance-t-elle en reniflant.

– Je ne sais pas, j'imagine que oui… Parce qu'on est en partie responsables de l'éboulement.

– Tu veux que je vienne te voir ? J'ai besoin de te serrer contre moi.

– Oui, ramène tes fesses ici, qu'on arrête de pleurnicher au téléphone. Après tout, on n'a perdu que ce que l'on voulait perdre, non ?

– J'arrive !

♦ ♦ ♦

Entourée de Debbie et Steffie que j'ai présentées ce soir, je titube légèrement sur mes stilettos rouge vif. J'avais envie d'un retour en arrière le temps d'une nuit, j'ai donc sorti la mini, les résilles et l'imprimé léopard en foulard. C'est *too much*, à la limite de l'extravagant, un chouia vulgaire. Je m'en tape. Je ne suis pas Crystal Roche la styliste, je suis Crys, la fille qui a un peu mal au cœur, qui a besoin de décompresser pour mieux repartir demain. Je veux oublier Élé et Alex jusqu'au matin, m'imbiber de whisky, danser jusqu'à limer mes talons, jouer de ma chevelure et de ma cambrure, frôler d'autres corps, me perdre dans d'autres yeux.

Après trois verres, j'ai confié ma récente décision aux filles. Elles ne connaissent pas en détail le passif qui me lie à Éléonore mais, après m'avoir passée au crible des questions indiscrètes, elles s'accordent à penser que mon choix est en adéquation avec mes sentiments.

Lorenzo est le plus heureux de tous : son faible pour ma blonde ne date pas d'hier, il nous voit même ensemble dans vingt ans, dans un penthouse somptueux et avec des gosses. Il délire probablement, mais son soutien m'est précieux. Quant à Paula, elle jubile. Elle m'a toujours préférée lesbienne, alors que je m'évertue à lui expliquer que je vomis les étiquettes et que je suis juste une femme qui ne s'arrête pas au sexe de quelqu'un pour accepter d'en tomber amoureuse.

Uh Huh Her chante « Explode » dans les enceintes du club et me renvoie des années en arrière… Je bouge, ivre et lascive, entre mes deux acolytes aussi pompettes que moi.

24

Éléonore

Je lui arrache les yeux d'un coup sec ou on privilégie la torture à petit feu ? Je ne parle pas de Jack, quoique... Il s'agit de Sandra. Je ne peux pas me résoudre à oublier les conseils de Céleste, qui voit toujours si juste. Ma tante préférée me suggère de trouver un espace d'entente avec mon bâtard de futur ex-mari, et de laisser pisser celle qui est devenue notre supérieure hiérarchique chez Modus.

Pourquoi ? Parce que dans le premier cas, c'est moi qui suis partie, lui confiant les enfants. Qu'il a décidé de les emmener à Londres avec lui à la rentrée, et que Maëlis suivra dans les valises. Et si je l'affronte trop durement, tout de suite, avant que les choses sérieuses – juridiques – commencent, il risque de se prémunir et de me chercher des crasses. Comme la preuve que j'ai annulé plusieurs retours à Paris cette année, que ma vie a été dissolue à New York, que je n'ai pas pu assister à l'anniversaire des jumeaux tombé en pleine ouverture du « *R* »... Ce sera facile pour lui de brandir ses anciens abonnements Eurostar : il rentrait chaque jeudi soir quand il bossait à la City.

Bon, traverser la Manche et l'Atlantique, ce n'est pas exactement pareil. Et j'ai quitté Jules et Lili la mort dans l'âme, parce que Jack a fait cet effort de rentrer au moment où l'on m'a envoyée à NY. Céleste me conseille de filer doux, de suggérer à Jack que je ne suis pas opposée à Londres – alors que je préférerais rester à New York avec les enfants –, de mordre d'un coup sec en ressortant sa liaison avec Emily devant le juge. Un peu vicieux, ce qui m'étonne de ma tante. Elle hausse les épaules.

– C'est toi ou lui ! Faut que tu apprennes à défendre tes intérêts.

Pour Sandra, là encore elle préconise le plus grand calme. N'ai-je pas fermement décidé de partir en juin ? Pourquoi m'en faire une ennemie en tentant de lui barrer une route sur laquelle je ne veux plus speeder ? Car la Tornade ne s'est pas contentée de remettre un rapport très dur sur le resto-room – dissertation que nous sommes en train de disséquer et de contre-argumenter avec Barbara. Elle a obtenu un nouveau titre, ultime, suprême, final : directrice du développement marketing et créatif. C'est tout con, mais elle l'a arraché à Jean-Claude la nuit où Barbara et moi avons zappé sa soirée de lancement pourrie à Paris pour le BF-bracelet-flacon. J'imagine très bien la scène, elle en diva tâchant de passer sous silence le degré zéro d'originalité de son événement en se jetant dans les bras de son patron pour pleurer notre manque d'esprit d'équipe. Lui une larme à l'œil et une autre à la bite, lui accordant ce qu'elle mérite pour son rude labeur depuis huit mois à ses côtés. Ça me fait bien rire.

Barbara est chafouine. Elle se doute forcément que je suis sur le qui-vive, peut-être a-t-elle l'intuition de ma démission prochaine. Un soir, alors que nous terminons notre anti-rapport, je lui propose un truc jamais vu : dîner en tête à tête au resto. Mon ex-meilleure ennemie n'en revient pas, frétille, toussote, accepte. Aux frais de la boîte, nous nous rendons au Mondrian, restaurant chic de Manhattan. C'est là que Carrie dit au revoir à ses amies, lorsqu'elle pense quitter NY, dans je ne sais plus quelle saison de *Sex and the City* où elle s'est entichée d'un grand artiste russe qui vit dans la capitale française. Nous faisons péter la carte bleue de Modus : apéros chérots, plats les plus légers (les plus ruineux), cuvée spéciale Laurent Perrier. Je prendrai la note de frais sur mon budget, une manière de lui faire un cadeau d'adieu masqué avant l'heure… Hélas pour moi, la Carton a l'alcool triste. Elle revient systématiquement à la charge sur ce qui lui pèse.

– Cette Sandra… ce fléau…

– Il faut se ressaisir. La fille a forcément des points faibles.

– Mouuhhhh… Lesquels ? Elle est gaulée comme une déesse, notre patron l'adule, elle a obtenu une promo…

– Je ne la sens pas claire.

– Pff, c'est toi qui dis ça ? Après m'avoir joué le couplet « *il ne faut pas juger sans savoir, être dépassé par ses a priori…* » T'es gonflée !

– Tu vas être contente : j'ai mis quelqu'un sur le coup. Une personne de mon entourage mène l'enquête…

– Tu as fait ça ? Tu es dingue…

– Je ne prétends pas que ça va fonctionner. Mais on doit essayer, pas simplement attendre que l'incendie s'éteigne… Elle nous a déclaré la guerre, avec ce rapport.

Ma Baleine et ses yeux cernés si maladroitement de khôl paraissent sur le point de fondre en larmes, elle me ferait presque oublier les mauvais coups du passé même si je sais impossible de lui accorder une confiance totale. Elle est visiblement heureuse de n'être pas seule dans le combat. Je soupire. Pourquoi suis-je aussi attendrissable ?

♦ ♦ ♦

Mais qu'as-tu fait, réellement ? me demande Crystal, depuis la terrasse panoramique de notre hôtel Marriott.

J'ai envie de sauter de joie et de l'embrasser fougueusement, plutôt que de bavasser sur les problèmes de Modus, Jean-Claude, Barbara, la Tornade. Les Niagara Falls sont impressionnantes, même pour elle qui connaît bien le Canada, Montréal. Elle n'était jamais venue ici.

Coin de paradis. Ontario, merci Claudia. Je n'ai pas emmené Crystal à Las Vegas et j'ai écouté les conseils de ma meilleure amie.

–Tu veux lui faire une déclaration d'amour? m'avait-elle questionnée.

Réponse positive.

–Alors tu ne la conduis pas dans un endroit paillettes, cliché, attendu – ne me dis pas que tu aimes vraiment Vegas, beurk! Tu réfléchis à ce qui peut la surprendre et la séduire... elle.

Je lui ai demandé de boucler un sac avec des affaires pour deux jours, climat frais, chic, quoique prévoir une paire de baskets...

Nous voilà donc dînant en face de l'une des plus célèbres cascades du monde. Coupes de champagne, les pieds qui se frôlent sous la table, les tenues sexy qui aguichent tout le restaurant sauf que nous sommes exclusives... Du moins je l'espère. Au fond, nous n'avons jamais abordé la question.

Ce dîner est accompagné de guitares. Une chanteuse a lancé quelques notes sans perturber le calme ambiant.

–Concrètement, j'ai mis un chasseur de tête sur la Tornade. Un cousin éloigné, que connaît tante Céleste, qui saura nous dire s'il y a de l'abus, ou de l'endormissement, un truc à déterrer! je réponds, veillant à ne lâcher aucun nom en public.

–Tu vas lui faire bouffer la terre de Central Park et les gravillons des Tuileries en pâtée, c'est sûr! glousse Crys, qui adore ce genre d'histoire à rebondissements.

–Mouais, me dis pas que tu as vraiment envie que je la piège...

–Que veux-tu dire?

–Tu as très bien compris.

–Non...

–Tu la trouves sexxxy!

–Pas du tout.

–Menteuse.

–Elle est mieux que sexy.

–Petite salope.

–Elle est irrésistible.

–Je te déteste.

–Gros seins, taille fine, fessiers, parfum vénéneux...

– Je ne veux plus te voir.

– Et moi je te taquine !

– Et moi je t'aime.

Blanc. C'est sorti comme ça, je ne m'y attendais pas et me suis surprise. Nous plongeons le nez dans nos coupes. Même au temps de notre aventure dans la Tour de Modus à Paris, je n'ai jamais assumé ainsi mes sentiments, quoiqu'un peu mieux vers la fin, curieusement.

– Oh ma Crys, pardonne-moi de te faire cette déclaration à la con, mais voilà, je crois que vivre sans toi, aujourd'hui, ça n'est plus possible. J'aimerais ne rien te demander mais je n'y arrive pas, je voudrais que l'on construise des choses ensemble. Personnellement déjà, puis pourquoi pas artistiquement ? On a eu nos hauts et nos bas, on ne s'est pas toujours comprises, on s'est sérieusement pris le bec parce qu'on n'a pas les codes de nos caractères respectifs, mais bon sang, à deux on forme une équipe géniale.

– Sur tous les plans ?

– Le sexe.

– Je suis d'accord.

– L'humour.

– Grâce à Alceste, accessoirement Barbara.

– L'esthétique.

– Du moment que tu ne me demandes pas de peindre une toile, et que…

– … tu n'exiges pas de moi de créer le prototype d'une chaussure ! Tu vois, on se complète aussi sur les…

– … mots.

On se regarde avec intensité, elle reprend une gorgée pétillante.

– Pas que les mots, ma douce… je murmure.

Mine interrogative de Crys.

– Nous sommes complices, confidentes, amantes, potes, tu as été un de mes initiateurs physiques, j'ai été un de tes mentors intellectuels, tu m'as fait acheter des sex-toys et je t'ai emmenée à la FIAC, ta modernité me galvanise, mon sens des valeurs te stabilise…

–Attends, là, tu me fais pas une demande en mariage ?

Son air vaguement inquiet me fait pouffer. Elle se détend. Je me suis laissé emballer par ma démonstration solennelle. Elle reprend :

–Je viens de décliner une proposition de mariage, je te rappelle…

Mariage ou pas, ça ne nous a pas empêchées de rouler sur nos oreillers, de nous vautrer dans les draps lavande du king-size mémorable, de skiper les quatre êtres que nous avons lâchement abandonnés, et qui pour se venger dînent ensemble (nous les avons présentés les uns aux autres) : Céleste, Lorenzo, le chat-roi et sa progéniture. Scarlett a parfaitement adopté les genoux de ma tante, ce qui semble partiellement soulager notre ami, lequel a d'autres soucis en tête.

–Crystal Roche, ton animal est parfaitement intenable. Il aura repris trois kilos ce week-end.

–Hein ??!!

–Malheureuse, tu as planqué ses croquettes dans un placard qu'il a repéré direct !

Oups. C'est en fait ma faute, j'ai suggéré à Crys de réorganiser son appart pour accueillir mes affaires… Nous ne l'avons pas formalisé, car je ne voulais pas l'effrayer. Mais il est évident que, quittant Modus, je cesserai de bénéficier d'un logement de fonction. Je dispose d'économies me permettant de retenir une belle suite d'un hôtel du centre de NY pendant plusieurs mois, mais guère plus. Insuffisant pour y ancrer un quotidien sur trois ou quatre années. La migration chez ma Girafe a commencé. En douceur.

Alceste qui prend un kilo quand je débarque, mauvais point. De plus, je ne me sens pas à l'aise entre ces murs qui ont abrité les amours de Crys et Alex. Il ne subsiste pourtant rien de leur liaison, mais je suis comme une intruse au milieu de leurs meubles et de leurs souvenirs. Je ne suis pas seule à être perturbée. Crystal me l'a avoué, me culbuter sur le lit de son fiancé (qui n'a pas encore repris sommier, couettes et matelas, offerts par les parents des Hamptons) la gêne.

Heureusement, le problème ne se pose pas ici, au Marriott, face à ce spectaculaire déferlement des eaux qui ne s'entend pas dans notre chambre ou à peine.

♦ ♦ ♦

– Room service !

Crys me fixe, l'air interrogateur. Nous sommes chacune pendues au téléphone, pour des coups de fils cruciaux – aucune ne paraît prête à lâcher le combiné. Elle est absolument nue, j'ai un semblant de nuisette. Aussi je lui jette le drap sur le corps, attrape un peignoir tout en écoutant l'iPhone coincé entre l'oreille et l'épaule, et j'ouvre la porte.

Le plateau de notre brunch réveillerait un mort : pancakes au beurre et sirop d'érable, œufs brouillés au bacon avec petites pommes de terre grenaille sautées, toasts, viennoiseries, confitures exotiques, jus et fruits frais, champagne. Orchidées pour le plaisir. Je fais signe au groom de parquer son chariot à côté du lit. On se débrouillera pour la suite !

Un rayon de soleil se pose sur le lit. L'odeur de café et de sucré emplit la chambre. L'instant est délicieux, d'autant que mon interlocuteur, le chasseur de têtes de tante Céleste, me rapporte des infos essentielles. Contrairement à ce que pense Jean-Claude, Sandra n'a pas travaillé que dans des grandes firmes américaines, au service marketing. Elle n'en a fait qu'une, l'essentiel du reste de sa carrière ayant été pour le compte d'un groupe informatique. Suivi d'un passage éclair de quelques mois dans une entreprise française de joaillerie, Duc d'Aumale, qui a récemment lancé une OPA hostile sur Modus dans le but de se diversifier et de grossir. Ladite OPA a été écartée avec succès par notre ingénieux patron.

Jean-Claude n'aurait jamais embauché Sandra s'il avait su qu'elle avait traîné ses guêtres dans cette société. Mon informateur va plus loin dans le détail :

– Son contrat est passé par une boîte de portage salarial qui facturait à une filiale de l'entreprise, comme si on avait cherché à dissimuler le lien entre Sandra et Duc D'Aumale.

Je souris à la terminologie que l'ami de Céleste utilise.

– Rien d'autre ?

– Bah, si, vous la tenez, cette allumeuse…

– J'écoute !

– Contre un bon chèque dont je sais que vous me le rembourserez…

– Ce sera pour la pomme de Modus !

– … j'ai soudoyé la secrétaire du patron de la filiale…

– Non !!!

Crys s'interrompt, perplexe. Je baisse la voix.

– Et ?

– Le patron est toujours en contact avec Sandra, qui lui envoie des mails plusieurs fois par semaine. La secrétaire n'y a pas accès malheureusement, mais elle sait qu'il les imprime et les classe dans un dossier rangé au coffre…

– Cela doit être ultra confidentiel. Comment les obtenir ?

– Je suis allé au bout de ce que je pouvais faire pour vous aider, Éléonore.

– Je vous dois une fière chandelle…

– Et l'enveloppe glissée à la bavarde !

– *Don't worry*.

Une bourrasque d'allégresse me traverse. En raccrochant, une idée me vient pour piéger la Tornade : piquer son ordinateur, ouvrir sa messagerie, pour y trouver la correspondance qu'elle entretient avec Duc D'Aumale.

Crys se jette sur moi, elle a terminé sa conversation.

– Qu'est-ce qui te rend aussi euphorique ? je lui demande, étonnée par sa vigueur alors que nous sortons du sommeil.

– Tu as un rendez-vous avec Angela de l'Agora Gallery lundi matin.

Elle se jette le nez en premier dans mon cou, qu'elle dévore de baisers avant d'aller jouer plus bas. Quel merveilleux week-end !

25

Crystal

La mine déconfite de Luke et Ronald m'attendrirait presque, mais je suis décidée : j'ai fait mon temps dans *Girls on the Grill*... Deux saisons, des rencontres artistiquement et humainement magnifiques, une centaine de chaussures, des débats passionnants, des rires impromptus, des ratés et d'énormes satisfactions (ah, Pink...). C'était riche et beau, quoiqu'aussi stressant et fatigant. Aujourd'hui, le challenge est ailleurs, avec *Vintage* pour commencer. Je dois grandir et ne plus surfer sur une vague qui m'a déjà donné tant de frissons. La presse m'attend au tournant, autre part. J'ai le culot de penser que j'en ai eu assez ici et qu'il faut que je travaille à présent pour sortir un truc de mes tripes, un truc à la « Mourir de plaisir », qui marque les esprits... et les pieds !

Mes deux patrons finissent par comprendre ma décision et les conséquences qui en découlent. Un peu amers malgré tout, ils me jettent qu'il y a des milliers de filles à la porte qui se feront une joie de prendre ma place. Je n'en doute pas... J'ajoute avec humour qu'elles seront même peut-être plus faciles à gérer que moi, ce qui détend l'atmosphère.

La réunion terminée, nous rejoignons le plateau pour l'ultime enregistrement de la saison. Je suis heureuse d'être, pour quelques heures encore, entourée de Steffie, Amber, Nancy, Tom, David... Cela dit, en voyant Alex au loin, je songe à ma hâte de tourner cette page. Sans aucun regret, remplie de souvenirs joyeux, mais assoiffée de nouveautés dans tous les domaines.

♦ ♦ ♦

Depuis notre escapade romantique aux chutes du Niagara (elle m'a scotchée !!), ponctuée d'une déclaration enflammée, Éléonore est comme une chatte amoureuse : câline, féline, animale. Elle rôde dans mon appartement tous les soirs, a réussi à consoler Alceste qui l'adore, me donne ses impressions (favorables, ouf !) sur mes dessins ambiance savane pour *Vintage* et les premiers prototypes apportés par Lorenzo, me goinfre d'orgasmes et d'attentions. Sa présence m'anime d'un feu inédit, même si je ne m'abandonne pas encore à cent pour cent : réflexe d'autoprotection.

Ce soir, je lui ai concocté un repas maison, pour la convaincre de mes talents culinaires dont elle osait douter. Poêlée de champignons, œuf cassé et vieille tome, suivie d'un risotto crémeux aux langoustines. Cuisiner pour elle là où j'avais l'habitude de mitonner des choses avec Alex, c'est un peu *hard*. Je sais qu'il n'était pas l'homme de ma vie, sûrement parce qu'Élé en est la femme – et que je ne suis pas polygame malgré les rumeurs et mes errances. Je dois malgré tout composer avec le poids de l'accoutumance et les mois qui ne s'effacent pas en un claquement de doigts. Je voudrais déménager pour repartir à zéro. Paula ne dispose malheureusement pas de cinquante bons plans et logements à New York, il va falloir patienter !

– Ma Girafe *Darling* ?

– Ouiiii !

– C'est qui Mira ?

– Hein, qui ça ?

– MI-RA... La fille qui t'écrit tous les jours des commentaires sur Facebook...

– Ah, c'est une nana qui aime bien ce que je fais, depuis le défilé au Cloître des Billettes !

– Mouaisss…

– Comment ça, mouaisss ? Tu es jalouse d'une admiratrice de mes pompes ?

– Mais non voyons, je m'interroge juste sur la nature de vos échanges…

– Tsssst ! Viens par ici !

Elle avance vers moi, avec sa bouille mignonne et ses yeux du fameux Chat botté qui m'ont fait craquer le premier jour chez Modus. Je la glisse devant le miroir du salon.

– Regarde-toi un peu…

– Oui, je sais, je ne suis pas coiffée !

– Non, ce n'est pas le sujet. Mate ta gueule d'ange et dis-moi si tu t'échangerais pour Mira…

– Ben euh non, enfin, que veux-tu dire ?

– Tu le sais très bien ! Ne panique pas pour des sottises !

– Sottises ? Tu parles comme moi, toi maintenant ?

– T'es con ! Le jour où tu croises sur Facebook une femme aussi naturellement belle que toi, on en reparlera, d'accord ?

– C'est toi qui es bête. Allez, pour la peine, embrasse-moi…

♦ ♦ ♦

Depuis deux jours, Alex, qui était plutôt silencieux, me harcèle de SMS, mails, appels et autres tentatives de come-back. Comme je déteste le silence quand on me l'impose, je lui réponds vaguement, sans conviction ni solution miracle. Bien sûr, ses mots me touchent et sa détresse me heurte. Mes sentiments pour lui ne se sont pas évanouis par enchantement. Je n'hésite pour autant pas vraiment… Je savais très bien ce que je faisais en lui parlant de l'autre personne. Je voulais rompre pour donner une vraie chance à mon histoire avec Élé. Faire l'autruche me paraît donc l'option la plus raisonnable, même si par moments je craque. J'ai envie de le consoler, alors je reste un peu tendre, vague.

Aujourd'hui, il m'a fait livrer un énorme bouquet de roses rouges que je n'ai pas pu dissimuler à Éléonore. Elle a pris la chose avec détachement, consciente de la situation épineuse et sûrement pleine d'empathie a posteriori pour le garçon à qui elle n'a pas fait de cadeaux... La petite carte était peu bavarde. Je lui manque et il souhaiterait me voir. Le nez fourré dans cette odeur de fleur que j'adore et les yeux rivés sur le gribouillis écrit d'une main tremblante, j'ignore quel signe lui envoyer en retour. La séparation est trop fraîche pour que j'envisage un quelconque rendez-vous...

♦ ♦ ♦

Installées au bar de l'hôtel Standard, réputé pour la vue imprenable de ses chambres sur l'Hudson River et la Highline, Élé et moi sirotons nos Cosmo en lorgnant déjà sur les coupes de champagne. Elle porte un tregging en cuir et une chemise blanche un peu transparente, j'ai opté pour la mini noire et le bustier rouge. Nous sommes toutes les deux perchées sur des paires de ma collection « Mourir de plaisir », pour nous mettre dans l'ambiance... Rires en cascade et commérages à gogo : cette soirée sera placée sous le signe de la légèreté.

– Non mais tu as vu sa jupe à elle, là-bas ? Tu crois qu'elle bosse ce soir ?

– Crys, sa jupe n'est pas plus ceinture que la tienne !!

– Ah si !

Élé roule ses yeux au ciel...

– Bonsoir Mesdemoiselles, je peux vous offrir un verre ?

La voix de ce charmant trentenaire, aux allures d'Harvey Specter dans *Suits*, nous interrompt dans notre élan de gossipeuses. Regard bleu intense, coupe de cheveux approximative, barbe de trois jours entretenue, costard de businessman accompli et montre à 10 000 dollars qui complète savamment l'ensemble. Accord tacite et rapide de prunelles à prunelles, on décide que l'assouvissement de la curiosité mérite le dérangement. J'embraye :

– Pourquoi pas, si vous devinez ce que l'on veut boire ensuite…

– Je présume que si vous me faites deviner, vous ne reprendrez pas de Cosmopolitan. Élégantes, joyeuses et audacieuses, je dirais deux coupes de champagne, mais rosé pour rester dans le ton.

– On vous laisse commander, lance Élé, pleine du nouvel aplomb qui la caractérise ces temps-ci.

– J'arrive.

On se retient de ricaner. Quelle idée saugrenue que d'accepter une intrusion masculine dans notre cocon ? Pour le fun, sûrement. Espérons que le gus soit divertissant.

– Mesdames sont servies…

– Merci, *Stranger*.

– Que font deux bombes comme vous dans la vie ?

– Oh, bah, le thème de la soirée, c'est les devinettes, non ? je lui jette pour jouer un peu.

– Hum, toi, la brunette, tu as la tête et l'attitude d'une artiste. Chanteuse ?

– Vrai et faux. Je suis créatrice de chaussures. Je ne chante que sous la douche.

– Et moi, j'ai l'apparence d'une femme qui bosse dans quoi ? s'enquiert Éléonore.

– Je dirais que tu es avocate ou que tu exerces dans la publicité, au choix…

– Je suis directrice artistique dans un groupe de luxe, et je peins sur mon temps libre : raté !

– Bon, bon. À votre tour !

– Les hommes, vous êtes plus faciles à lire… Tu es dans la finance ! Un petit côté arrogant, un poignet bien garni et un besoin évident de décompresser si on en croit ta manière directe de venir nous accoster : je dirais que tu es trader.

– OK, c'est si *obvious* que cela ?

– Oui, je n'aurais pas dit mieux, ajoute Élé.

♦ ♦ ♦

Trois heures plus tard, après avoir bu plus que de raison, flirté sans grande réserve et abordé tous les sujets possibles entre inconnus, nous sommes complètement bourrés et fiers de l'être. Tous les carcans ont sauté.

L'intrus, que l'on a décidé d'appeler officiellement *Stranger* (oui, bien sûr, en référence à « Hello Stranger », dans le film *Closer*), balade ses mains d'une cuisse à l'autre, tout en faisant passer cela pour du contact normal de conversation chaleureuse... Nous ne sommes pas dupes ! Monsieur se voit déjà dans des draps de soie avec un doublé gagnant : une brune et une blonde, qui n'ont besoin de personne pour être terriblement sensuelles entre elles.

Élé m'attire à elle et fourre sa langue dans ma bouche, en caressant ma nuque. Je lui rends son baiser avec fougue, en regardant *Stranger* du coin de l'œil. Sa braguette est sur le point d'exploser, ça ne fait aucun doute. Probablement arrivé au bout de sa patience, il sort la carte de sa chambre et nous demande de monter avec lui. Main dans la main, jambes chancelantes et palpitants affolés, nous le suivons.

La suite est jolie, notamment grâce à cette vue à couper le souffle. Le temps semble suspendu et nos corps suintent le désir en attente. On pousse *Stranger* sur le king-size, il s'allonge, le dos appuyé sur la tête de lit, et détend sa cravate. Nous restons sur le rebord, à genoux l'une en face de l'autre. J'empoigne ses cheveux, elle extirpe mes seins de leur cage en tissu. Nos lèvres ne se quittent plus. *Stranger* trouve le chemin de sa queue, dans son pantalon déjà entrouvert. Il nous encourage sans nous diriger, nous allume sans vulgarité. Je me lève pour me verser un peu du champagne qu'il a commandé. Éléonore n'est pas très à l'aise seule à côté de lui et ne décroche pas ses yeux de moi. Je remonte ma jupe et ôte mon string rouge, que je balance au visage de *Stranger*. Je déambule lentement autour d'eux, en avalant lascivement mes bulles. Je plaque mon visage et ma poitrine nue contre la vitre de la fenêtre, et me cambre pour leur offrir ma croupe en gros plan. D'un air innocent, je leur demande quelle est la vue qu'ils préfèrent… *Stranger* répond qu'il aimerait se réveiller tous les jours avec mes fesses au milieu du paysage. (Cours toujours, tu ne m'attraperas pas…)

Je rejoins ma blonde et vide le reste de ma boisson sur son chemisier blanc. Je sais au fond de moi que ça me vaudra une remontrance quand elle aura dessaoulé : elle adore ce vêtement ! Pour l'heure, ça l'amuse…

Mon sexe dénudé l'appelle, elle rapproche doucement ses doigts, les trempe dans le champagne et les colle à moi. Des cercles, des petits cercles enivrants… Je mange son cou et respire très fort. *Stranger* se branle sans plus aucune retenue. Il comprend peut-être que son seul plaisir sera en tant que spectateur. Ou espère-t-il vainement que l'on s'empale ensuite à tour de rôle ?

Je vais jouir sous les mouvements de ma Barbie. Son parfum titille mes narines sensibles, son air affamé de moi redouble mon excitation et sa dextérité désormais légendaire m'envoie dans une autre dimension. Je réprime à peine mon gémissement… Elle affiche un sourire de satisfaction que je lui connais bien. Alors que je la renverse pour la faire voler à mon tour, elle me murmure quelques mots à l'oreille. Nous aurions dû trouver un code, comme ceux pratiqués dans le SM pour dire que la limite est atteinte… Mais son chuchotement me suffit. Je la redresse d'un bond, volontairement un peu fort. *Stranger* ouvre des billes pleines d'interrogation. Je me lance :

– Je suis désolée, je viens de réaliser que j'ai complètement oublié de nourrir mon chat, il faut vraiment que l'on file.

– Hein ? Ton chat ? Tout de suite ?

– Oui, il fait de l'hypoglycémie, il ne faut pas traîner !

– Non mais vous n'allez pas partir maintenant ? Il peut attendre encore une petite heure ?

– Absolument pas… C'est un chat-roi, tu sais.

– Un quoi ???

Le temps d'échanger ces trois phrases, nous sommes rhabillées, talons dans la main, et nous nous éloignons vite en claquant la porte.

– Tu as oublié ton string, rigole Élé.

– Hum, après ce qu'on vient de lui faire, je pense qu'on peut lui laisser en souvenir. Il se finira dessus...

– T'es crade !

– Mais non, réaliste. Allez, cours princesse !

Demain, on aura très mal aux cheveux. Mais dans des mois, on en rira encore à gorge déployée. Sacré nous...

26

Éléonore

– TU NE PEUX PAS FAIRE ÇA.

Barbara, qui tremble de tous ses membres, est passée par plusieurs couleurs de l'arc-en-ciel, on dirait une Cocotte-Minute prête à exploser.

Je repense à ce que Crys m'a dit ce matin :

– Courage, tiens bon, c'est ta liberté qui compte… Je suis fière de ta décision.

Elle m'a embrassée tendrement, je lui ai enlevé une miette du coin des lèvres. Nous étions si bien, dans la cuisine, pieds nus sur le carrelage réchauffé par le soleil tapant derrière la baie vitrée, dans des effluves de café, de crème et de toasts grillés.

Dans la salle de réunion où j'ai convoqué ma Cartonnante, ainsi que Jean-Claude qui est à NY pour les contrats de la saison 3 de GOTG, et Lindsay, le silence est étouffant. Je tripote le bout de mon stylo plume, gênée.

– Mais enfin, je ne suis pas en train de vous faire une crasse, de vous lâcher en plein milieu d'un gros projet ! Les deux mois de préavis ne sont pas faits pour les chiens ?

– Il ne s'agit pas de ça, Éléonore, c'est juste que votre choix a l'air… précipité. Au bout de tant d'années chez nous !

– Justement, Jean-Claude.

– Vous êtes malheureuse ? Vous voulez une augmentation de salaire ? Des primes ? Davantage de billets d'avion ? Tout cela, on en discute !

– Holà ! grommelle Barbara, qui ne perd pas de vue qu'il faut rester sur un pied d'égalité avec elle.

– Plus d'une décennie avec vous a été très riche. J'ai énormément appris, mais j'ai besoin de tourner une page. Mes désirs ont évolué. Je me suis remise à la peinture et j'ai très envie d'y consacrer mon énergie…

– C'était donc cela, ton secret ! lâche Barbara. Je me doutais qu'il y avait un truc, un amant ou une passion mystère. Tu t'es métamorphosée depuis que nous sommes ici…

Je souris. Lindsay me regarde gentiment. Nous n'avons pas eu le loisir de nous attacher l'une à l'autre, mais elle fait partie de ces femmes avec lesquelles j'aurais pu devenir amie.

– J'ai même une bonne nouvelle à vous annoncer. Dans quelques jours, je vous invite à un vernissage à l'Agora Gallery.

– Vraiment ? Vous allez exposer vos toiles là-bas ? Félicitations !

Jean-Claude est visiblement impressionné. Je confirme.

– Eh bien je crois qu'il n'y a pas grand-chose à ajouter, puisque vous décidez de démissionner, cela rend la tâche plus simple…

– Je n'ai rien contre un cadeau de départ, cela dit !

Barbara ne relève pas. Elle est accablée. S'être débarrassées ensemble de la Tornade nous a un peu rapprochées – et qu'elle se soit mise à la pastille de menthe a beaucoup joué !

Confondre Sandra, qui œuvrait donc en douce pour une entreprise française de joaillerie, Duc d'Aumale, ayant récemment lancé une OPA hostile sur Modus, n'a pas été compliqué : un crack de l'informatique a piraté sa boîte mail pour récupérer les infos dont nous avions besoin – et notamment la conversation échangée avec l'un des gros bonnets de nos concurrents. La suite a été facile : les preuves étaient si flagrantes que la Tornade a été suspendue sur-le-champ, et attaquée par nos avocats. Jean-Claude, abattu par la trahison d'une femme qu'il voulait porter dans les hautes sphères de sa boîte, et qui était sans doute sa maîtresse, a été consterné.

– Vous devriez être plutôt soulagé ! avait remarqué Barbara avec bon sens. Elle n'a pas eu le temps d'avoir accès à bien des secrets de l'entreprise… et notamment ce qui se prépare autour de GOTG3 !

Jean-Claude était resté interdit. Il lui a peut-être livré des infos délicates, s'en mord les doigts. Mais cela ne me concerne plus.

♦ ♦ ♦

Crys est heureuse de ma détermination. Elle voit que je tiens le cap, que je ne me laisse pas influencer par une DRH qui a intérêt à ce que je reste, par un patron qui joue la carte perso, par mon mari… très étonnamment silencieux depuis quelques jours. Les rares fois où nous avons parlé depuis qu'il m'a larguée étaient pour évoquer des problèmes liés aux jumeaux, lorsque je suis venue voir les enfants, et pour organiser une conciliation dans les jours prochains.

Hôtel Mondrian, où nous prenons un brunch annonciateur d'un superbe dimanche : ma Girafe déguste une coupelle d'ananas d'Hawaï, je chipote sur un cappuccino trop sucré…

C'est alors qu'une vision improbable s'impose à nous, on en reste becs cloués : mon ex-futur-mari. Comment sait-il, bon Dieu, que nous sommes ici ? Suis-je bête ! Les photos de notre déjeuner dominical postées voilà trente minutes sur Instagram, avec commentaires…

Jack a la gueule cynique, sûr de lui en dépit de son costume froissé, j'imagine qu'il a passé la nuit dans l'avion et qu'il a décidé de se ruer sur sa cible préférée. Il a un mouvement d'hésitation en nous voyant. Crystal ne devait pas faire partie de ses plans. Croyait-il me pincer avec un amant ? Il nous observe. Deux jeunes femmes attablées comme des confidentes qui se racontent leurs doutes et leurs joies devant des friandises et des thés Mariage Frères.

– Salut Éléonore.

–Alors ça...

–Tu vois, moi je suis capable d'avaler des milliers de kilomètres pour avoir une conversation sérieuse avec toi au sujet des mômes...

–Oh, j'en ai assez de ta rengaine !

–Tu ne penses qu'à t'éclater avec tes copines à NY, à ce que je vois !

–Jack, nous sommes dimanche, je me détends, tu débarques, qu'est-ce que tu veux que je te dise ? Si j'avais dû débouler à Londres quand tu y faisais la fête le lundi soir avec les associés du cabinet... Tu crois quoi, que je n'ai jamais vu les clichés sur Facebook ?

Les gens nous regardent. Jack baisse d'un ton, tire une chaise pour s'asseoir à côté de nous. Crys toussote avec sévérité.

–OK, toi la petite, tu dégages, je dois causer avec ma femme.

Crystal bondit, griffes rouges dehors.

–Hé, l'ancêtre, change de ton. Élé n'est plus ta femme, c'est ton ex.

Étonné et agacé par sa véhémence, l'autre réplique :

–Techniquement on est encore mariés.

–Techniquement je suis tout sauf petite.

Ils se toisent.

–Éléonore, qui est cette *petite impolie* ?

–En plus d'être sourd, il est gâteux... Le cloître des Billettes, ça ne te dit rien ?

Jack semble perplexe. La mémoire lui revient d'un coup.

–Les pompes à orgasme !

Il se reprend immédiatement, comme s'il s'en voulait d'admettre qu'il connaît son travail, comme s'il regrettait de dévier de sa cible.

–Élé, tu veux vraiment laver ton linge au Mondrian ? Avec cette pseudo-styliste qui se prend pour ta meilleure amie ?

–Et si j'étais *plus que ça* ? jette Crys, provocante.

Aïe, terrain miné. Ne pas donner à l'adversaire des billes –en l'occurrence, moi infidèle et devenue lesbienne. Je ne sais comment réagir, les deux semblent partis dans une spirale verbale dont je distingue mal la fin.

– Pff, Éléonore est un serpent froid. Incapable de s'attacher. Regarde son front lisse, tu piges pas ? Si tu es *plus que ça*, tu vas t'en mordre les doigts et en baver des ronds de chapeau.

Crys est déstabilisée mais se reprend.

– Alors, avec le vocabulaire du Moyen Âge… la panoplie de l'ancêtre est complète !

Comprenant qu'il vaut sans doute mieux lever le camp, elle se dresse, tamponne ses lèvres avec la serviette qu'elle pose négligemment près de l'assiette encore pleine, plante un baiser sur ma joue et s'éloigne sans justifier son geste, sans un regard pour Jack, cramoisi.

– L'ancêtre ? Mais pour qui elle se prend, cette péronnelle ? Et toi, elle t'appelle comment, la Vioque ?

Je me garde de lui avouer que j'ai confié à Crys son talon d'Achille : vieillir. C'est ainsi que, à quarante ans à peine, il veille autant à son sport, son alimentation, son allure, sa peau de bébé. Il fait signe à un serveur : double expresso. Sans gêne, il attrape un scone de notre panier à viennoiseries, le tartine de jelly et croque un grand coup.

– Élé, mon avocat va t'envoyer les papiers du divorce.

– OK.

– C'est tout l'effet que ça produit sur toi ?

Il a l'air ébranlé.

– Tu étais très clair quand tu me l'as annoncé. Puis, lorsque je suis venue et que nous avons eu ce rendez-vous avec les avocats.

– Hem oui. Et les enfants, tu y as pensé, aux enfants ?

– Je ne pense qu'à eux. Mes chéris.

– Moui. Tu les as abandonnés pendant un an, tu risques gros.

– Abandonnés ? Mais tu plaisantes ! Un coup de fil ou un Facetime presque tous les soirs, des mails chaque jour, des petits cadeaux à longueur d'année… À moins que tu n'aies pas transmis cent pour cent des messages ? Fais gaffe, ça se trace ! Et ça se paie… Je te signale que je reviens à Paris dans quatre jours pour l'entrevue devant le juge.

– Pff, ma pauvre Éléonore, tu es à l'ouest. Avec tant d'incertitudes de ton côté, j'ai dû accélérer la procédure…

– Pardon ?!

– Ton avocate ne t'a pas tenue au courant ? Ah non, j'oubliais, tu vis si loin, elle doit tout gérer…

Ce connard sort une enveloppe de son porte-document.

– J'ai eu envie de te l'apporter moi-même.

Je déglutis en l'ouvrant avec frénésie. Les lettres dansent devant mes yeux, me donnent le vertige. Ce salopard a réussi à obtenir du juge, en attente que le divorce soit prononcé et la garde des enfants statuée, de les emmener à Londres avec lui. Londres où il s'installe à nouveau, engagé à un poste de *senior partner* dans un puissant cabinet. À partir de là, je le connais, il va faire durer le plaisir. Jouer sur la longueur. Et les enfants qui s'habituent à leur nouvel environnement, et leurs origines, ceci et cela…

– Fallait pas jouer à ça, ma petite, comment croyais-tu pouvoir l'emporter face à un pro comme moi ?

Je ne reconnais plus le tendre et sexy jeune homme que j'ai épousé il y a plus de dix ans, le galant qui m'a embarquée sur son cheval blanc alors que j'errais comme une princesse en deuil de son premier amour.

Je ne sais que dire, je ne pense qu'au savon que je vais passer à celle qui me représente juridiquement. Mon futur-ex-mari ricane. J'ai envie de le gifler, mais me contiens, je n'aime pas les scandales en public.

– Je règle une affaire pro lundi à Manhattan, puis je repars illico, ma mère et Emily sont en train de préparer les valises. Rassure-toi, on garde l'appartement de Neuilly pour le moment. Celui où nous allons vivre à Londres est payé par ma nouvelle boîte. Mayfair, le quartier chic. Les jumeaux sont inscrits dans la meilleure école de la ville. Tu n'auras à t'occuper de rien…

Sadique !

– Emily… Emily ?

Pourquoi me reparle-t-il d'Emily, sa collègue, avec laquelle il entretenait une liaison qui a mis le feu aux poudres entre nous, et contre laquelle je me suis battue pour le garder ?

– Oui, Emily, ma divine Emily… Elle a beaucoup minci, tu ne la reconnaîtrais pas, on fait du sport ensemble tous les week-ends. Lili adore qu'elle lui raconte des histoires. Et Jules est très complice avec elle, ils peuvent jouer aux Playmobil pendant des heures.

Quel enfoiré. Je m'effondre alors qu'il se redresse en me disant au revoir et bonne route.

♦ ♦ ♦

Agora Gallery, jeudi soir.

L'exposition « Ladies » a attiré du monde. Modus 5e Avenue, le personnel du « *R* » ainsi que certains membres de l'équipe de tournage de GOTG sont venus, ce qui n'a pas manqué de créer l'événement presque malgré moi.

Je suis la reine de l'organisation des soirées, mais celle-là, j'étais presque gênée de la mettre sur pied. Cocktail au champagne avec petits fours concoctés par le cuisinier du « *R* », gracieusement mis à contribution par Jean-Claude (ne soyons dupes de rien, je m'en vais, mon patron fait feu de tout bois, une expo chic ne peut que valoriser l'image du groupe). Les paparazzis se pressent pour photographier les acteurs de la série, Crystal (que l'on cherche encore), moi, nouvelle peintre à accueillir et suivre dans le monde de l'art contemporain.

Les allées sont noires de monde, et chacun se presse, coupe à la main, devant le diptyque qui est le clou de l'affaire : *Ladies' Taste, Ladies' Secret*. Deux toiles gigantesques, qui illustrent la vision que j'ai de mon histoire avec Crys. D'abord, on se jauge, on se renifle, on s'aime, puis on se déteste.

Enfin, on se retrouve passionnées, on se tient main dans la main, face à l'avenir.

Si je suis heureuse ? La seule personne qui aurait dû partager une coupe de champagne avec moi est absente, et en froid. Nous ne nous sommes pas vues depuis quelques jours. Car après le passage éclair de Jack (et le licenciement de la bille qui me servait d'avocate), j'ai dû repenser aux prochains mois, et notamment à l'installation de mes enfants à Londres. Juridiquement je ne peux rien y faire, pour l'heure.

Maintes réflexions et tortures cérébrales plus tard, j'ai donc décidé de partir un temps là-bas afin d'être, sinon avec eux, pas trop éloignée. Je tiens à rester un point de repère dans le déplacement, le changement d'école, de quartier et de langue. Je ne m'éterniserai pas plus que ce qu'il faut, mais comment évaluer le temps nécessaire ? Je sais que mes petits monstres auront besoin de moi. Emily s'entend bien avec ma progéniture ? La belle affaire ! Ça ne tiendra pas sur la longueur, j'ai cerné cette femme. Elle a fait la danse du ventre à Jack pour le reconquérir alors que j'étais absente, et séduire un mec en se faisant apprécier de ses mômes est une stratégie éculée.

Après le départ de Jack du Mondrian, je suis allée errer du côté de Brooklyn Bridge, perdue, anxieuse, certaine d'une seule chose, la nécessité de retrouver Jules et Lili. Quand je suis rentrée à l'appart, j'ai fait part de mes réflexions à Crys, qui ne l'a pas supporté. M'imaginer lever les voiles à nouveau, avec cette hâte, sans certitude de la date de retour, ne lui a pas plu du tout ! Et je la comprends. Après ce qu'on a traversé pour se rejoindre, mon départ prochain lui semble cruel. Crystal ne peut pas mesurer la difficulté de cette situation : elle n'est pas maman. Et mes enfants passeront toujours avant n'importe qui, c'est un fait indéniable. Crystal n'a pas, comme de coutume, tempêté, râlé, exigé : elle a exprimé sa grande tristesse. Elle savait ne pas pouvoir entrer en compétition avec les jumeaux, et ne le souhaitait pas. Son désir d'éloignement (qu'il soit durable ou pas) trahit un besoin de se détacher de mon statut de maman.

Je me souviendrai toujours de ce moment : nous deux, face à la cheminée artificielle, un verre à la main (whisky pour elle, Shiraz pour moi). Elle a tressailli, a masqué la douleur du coup, s'est réfugiée chez Lorenzo une poignée d'heures, est revenue et m'a suggéré de me réinstaller dans l'appartement payé par Modus le temps que nous réfléchissions à tout cela. Le fait d'avoir réservé un aller simple, ne sachant pas quelle sera l'issue de la guerre que je mènerai contre Jack, l'a ébranlée plus que je ne l'aurais imaginé. Ce départ brutal et péremptoire est inacceptable pour ma Girafe. Pour moi aussi, quelque part…

♦ ♦ ♦

J'erre parmi les espaces de la galerie, étonnée d'être à ce point félicitée, et de découvrir mes couleurs et mes formes sur les murs. Je reconnais à peine les visages. Les voix me parviennent dans un drôle de brouhaha. J'ai presque la nausée. Ai-je rêvé, ou une longue chevelure brune a fait son apparition à l'entrée de l'Agora Gallery ?

27

Crystal

JE SUIS DÉPITÉE. J'ai l'impression d'avoir renversé ma vie pour elle, et de me prendre encore la dure réalité en pleine tronche : ses mioches passeront toujours avant moi. Bien sûr, face à elle j'ai gardé la tête haute… Mais seule, le palpitant sectionné, je suis une fontaine et une épave.

Quitter *Girls on the Grill* et Alex, pour me dédier corps et âme à *Vintage* et Éléonore… Joli programme ! Sauf quand la filiale de *Vintage* qui m'engage est à New York et la blonde que j'aime à Londres ! Le sentiment d'injustice que j'éprouve est sans bornes.

Encore engourdie par le tiers de la bouteille de Macallan engloutie hier soir, je suis incapable de dessiner. Je griffe mon papier, je le noircis de traits enragés sans aucune forme, jusqu'à ce que la mine déchire la feuille. Et que Scarlett et Alceste s'en bagarrent les restes…

– Crys, tu ne vas pas te morfondre une semaine ? Reprends-toi ! Et réponds à Élé tant qu'elle est encore là !! me lance Lorenzo, accolé au chambranle de la porte.

– T'es relou. Tu serais dans quel état si Christian t'annonçait son départ pour Honolulu, hein ?

– Je ne dis pas que c'est simple, mais vous avez surmonté tant d'épreuves, ça vous rendra encore plus fortes ! Et moi je le suivrais…

– Pffff…

J'ai provisoirement renvoyé Éléonore dans l'appartement que Modus l'a autorisée à garder jusqu'à son départ. Mais je suis mal chez moi, sans elle, avec ses petites culottes de rechange, ses bâtonnets d'encens (Madame a la narine sensible), sa réserve de chardonnay qui me narguent. Je me sens aussi mal à *River Terrace*. Notre atelier grouille désormais d'inconnus envoyés par *Vintage*, cohorte de petites mains venues en renfort pour développer avec nous *Vintage by Crystal Roche*. Je ne suis à l'aise qu'entre les pattes de mon fidèle matou, qui ne m'abandonne jamais lorsqu'il flaire ma détresse.

La soirée à l'Agora Gallery : je n'ai pas pu. J'ai essayé pourtant. Montée sur mon 31 pour lui en mettre plein les sens, gavée d'alcool pour la contenance (idée stupide), gonflée à bloc pour lui faire une scène ou la convaincre en douceur de rester… je n'étais sûre de rien, prête à tout. Mais, juste après avoir franchi le seuil de la galerie, j'ai croisé son regard. Celui que j'aime tant, auquel je suis accrochée depuis le premier jour. Qui me fait perdre l'équilibre, brise mes certitudes. Et devant ses cils battants, je suis partie en courant. Que dire ? *Reste, je t'aime !* Pour quoi faire ? Ses maudits marmots écraseront toujours la balance.

♦ ♦ ♦

Une semaine plus tard : Lorenzo avait raison, je dois cesser de me morfondre. Élé est à Paris avec les avortons, la juge et tout le tintouin, et moi, j'ai du pain sur la planche. Elle me manque terriblement, mais ses priorités sont ailleurs. Que dit le dicton déjà ? Ne laisse personne être une priorité dans ta vie si tu n'es qu'une option dans la sienne. Facile à proclamer, moins évident à mettre en application.

La photo de nous deux prises à City Hall trône sur le meuble de l'entrée. (Élé me l'a mise sous cadre.) La lumière s'accroche au verre, comme pour la mettre en exergue et me rappeler que la vie est une garce. Par la fenêtre, le ciel parfumé m'invite à une marche régénératrice pour expirer mon exaspération. J'embarque Alceste, direction Central Park. Derrière mes lunettes noires, qui me protègent plus du regard curieux que les passants poseraient sur mes yeux gonflés que des rayons chauds du soleil, j'avance sans conviction. Le chat-roi ne moufte pas, il marche à mon rythme et en silence. Il sait.

Les pas lestés par l'amertume, je sens se propager en moi une colère titanesque. Après la phase de tristesse pétrifiée, vient la rage, subrepticement. Vicieuse, la rage. Incontrôlable. Mais je n'ai pas le temps ni le droit de me laisser emporter par un sentiment incontrôlable. Je pivote, change de direction, comme pour appuyer mes pensées, et je percute un autre corps, un peu trop fortement.

– Excusez-moi, dis-je sans lever les yeux.

Je reprends mon chemin vers les biquettes. Mais le corps en question s'agrippe à moi et son odeur me paralyse.

– Crys…

– Alex ? Que fais-tu là ?

– Je t'attendais. Je passe tous les jours une heure devant le zoo des enfants.

– Hein ?

– C'est ton refuge. Je me suis dit que la part de hasard ferait le reste et que je finirais sûrement par tomber sur toi, puisque tu refuses mes rendez-vous.

– Quelle drôle d'idée… Tu me connais bien.

– Tu dis souvent ça, pourtant ça ne m'a pas permis de te garder près de moi.

– Alex, tu sais bien que je t'aime beaucoup, mais c'est compliqué. On ne veut pas la même chose. Et puis, tout ça ne dépend pas que de toi et moi. J'ai un passif. Des démons et des rêves… insaisissables d'ailleurs… je divague.

– Hein ? Je ne te suis pas.

– C'est normal.

J'attrape son pull et le tire à moi pour un câlin. Un *hug* réconfortant, qui dit à la fois plus et moins que les mots.

–Viens nourrir et caresser les biquettes avec moi.

–D'accord.

Il prend Alceste dans ses bras, ma main dans la sienne. Je m'abandonne, juste pour cet instant. Il l'a bien mérité… et moi aussi.

♦ ♦ ♦

LE PIRE, C'EST QU'AVEC TOUT CE SECRET AUTOUR DE NOUS, PERSONNE NE SE SOUVIENDRA QU'ON A EXISTÉ. C'EST COMME SI J'AVAIS RÊVÉ NOTRE HISTOIRE.

Ce SMS d'Alex me renverse.

MOI JE M'EN SOUVIENDRAI.

Je ne peux rien lui donner de plus pour le moment.

♦ ♦ ♦

Je suis distante malgré moi avec Éléonore. Depuis son retour, qui ne présage qu'un nouveau départ prolongé, je suis partagée entre l'autoprotection et l'envie de dévorer chaque minute avec elle. N'en résulte qu'une attitude en demi-teinte que je maudis.

Ce soir, j'ai décidé de passer la voir dans son appartement, à l'improviste. Et me voilà figée, à l'entrée de son immeuble. Impossible de bouger, depuis trente minutes. J'attends un signe, une illumination. Quelqu'un ou quelque chose qui me dise quoi faire. Courir après un courant d'air ? M'accrocher aux racines d'un arbre qui ne s'intéresse qu'à la pousse de ses branches ?

–Crystal, chérie ?

Voilà le clin d'œil du destin. Si Crys ne va pas à Élé, Élé vient à Crys.

–Je n'arrivais pas à me décider à monter. Tu vas où ?

–Je sortais acheter des bougies. Pourquoi hésitais-tu ? Viens par là…

Barbie me serre contre elle et m'embarque à l'intérieur. Dylan appelle l'ascenseur mais ne monte pas avec nous. A-t-il compris que nous avions besoin d'intimité ? Quelques secondes plus tard, j'aurais voulu qu'il pense autrement. L'engin sursaute et se bloque, sans prévenir. Je flingue Élé du regard. Ma claustrophobie ne va pas supporter la blague.

– Putain, c'est quoi ce bordel ?

– Calme-toi ma Girafe, ce n'est sûrement rien. On va déclencher l'alarme et Drogo… euh, Dylan va faire le nécessaire.

– Drogo ? Pas idiot ce parallèle…

Je tombe à terre et me recroqueville. Je sens que je manque d'air. Je fouille mon sac et en extirpe une cigarette.

– Ah non, Crys, pas ici, t'es dingue, on va mourir…

– Tu ne vois pas que je suffoque ? C'est mon pire cauchemar d'être bloquée dans un ascenseur. Il faut que je me détende.

– Regarde autour de toi, il n'est pas si étroit et les miroirs donnent cette impression d'espace. Concentre-toi là-dessus et file-moi cette menthol. Je vais te détendre autrement moi…

Élé déboutonne mon jean et le fait coulisser sur mes jambes.

– Mais, si quelqu'un ouvre ??

– Depuis quand ça te fait peur ?

Un point pour la blonde. Elle colle sa bouche et fourre sa langue. La sensation de fraîcheur est agréable. Son souffle ponctue ses mouvements, de façon délectable. Je ferme les yeux… et reprends le contrôle de ma respiration qui n'est plus haletante pour la même raison.

♦ ♦ ♦

Deux semaines plus tard, nous sommes en pleine fusion des derniers moments. On s'attrape, on ne veut plus se lâcher. On sait que les heures sont comptées. Mais tous nos ébats se réfugient dans le déni. On ne quitte presque plus mon appartement, tout est prétexte à se vautrer dans les draps, dans la baignoire ou sur le sol. Lorenzo me couvre à *River Terrace* : je suis censée travailler de la maison pour ne pas contaminer l'équipe avec mon affreuse grippe-bronchite-rhinite doublée d'une bonne gastro carabinée. L'amitié, c'est sacré.

28

Éléonore

Si je crois aux relations à distance ? Je préfère ne pas y penser. Ce matin, nostalgie dans les yeux, Crys m'accompagne à JFK, avec une absence de reproches qui m'étonne. La fougue incendiaire de la Girafe semble jugulée. Nos derniers moments ensemble avant la séparation physique nous ont encore un peu plus soudées. Je n'ose imaginer les impressions qui nous relieront malgré tout, au-dessus de l'Atlantique, demain matin. Lorsque, l'une et l'autre, nous nous éveillerons avec un oreiller froid à côté du nôtre.

J'ai volontairement laissé la majeure partie de mes affaires chez elle, n'emportant que des fringues. Je ne lui demanderai jamais de tout abandonner pour me rejoindre à Londres, qui pour moi n'est qu'un choix provisoire. Non, impossible de lui réclamer l'ultime sacrifice : renoncer à ce qu'elle construit à New York depuis son arrivée. La série, l'atelier de Tribeca, et maintenant *Vintage*... Dans la City, je me débrouillerai très bien avec ce que j'ai dégoté : un petit appartement de trois pièces que je loue meublé – du sèche-cheveux à l'aspirateur à miettes. J'y mets le prix, mais ça me semble si important de lui offrir quelques gages de ma sincérité quant à mon retour.

Après avoir enregistré mes valises, nous nous avançons vers les frontières au-delà desquelles il faudra cesser de se tenir par la main.

– Chérie, ce ne devrait être l'histoire que de quelques mois. Je n'ai pas l'intention de vivre chez les British, loin de toi…

Crystal ne répond rien, enfouit son nez dans mon cou pour respirer une dernière fois mon odeur. *Miss Dior Chérie*, un parfum que je porte, même si je le trouve très sucré, parce qu'il la met en appétit et qu'elle me l'a offert.

Quand je me projette dans le futur, supposant qu'on arrivera à surmonter cet obstacle de quelques mois de transition, je me demande comment elle passera d'une relation amoureuse et passionnée, exclusive et romantique, à une famille recomposée où elle sera un genre de belle-mère cool, qui aura un peu son mot à dire, mais pas vraiment ? Et comment Jules et Lili, accoutumés à un schéma classique (Papa-Maman des deux côtés d'une mer ou d'un océan, mamy disponible), réagiront-ils ? Si toutefois je parviens à les ramener avec moi…

On s'arrête quelques instants devant un stand où j'achète des journaux. Je la surveille du coin de l'œil, elle envoie quelques textos de femme d'affaires. Elle gère la fin de son aventure GOTG, *Vintage*, la suite. Au fond, qu'a-t-elle prévu ? Lorsque je lui ai posé la question ces derniers jours, elle m'a fait signe de me taire et m'a embrassée.

– Je te demande ce que tu vas faire, toi, après l'Agora Gallery ?

– Tu le sais, banane !

Continuer à peindre, bien sûr. L'exposition et les ventes m'ont donné des ailes.

Cette interrogation n'a pas beaucoup d'importance, surtout au moment où nous la formulons, alors que l'on se quitte pour une période indéterminée. Les avenirs professionnels sont incertains. Les succès vont et viennent. On s'y agrippe, on y fixe une grande partie de soi, qui au fond ne nous reflète guère ou que platement. Alors oui, l'expo a été un succès. Mon diptyque *Ladies* a été vendu contre une somme indécente à un grand collectionneur, et on m'a comparée à un nouveau David LaChapelle version femme dans les magazines d'art. Nous n'en revenions pas, et j'ai même eu un coup de fil de la juge qui m'a provisoirement retiré mes enfants, pour m'exprimer son admiration. (La garce n'est pas revenue sur sa décision pour autant, tenue par je ne sais quel obscur marchandage de Jack.) Crys va énormément me manquer et je sais que je fragilise l'équilibre que nous avons retrouvé depuis qu'elle a quitté Alex – alors qu'elle a encore des sentiments pour lui, je ne suis pas dupe.

Entre les lignes, je déchiffre son inquiétude. Qu'une fois à Londres, j'aie du mal à revenir… Elle finit de textoter, me regarde, sourire forcé. Je n'aime pas cette absence de paroles entre nous, j'ai l'impression qu'on casse quelque chose alors que l'on va juste devoir s'aimer au loin, de façon temporaire. Je ne veux pas briser mon cœur plus que le sien. Et, la vie sans elle, je ne la visualise plus.

Il est l'heure de passer les premiers portiques de sécurité.

– *Bye bye*, Barbie… fait-elle tristement.

Je me love contre elle et l'embrasse avec ferveur.

– On fera l'amour via Facetime !

Elle esquisse une grimace, que j'imite. Évoquer cet aspect de la situation me balance dans la gueule une évidence : Crys rencontre certaines difficultés à se passer de sexe bien réel, avec un partenaire en chair et en os, plus de quelques jours.

♦ ♦ ♦

Un mois plus tard.

6h45. La sonnerie du téléphone me flanque un abominable mal de tête. J'attrape l'engin qui beugle pour lui claquer le beignet et retourner au chaud sous la couette, avec mes chérubins. Commence alors une dernière partie de la nuit, très courte, que j'adore : Lili à ma gauche, Jules à ma droite, se collent contre moi et je les câline en attendant 7h, ligne jaune à partir de laquelle si on ne se lève pas, on sera en retard pour l'école.

Compte tenu des prix londoniens, je suis assez satisfaite de mes soixante mètres carrés meublés, en rez-de-chaussée certes, mais avec jouissance privative d'un petit jardin au fond duquel une remise, parfaitement isolée, me sert d'atelier. Les deux chambres sont agréables et claires, la vaste salle de bains avec baignoire d'angle devrait satisfaire Crystal, et l'on paresse bien volontiers dans le gigantesque canapé du living-room à moquette épaisse. Je compte les jours qui restent avant la visite de ma Girafe, programmée bientôt. J'espère qu'elle aimera ce lieu baigné de lumière et de plantes vertes, la cuisine dinatoire cosy où l'équipement devrait lui inspirer mille inventions culinaires. Quant à moi, je devrais avoir honte de ne m'être servie que du micro-ondes jusqu'à présent... Lors de mes recherches à distance, je faisais en sorte de la consulter pour qu'elle se sente concernée par ce déplacement. Elle m'a aidée à repousser les fausses bonnes idées : beaux appartements situés trop loin du centre, studios pas chers dans des environnements moins agréables... Mais me rejoindra-t-elle un jour ? Rien n'est moins sûr. Elle avait l'air heureuse de constater que je ne visais que des logements avec deux chambres. (Elle connaît mon goût pour le co-dodo avec les jumeaux dès l'aube.) J'aurais pu ne prendre qu'une chambre et moi-même dormir dans le salon lorsqu'ils sont présents mais où aurait été la nôtre, symbole de notre couple et de notre intimité ? Ou alors, s'imagine-t-elle maintenant qu'avoir opté pour deux lieux de couchage, c'est pérenniser une situation dans une ville où je prétends ne pas vouloir rester ? Tout s'embrouille dans ma petite tête.

Je serre les enfants contre moi. Effort surhumains pour nous secouer tous les trois : 7h07, ça craint !

– Debout mes p'tits loups !

– Naann... pas déjà ! grommelle Lili.

– J'peux avoir un toast *with peanut butter and jelly?*

J'observe la bouille de Jules, très à l'aise avec sa double culture et la langue que son père pratique le plus au quotidien. Pendant qu'ils vont se laver le visage, se peigner, s'habiller (je prépare leurs vêtements la veille), je m'active dans la cuisine. Je n'ai pas beaucoup d'appétit et pourrais me contenter d'un bol de café bien noir, mais je me force à presser quelques oranges pour nous trois, et à ingurgiter un peu de muesli. Je dois avoir l'air vaguement perdue, attablée avec eux, car Lili me sort de mes pensées :

– Ça va, Maman ? Tu es triste parce que ce soir on rentre chez Papa ?

– Oui ma bichette, c'est exactement ça.

Je pense en réalité à une discussion que Crys et moi avons eue hier soir. En quatre semaines à peine, j'ai ressenti un ralentissement entre nous, et je le lui ai manifesté. Elle ne m'a pas contredite. Est-ce parce qu'il y a un manque sexuel, de son côté, elle qui en est si assoiffée ? La fidélité a souvent été une valeur absente de son panthéon personnel, dès lors que l'objet de son désir n'était pas immédiatement disponible. Mais elle m'a avoué n'avoir jamais aimé quelqu'un comme elle m'aime, alors peut-être a-t-elle vraiment changé ? Dans le cas contraire, impossible de lui en vouloir, si elle me trompe, ce sera de ma faute : une fois de plus, je l'ai plantée à l'orée d'un truc génial entre nous. La première fois, je souhaitais donner une chance à mon mariage. La seconde, ne pas abandonner mes enfants… Serai-je donc toujours tiraillée ainsi ? Condamnée à la retrouver au milieu d'histoires complexes, favorisant peu l'établissement d'une relation durable ?

Nous nous parlons tous les jours. Elle a suivi en détail mon arrivée, mon installation, les virulentes disputes avec Jack (qui la gavaient prodigieusement, mais dont j'avais besoin de parler), la mise en place de notre rythme de croisière… Elle a constaté, sans que je sois explicite, ma parfaite adaptation à la vie londonienne. Elle n'a pas réagi. Et c'est ce qui me fait peur.

– Maman, on va être en retard !

Lili me regarde avec anxiété. Jules est plus décontracté à ce niveau-là ! Alors que sa jumelle enfile d'elle-même son uniforme, mon petit gars traîne les pieds, tente de gratter cinq minutes supplémentaires de cartoon sur l'iPad, soupire à l'idée de prendre le bus de 7h50.

– C'est mieux chez Papa ! On n'a qu'à descendre dans la rue avec Emily, marcher un peu et on est à l'école. On se lève plus tard…

Coup au cœur.

– D'ailleurs, Maman, pourquoi tu habites toute seule ? Tu n'as pas d'amoureux, comme les autres mamans ?

♦ ♦ ♦

Je devrais bondir de joie : la Saatchi Gallery m'a commandé une série de toiles pour une belle rétrospective thématique sur le corps des femmes qui aura lieu l'année prochaine. Envie de me ruer sur le téléphone pour le raconter à Crys, seulement je risque de la réveiller. Il est onze heures chez nous, cinq heures à New York… *It sucks*. Je ne sais pas comment elle fait, de son côté, pour se lever et mener à bien toutes ses activités. Parce que moi, je sèche. Je me couche le soir la boule au ventre. Je redoute le mail qui remettra en question notre histoire. J'essaie de ne pas virer parano quand je n'arrive pas à la joindre ou qu'elle repousse la date de sa première venue à Londres.

Alors ce matin, me voilà comme une imbécile, devant mes toiles, avec ma bonne nouvelle mais personne avec qui la partager, dans mon slim et mon tee-shirt de travail, pieds nus sur le parquet. Et si je m'y prenais mal, avec Crys, dans cette distance ? Si je m'y prenais mal en général, dans mes amours ? Je me réfugie toujours derrière le fait de tomber sur des personnalités flamboyantes et difficiles à gérer au quotidien, mais peut-être que ma réserve naturelle, mon sens de l'esquive, ma terreur du conflit et ma caméléonite aigüe n'aident pas… Peut-être devrais-je devenir plus insistante, invasive, au lieu de prétendre respecter l'espace de l'autre ? Et si Crystal n'attendait que cela, sous couvert de son flegme hédoniste légendaire ?

Le manque. Je n'en suis pas à tomber dans les pots de crème glacées devant les navets de la télévision anglaise, mais je me suis inscrite au sport : ça veut tout dire. Moi qui prends des nouvelles de mes parents exilés six mois de l'année en Thaïlande avec la régularité d'un métronome (un dimanche sur deux), je me surprends à désirer davantage entendre la voix de mon père, dont je suis plus proche. Tous deux ignorent tant de ma vie – même du temps de Jack, je ne laissais filtrer qu'un minimum d'informations. De plus, Claudia et Céleste sont plus loin que jamais. Je m'aperçois de ma grande solitude – je connais du monde, mais cela reste du monde, des mondanités, justement. À qui me confier ? Pourquoi ai-je éprouvé le besoin d'ériger autant de défenses autour de moi ?

À la télé, un documentaire animalier. L'histoire d'un petit chimpanzé élevé par une autre femelle que sa mère. Les deux êtres, ayant perdu l'essentiel (le premier, sa mère ; la seconde, son bébé), se retrouvent dans une osmose parfaite. Chez nous, la greffe n'a pas pris. Ma mère n'a pas supporté de l'être sur un papier, et pas dans sa chair. Arrivée dans la vie de mon père alors qu'il était jeune et veuf, elle a tenté de s'imposer face au fantôme de ma génitrice décédée en couches. Elle n'y est pas parvenue. Mon père était encore sous le choc. Elle a endossé tous les rôles, protectrice, amante, conseillère, sans réussir à atteindre vraiment le cœur de mon père, qui me réservait le peu d'amour qui lui restait à donner. Chacun de nous s'est blindé, et nous avons évolué avec des armures de neiges éternelles. C'est un joli couple aujourd'hui, cela dit. Lui a continué de se murer, avec des dehors bonhommes et affables ; elle a ravalé son chagrin de ne pas être une étoile, veille sur lui et profite de la vie confortable qu'il lui assure.

Impossible de me concentrer pour peindre. Je me mets à ranger quelques papiers, consulte Facebook – Crys était hier soir en vadrouille dans Meatpacking avec sa chère Debbie (pointe de jalousie), au nouveau club tendance ouvert par le mari de Paula… Pourquoi n'ai-je pas été à cette soirée ? On se serait habillées ensemble, on se serait chamaillées, on serait montées sur des chaussures hors normes… Je secoue la tête. N'ai-je pas passé l'âge d'écumer les boîtes de nuit ? Nouvelle montée de stress : quelques années seulement nous séparent, mais elles créent forcément des gaps dans nos envies respectives. Pour moi, ça n'est pas grave… mais pour elle ?

Existe-t-il un manuel « Aimer sa femme au loin quand on est hétéro et mère de famille » pour les Nuls ?

Et puis soudain, une idée me percute. C'est difficile d'entretenir la passion par téléphone. Mais il y a une corde sur laquelle je peux jouer : la professionnelle, entrepreneuriale, artistique. Le fameux *CB*, le *Connected Bag*.

♦ ♦ ♦

– Chérie, je sais que tu y crois moins que moi…

– Toi, tu vas me parler du *CB* !

L'espace de quelques mots, de trois phrases, je sais qu'on peut repartir sur la même longueur d'onde. Mon engouement a réussi à déteindre sur Crystal, enfin convaincue. Il ne nous manque pas grand-chose pour parvenir à mettre sur pied un projet extraordinaire ! Mon intuition me souffle que c'est par là que se maintiendra notre complicité amoureuse. Je vais la titiller suffisamment sur le plan professionnel pour qu'elle se laisse guider ailleurs…

29

Crystal

J'ÉTOUFFE. « Hurt » de Johnny Cash tourne en boucle et je sens littéralement mon cœur se craqueler. Si j'ai tenté de sauver les apparences au départ, je dois avouer que je suis une coquille vide sans Éléonore. *Vintage* et ma collection Girafe m'occupent certes la cervelle et m'obligent à ne pas me noyer dans mon chagrin. Mais dès que mon attention s'égare du boulot, dès qu'une mouche vole et détourne ma concentration, je vacille. Je me sens amputée d'un membre, d'un organe vital. Je l'aime si fort, à tel point que je n'ai même pas eu l'audace de lui demander de me choisir aux dépens de ses enfants, parce que je veux son bonheur avant tout (et parce qu'à part la mettre dans une position inconfortable, ça n'aurait eu aucun impact sur les choix qui s'imposaient). Si j'ai eu des sentiments certains pour Alex, qui fera toujours un peu partie de moi, rien est comparable à l'ampleur de mon affection pour Élé. Cette femme a changé ma vie, s'est incrustée sous ma peau. *I've got you under my skin* chantait Sinatra ; c'est tout à fait ça. Pour elle, j'ai envoyé valser la seule relation stable à mon actif en dehors du lien qui m'unit à mes amis proches, à ma famille et au chat-roi. Impossible de m'imaginer la bague au doigt avec Alex alors qu'il n'y a qu'une personne sur cette planète capable de me mettre un fil à la patte : elle. Et me voilà aujourd'hui terrassée par son absence. Pendant qu'elle, de son côté, panique à l'idée que je la trompe alors que je n'y songe absolument pas. Elle ou rien. Je n'ai plus envie de personne d'autre, aussi étrange que cela puisse paraître. Et si je décale régulièrement la date de ma première visite à Londres, c'est avant tout parce que j'ignore si je trouverai le courage de revenir une fois que j'aurai retrouvé son odeur, sa frimousse et sa tendresse.

La situation me donne beaucoup à réfléchir. Comment ai-je pu passer de la fille libérée, presque libertine, sans attaches et sans ambition qui se conjugue à deux, à la fille mordue d'une autre, plus capable de voir la multitude derrière son image irradiante ? Peut-être faudrait-il commencer par le début… Comment suis-je initialement devenue cet ovni sur la planète des relations amoureuses ? Quel a été l'élément déclencheur de mon envie insatiable de tout goûter, de ne rien faire comme mes copines dites « normales » ? Ces questions m'asticotent depuis plusieurs années, mais c'est seulement depuis mon installation aux États-Unis que j'ai pris suffisamment de recul sur mon mode de vie parisien pour me pencher réellement sur le sujet. Contrainte de m'assagir – de par mon aventure professionnelle et mon histoire avec Alex –, la distance avec mes habitudes excessives m'a permis de m'analyser un peu. Comment est née cette soif de découvertes en tout genre, ce besoin d'enchaîner des noms sur un tableau de chasse (comme un homme, à qui on le pardonne plus volontiers), cette conviction que le trop-plein de jouissance est la seule clé du bonheur ? Sans faire de la psychologie de comptoir que j'exècre, je crois que la réponse est outrageusement simple et réside dans ma peur de l'abandon et de la solitude.

L'abandon ? Une crainte d'enfant que l'on garde, ou non, chevillée au corps les années passant. Je n'oublierai jamais ce jour où le compagnon de ma tante (la sœur de mon père) a quitté le nid sans un mot, un au revoir ou un coup de fil, après quinze ans de vie commune. On ne l'a jamais revu. Elle est alors venue noyer son chagrin chez nous pendant un temps. Puis elle a commencé, très vite, à dépérir, refusant de s'alimenter, de tourner la page et de se projeter dans le futur. Ça a été l'engrenage. J'avais dix ans et pourtant j'ai tout compris. L'impuissance de mon père qui était certes son frère mais pas « l'amour de sa vie », l'absence d'enfants qui auraient pu peser dans la balance, l'hôpital psychiatrique, l'envie de mourir. Et le passage à l'acte. L'enterrement. La détresse de mes grands-parents, de toute ma petite famille. Tout ça pour un homme lâche, un homme érigé en pilier qui a fait s'effondrer la baraque. Cet événement tragique a marqué ma jeune existence d'une frayeur : la possibilité que moi aussi, on me jette à la poubelle et que je n'y survive pas. C'est d'ailleurs ici que mon attachement presque enfantin à mes parents prend racine. Combien de fois ai-je entendu « coupe le cordon, Crystal ». Quelle idée saugrenue ! Oui, j'ai su, contre toute attente, gérer l'éloignement physique avec mes proches, mais pas une semaine n'écrase le calendrier sans que je prenne le temps d'entendre leurs voix. Si je tente de le faire souvent avec une grande discrétion, c'est à la fois par pudeur et pour ne pas perdre cette image de jeune femme forte qui me permet de rester blottie derrière ma carapace. Je me suis toujours persuadée que dévoiler mes failles ou mes faiblesses permettrait aux gens mal intentionnés de s'y infiltrer pour me nuire. Alors je n'ouvre la porte qu'à mes essentiels, les quelques alliés que je sais fidèles et bienveillants, tels que Lorenzo et Paula. Ceux qui ne me jugent pas. Autre angoisse terrible : celle de ne pas être à la hauteur de l'autre. Pour éviter cet écueil, j'ai choisi la facilité. Ne devenir importante pour personne sentimentalement parlant, de façon à ne pas risquer de perdre cette importance.

La solitude ? À présent, on ne se douterait pas que mes jeunes années ont été bien solitaires. En maternelle et en primaire, on aurait pu me résumer à la gamine marginale qui griffonne dans son coin et est beaucoup trop grande pour se fondre dans la masse des gosses, impitoyables avec la différence. Plus j'essayais de grappiller l'amitié, plus j'étais mise au ban de mes camarades, avec les supposés loosers. C'est quoi un looser ? Quelqu'un qu'on ne comprend pas ou qui ne nous ressemble pas ? Une petite fille mal dans ses pompes qui se destine justement à fabriquer des chaussures dans lesquelles on s'épanouit et on se sent belles ? Quoi qu'il en soit, ce pan de vie a laissé en moi des traces indélébiles. Lorsque je suis devenue populaire au collège, j'ai décidé de tout mettre en œuvre pour ne plus ressentir à nouveau cet isolement, ce désert affectif qui détruirait n'importe quel enfant. Alors, je me suis entourée d'une petite cour et n'ai eu de cesse de rechercher l'abondance. Parce que l'abondance, ça ne se tarit pas. On ne remarque pas les absents dans la foule si on ne les a pas érigés en éléments essentiels. J'ai construit tout sur cette même base. Des aventures mais pas trop de lendemains sous la couette, un répertoire sexuel en cas de néant persistant, des hommes et des femmes pour avoir le choix (et par goût naturellement) et rien de gravé dans le marbre. Jusqu'à Éléonore, jusqu'à ce que l'amour me bouleverse plus que le désir. Jusqu'à cette conviction que plus que deux corps, ce sont deux cœurs qui se sont reconnus. Jusqu'à ce que même en ayant, mutuellement et à tour de rôle, lutté contre l'évidence, cette dernière finisse par décaper les doutes et tracer des chemins de traverse pour nous.

Quand mes yeux perdus dans le vague se raccrochent à la réalité, j'aperçois Alceste qui se balade nonchalamment sur le meuble TV et tente une pirouette en direction de ma chaîne hifi. « Putain Alceste, DESCENDS TOUT DE SUIIITE ! » Rouge colère, je bous. Ce crétin cherchait simplement à attirer mon attention et à me rappeler qu'il existe, puisque je le néglige. Un point pour le tigré, je ne vois plus que ses marques de pattes dans la poussière. *Oui, il faut que je fasse le ménage, que je te nourrisse et qu'on sorte bouger nos gras. Mais pour l'heure, j'agonise. Tu comprends ?*

♦ ♦ ♦

River Terrace. Choc d'émotions contradictoires. Je tombe sur la chaise la plus proche, faisant sursauter Scarlett et Alceste en pleine sieste. Alors que je maudis tous les jours l'Atlantique qui fait barrage entre Élé et moi, Lorenzo et Christian m'annoncent une merveilleuse nouvelle : ils sont désormais fiancés ! Des larmes s'échappent instantanément de mes yeux écarquillés de bonheur, de surprise et d'un brin de jalousie. En reprenant mes esprits, je me jette dans leurs bras tendres. Je les écoute me raconter le déroulement de cette demande en mariage digne d'un film hollywoodien. Chris a sauté le pas hier soir et organisé une proposition à la hauteur de leur amour et de leur folie. Il a d'abord emmené Lolo à Time Square où il avait réussi à faire afficher un « I Love you Lorenzo » sur écran géant, pour le surprendre et donner le ton de la soirée. Ensuite, ils sont partis main dans la main au Madison Square Garden. Un peu plus tard, alors qu'ils chantaient et dansaient passionnément sur les chansons de Cher, Christian (qui connaissait vaguement la chanteuse – ayant déjà visité sa clinique de chirurgie – et avait pu prévoir son coup de maître) est monté sur scène et a fait sa demande devant une salle comble et un Lolo bouleversé. *Waouh*. Je suis impressionnée. Le moment a été immortalisé en vidéo par un membre du staff et par des dizaines de fans époustouflés qui le relaient sur YouTube depuis ce matin. Je meurs d'envie d'appeler Éléonore pour lui conter tout ça. Aurons-nous, un jour ou l'autre, notre happy end nous aussi ?

♦ ♦ ♦

En deux mois et demi, ma collection pour *Vintage* a pris forme. Si me lancer dans le design d'accessoires nouveaux pour moi, tels que le porte-clés, le chèche et la ceinture, a été un peu délicat au départ, je crois que la séparation d'avec Éléonore m'a donné toute la force nécessaire. En effet, le manque et la tristesse ont facilité l'inspiration (la douleur aide la création, c'est bien connu) et le besoin de me concentrer pour ne pas sombrer dans la dépression m'a rendu incroyablement productive dans un délai pourtant serré. Cet imprimé girafe nous amuse toujours autant avec Lorenzo, et nous avons le sentiment qu'il pourrait lancer une mode estivale. La chaleur de la saison et la reine de la savane devraient faire bon ménage. *Fingers crossed*.

Parallèlement, je commence à tracer les contours du *Connected Bag*, le *CB*, l'accessoire auquel Éléonore croit dur comme fer. Elle revient à la charge sur le sujet depuis un certain temps et je me dis qu'elle n'a peut-être pas tort : chaque fois que nous avons travaillé ensemble sur un lancement de produits, le succès a été au rendez-vous. Ma passion pour les sacs à main est aussi intense que celle pour les chaussures et ajouter à cela une dimension « connectée », très générationnelle, c'est sûrement un coup de génie. Cette idée nous a encore rapprochées, malgré les kilomètres qui font barrage. Elle a créé un nouveau lien, ajouté une corde supplémentaire à l'arc qui nous unit. On a retrouvé l'effervescence des débuts à Paris, des brainstormings qui stimulaient autant nos cerveaux que nos désirs. Pourtant, ce sac révolutionnaire et nos projets pour lui soulèvent une question inévitable : comment allons-nous travailler, nous aimer et avancer quand l'une est vissée à Londres pour ses enfants et l'autre à New York pour ses créations ? La vraie interrogation n'est-elle pas finalement : quelle ville sera l'élue ? Il me paraît évident, après ces semaines sans elle, que l'une de nous deux va devoir renoncer à ses priorités annexes parce qu'aucune ne renoncera à ce précieux « nous ».

Si je suis attachée à mon chouette appartement qui vit au rythme des couleurs de Central Park, à l'atelier de Tribeca – symbole de mon évolution complice avec Lorenzo –, aux quelques amitiés que j'ai nouées ici, à ma collection pour *Vintage* et aux souvenirs d'Alex et de *Girls on the Grill* qui existent dans la Grosse Pomme plus qu'ailleurs, je n'arrive plus à voir un seul de ces éléments comme essentiel face à mon amour pour Éléonore. L'appartement ? J'en trouverai un autre. L'atelier ? Lorenzo peut le gérer sans moi, autrement, surtout maintenant que *Vintage* l'a investi. Mes attaches ? Paula est une amie sans frontière, Debbie et Steffie ne m'en voudront pas de suivre mon cœur, Lolo a trouvé sa perle rare. La collection Girafe ? Elle sera en boutique très prochainement et les puissants de *Vintage* ne tarissent pas d'éloges sur nos réalisations en cours de finition. Alex ? J'espace nos échanges parce que je sais que pour guérir il a besoin de m'oublier et de tourner la page, ce qu'il commence à comprendre à son tour. Quant à *Girls*, les épisodes des deux premières saisons seront toujours là pour me rappeler le chemin parcouru et la satisfaction d'avoir fait partie de cette aventure.

Alceste sur les genoux, cigarette au bec et esprit à la dérive, je regarde mon écran d'ordinateur où défilent les prix des billets pour la City. Je ne me demande plus si je veux faire le doux sacrifice de la rejoindre, mais quand cette décision va prendre place sur mon calendrier…

30

Éléonore

EXCITATION MAXIMALE. Je crois que je pourrais jouir, là, tout de suite. (Crys, sors de ce corps !) Debout, devant ces quatre personnes qui me fixent dans les yeux, l'air béat, un sentiment de fierté gonfle ma poitrine.

Ils m'ont applaudie. Après la fin de ma présentation du *CB*, j'attendais devant mon *paperboard*, anxieuse, même si j'ai bossé comme une dingue pour ce meeting, au cours du mois qui vient de s'écouler. J'ai été sacrément aidée par un copain de Christian et Lorenzo qui bosse dans la finance, ici à Londres, afin de construire le business plan. Lequel copain a monté cette réunion avec la British Business Angels Association, puisqu'il croyait fort, comme moi, à ce projet sorti de mon petit cerveau de blonde.

Crys avait froncé le nez :

– Des business angels ? Et tu ne veux pas plutôt qu'on reste indépendantes, toi et moi ?

– Ma Girafe, fini le temps où tes petites économies filent dans tes créations ! Et puis, de toute façon, ni toi ni moi ne pouvons investir l'argent dont on va avoir besoin.

– Et… Paula ? Tiens, ça oui, elle pourrait investir ! Elle m'a toujours suivie…

– Oui, et pourquoi pas Claudia ?? Et puis quand l'affaire prendra de l'ampleur, comme elles ne s'entendent pas très bien, que moi j'ai du mal à supporter Paula et toi Claudia, on se chamaillera toutes parce que dès que l'argent entre en jeu, la donne change… Non, chérie, fais-moi confiance. Ce concept est financièrement un bon coup, et il faut se montrer pro. Donc ne pas aller faire les yeux de biche à nos copines mais prendre notre respiration et nous jeter à l'eau !

Un local, une community manager (oui, on fera venir la Debbie adorée de Crystal si le projet se concrétise), une attachée de presse, une directrice des ventes qui aura en charge de prospecter les lieux de distribution physique envisageables à travers le monde (des équivalents du Bon Marché à Paris, car nous n'imaginons pas les *CB* au Monop), deux informaticiens pour développer, l'un le système électronique du *CB*, l'autre l'appli Smartphone et le site web sur lequel on commercialisera le produit. Petit à petit, ma fièvre a gagné Crys, que j'ai sentie s'investir à fond dans le design de notre nouveau bébé en gestation. Elle a également fait le croquis de certains éléments qui seront vendus avec le sac : la pochette de beauté, le flacon de recharge du parfum, le carnet électronique.

Cette période de préparation a été délicieuse malgré notre distance physique, et en dépit de mes disputes quasi quotidiennes avec Jack. La nouvelle lubie de ce dernier : il est convaincu que j'ai retrouvé quelqu'un dans ma vie et me harcèle à ce sujet, prétendant que le dissimuler crée une tension qu'il constate chez les enfants – du délire ! Sa jalousie maladive m'étonne, n'est-il pas peinard avec son Emily ? Pourquoi me poursuit-il avec ses questions ? Cela dit, il a raison sur un point : il va bien falloir que Maman explique à Jules et Lili qu'elle aime une jeune femme brune aussi solaire qu'ombrageuse, généreuse et parfois casse-couilles, emportée… et pas maternelle pour deux sous. Je peine à imaginer la cohabitation Crystal/les nains. (Oui, je sais qu'elle les appelle ainsi lorsque je ne suis pas présente, et au fond cela m'amuse.)

Réunions Skype ou Facetime selon l'humeur, papotages jusque tard dans la nuit pour moi, ou un peu matinaux pour elle, parfois avec l'ami de Lorenzo et Christian, souvent avec Debbie... Ce qui m'inquiète le plus : le recrutement des deux informaticiens. Le succès du *CB* dépend beaucoup de compétences qui relèvent du haut niveau. Il nous faudra dénicher un ingénieur pointu, accessible en termes de salaire et doté d'une imagination sans bornes.

Je regarde les quatre quadras sérieux, rassemblés autour de moi, et me remets doucement de l'ovation que je viens de susciter.

– Éléonore, c'est absolument génial.

– C'est renversant.

– Révolutionnaire.

– Tellement moderne !

– Les croquis sont magnifiques, élégants et ergonomiques à la fois !

– Impossible de ne pas intéresser des investisseurs...

Je biche, et je regrette l'absence de Crys. C'est mon succès tout autant que le sien... Seule consolation, elle assistera aux prochains rdv puisqu'elle a pris la décision que je n'aurais jamais osé lui suggérer. Mon volcan débarque... à la fin du mois !! Tout feu tout flamme, bien décidée à faire s'envoler notre *CB* au firmament ! Et moi aussi, au passage... J'avoue que j'ai autant hâte de la retrouver dans ma vie que sous ma couette. L'œuf vibrant se révèle nettement moins drôle à utiliser toute seule.

Plus tard, au téléphone, quand je lui raconte la réunion, la Girafe se met à piaffer de plaisir à son tour. Le must ? Elle a dégoté le nom de la boîte que nous montons pour commercialiser notre idée : *Ladies' Choice*.

♦ ♦ ♦

Journée de galères.

En attendant les rendez-vous avec les investisseurs, j'ai commencé à visiter quelques locaux professionnels, je trouve tout hors de prix et très vilain. Ça me déprime, autant que de devoir chercher les jumeaux chez leur père tout à l'heure – ils ne sont pas allés à l'école, cloués au lit par une indigestion partagée par Jack et Emily, due à une préparation culinaire de cette dernière un peu douteuse. Si les savoir en piteux état ne m'amuse pas, je ris intérieurement de la situation : cette petite arrogante ne sert définitivement à rien.

J'ai commencé à réorganiser l'intérieur de l'appartement pour la venue de Crys. Il va aussi falloir trouver une solution pour rapatrier ses affaires et les miennes, elle n'a pas le temps de s'en occuper avec la fin de son contrat pour *Vintage*. Lorenzo et Christian avaient promis de mettre la main à la pâte, mais quand ça devient concret… c'est un truc tellement pénible à faire qu'il n'y a plus personne ! Il doit y avoir un moyen d'emballer la totalité de ce qu'on a entreposé dans l'appartement de Crys, et de le faire envoyer ici à Londres par des déménageurs ? *Mamma mia*, ça va coûter un bras… Ou alors je pourrais demander… à Barbara. La pauvre est tellement inoccupée et désemparée depuis mon départ qu'elle m'a envoyé plusieurs mails enamourés. Ma Barbante n'a pas dissimulé son envie de me rendre visite à Londres, on croit rêver. Quelle mauvaise idée ! Si elle savait que Crystal et moi formons un couple, tout New York et Paris serait au courant dans la demi-heure. Et, en même temps, à quel moment on commencera à vivre notre histoire au grand jour ? Pourquoi se cacher, encore ? Elle est libre, je suis en plein divorce, on est majeures et consentantes, on ne travaille plus ensemble dans le cadre de Modus ou GOTG… Pourquoi j'éprouve encore un frein à admettre la réalité et la vitalité de cet amour ? Les vieux restes d'une éducation judéo-chrétienne à la con que ma mère a essayé de me transmettre ?

À la Saatchi Gallery, problème également : le programme des expos a dû être modifié et mon accrochage est décalé de quelques mois. Je bous d'impatience, j'ai envie que le temps passe plus vite, sauter quelques semaines, ne plus voir la tronche de Jack, mettre mes peintures dans l'endroit le plus chic qui soit – et vider un peu la remise dans laquelle je peine à entrer, m'ayant conduite à envahir le salon avec mes toiles et mes palettes.

J'arrive devant la magnifique maison victorienne louée par Jack en bordure de Hyde Park. La rue est tranquille, cossue, contrastant avec un quartier rempli d'ambassades et de boutiques de luxe, de grands hôtels. Ça ne m'étonne pas que ce flambeur ait choisi d'y vivre !

Jack m'ouvre, le teint pâle, et m'agresse immédiatement :

– On avait dit 17h pour venir les prendre !

– Jack, tu ne vas pas me faire une scène pour dix minutes de retard quand même ?

– Tu n'as aucun respect du timing des autres, c'est tout toi, ça.

– Ah oui, parce que tu as des rendez-vous, peut-être ? Je croyais que vous étiez tous les quatre cloués au lit depuis hier...

– Mamannnn !

Jules et Lili bondissent comme des cabris, heureux de me retrouver. Ils ont l'air de s'être remis de leur petite indigestion collective bien plus vite que leur père ! J'entends au loin la voix geignarde d'Emily. C'est le moment de battre en retraite...

– Je veux que tu les ramènes dimanche à 18h. *Sharp* ?

– Mouais.

– *Sharp*, OK ?

– C'est bon, j'ai compris !

– Écoute-toi, tu parles comme une gamine, qu'est-ce qui te prend ?

– Et toi, qu'est-ce qui te prend de me sermonner, pour dix malheureuses minutes ?

– Éléonore, ce que tu peux être égoïste !

Les jumeaux baissent le museau. Ils détestent nous entendre échanger ce genre de propos. Je me fais la promesse d'exiger de Jack, plus tard et hors de portée de leurs oreilles, de ne plus régler nos comptes devant eux. Leur père tourne les talons au second appel de sa compagne, j'en profite pour sauter les trois marches de perron avec la menotte d'un jumeau dans chaque main.

Les mômes sont déchaînés, aussi nous décidons de marcher dans l'immense Hyde Park, ils adorent ça. On sautera dans un bus pour revenir à Notting Hill si nos pieds fatiguent trop !

J'ai toujours aimé le quartier où je me suis installée, que Jack déteste. Pas assez chic pour lui sans doute, qui ne jure que par les signes de richesse un peu ostentatoires. Lorsque nous étions ensemble, je ne le voyais pour ainsi dire pas... mais cela me saute aux yeux désormais. Notting Hill, ce sont les boutiques de mode, les magasins d'occasion de musique, les brocantes et les antiquaires. Un passé. Des émeutes. Un film inoubliable. Des rues colorées, empreintes d'histoire...

♦ ♦ ♦

Je consulte mon téléphone et bondis : encore un message de la Barbante ! Cette bonne femme est hallucinante. Elle vient de s'inscrire sur Facebook, découvre les joies de Twitter et emmerde le maigre carnet d'adresses qui lui reste en l'inondant de posts absurdes. Je n'en peux plus de voir sous toutes les coutures sa Lilly Rose à quatre pattes !

À côté de moi, Crystal gémit, encore dans ses rêves. Je la regarde, émerveillée qu'elle soit là. Un petit ronflement discret : j'ai autorisé Alceste à dormir exceptionnellement avec nous le premier soir, et évidemment j'ai craqué pour la suite. Je caresse l'épaule de ma brune, enfile un peignoir pour lancer la cafetière dans la cuisine. J'aime ces moments où j'évolue dans l'appartement le matin, tandis qu'elle dort. J'ai l'impression de veiller sur son sommeil, sa créativité et sa joie de vivre. Que le temps est suspendu pour que je savoure mon bonheur.

Ma Girafe est arrivée la semaine dernière, et déjà nous avons retrouvé nos réflexes du quotidien, délicieuse routine du vivre à deux qui avait commencé à s'installer à New York. Tranches de pain grillé, jus de fruit frais, un peu de miel et de beurre frais : voilà le plateau que je lui apporte dans la chambre. Petit déjeuner au lit : on ne fait ça qu'en vacances ou en week-end, à l'hôtel. Pourquoi pas à la maison ?

Ce soir, les jumeaux débarquent. J'ai commencé à les prévenir que je ne serai pas seule, qu'une amie vient habiter avec nous pour une durée indéterminée. Je veux les préparer doucement à la situation : leur Maman aime une autre femme. Je ne me sens pas lesbienne pour autant… Finalement, seule Crys m'intéresse, et je crois que si elle venait à sortir de ma vie, je retournerais naturellement vers les hommes. C'est de notre histoire magique dont je suis amoureuse, et si j'aime son corps, ses gestes, la douceur de sa peau, dans mes fantasmes les plus simples, c'est toujours un homme que je visualise contre moi ou en moi.

Impossible d'expliquer ça aux enfants, bien sûr. Il faudra juste qu'ils s'habituent à la présence de Crys, puis qu'ils comprennent qu'il y a plus que de l'amitié entre nous et que nous sommes ensemble. Que l'on se projette toutes les deux dans le même avenir.

– Ça sent bon, ici !

– Je voulais te faire une surprise avec mon plateau…

– Oh, et tu as oublié de mettre une rose dans un verre d'eau, un peu de Chanel au creux de tes coudes, une bague dans un écrin…

– *Silly*, va, te fiche pas de moi !

Un peu plus tard, nous nous baladons dans le quartier, flânant au soleil, nous arrêtant au gré des envies. Une fringue dénichée dans une boutique vieillotte, un vinyle acheté trois livres six pences pour Léo, de l'encens… La vie est simple. Un verre au Portobello Star, en terrasse. On se roule des patins comme des gamines, l'une contre l'autre…

– Éléonore !

– Maman !

– Maman !

– Tu ne m'avais pas dit que ton ex était gouine ?

J'ouvre les yeux, me décolle de Crystal, et c'est l'enfer : Jack, Jules, Lili, et cette garce d'Emily, nous observent, les pupilles écartées comme s'ils avaient vu la Vierge. Mouvement de confusion. Crystal revêt son masque impassible tandis que je me lève d'un bond pour passer à une autre étape que celle de la surprise partagée. J'embrasse les enfants éberlués d'avoir vu leur mère la langue dans la bouche d'une jeune femme qui aurait pu être leur baby-sitter il n'y a pas si longtemps.

– Oh, les *kids*, hum, ça va, ça swingue ?

Tout le monde me regarde sans moufter. Putain. Ça craint.

♦ ♦ ♦

Jack s'est surpassé dans cette scène surréaliste, qui aurait inspiré le scénariste de *La guerre des roses*. Mon ex s'est comporté comme un Michael Douglas, en pire. Le ton est rapidement monté, au sujet de ma soi-disant mauvaise vie, et j'étais stupéfaite de découvrir une telle rage, une telle haine, dans les yeux du père de mes enfants. Lequel ne s'est calmé que lorsque Lili a fondu en sanglots… réalisant qu'il allait trop loin. Les yeux des autres clients du café ont dû également l'alerter, le manager est sorti de ses bureaux, prêt à intervenir, et Emily est même partie quelques pas plus loin, prétextant un coup de fil. Il est donc retombé comme un soufflé, a marmonné trois mot, embrassé les petits et s'est éclipsé sans se retourner.

– Moi je trouve Crystal très belle, et je suis bien contente que tu ne vives plus toute seule, Maman…

La petite voix sucrée de Lili me réconforte. Je suis assise sur son lit, dans la chambre que j'ai décorée pour eux en peignant des fresques sur les murs. On y est bien. Les quelques fausses bougies tamisent la pièce d'une lueur cosy. Je sens que Jules ne partage pas l'avis de sa sœur. Il boude tenacement et n'a pas cessé de maugréer depuis le Portobello Star. Au parc, dans la boutique de bonbons (oui, je sais, c'est mal d'acheter les enfants !!), et même devant Alceste, qui a pourtant immédiatement conquis le cœur de Lili.

Ma fille a littéralement fondu devant le poilu, qui le lui a bien rendu. Je les ai observés, à la maison, elle et Crystal : elles s'entendent déjà. Au dîner, elles étaient les meilleures amies du monde. Crys lui a même lu une histoire, à sa demande, après le bain. Jules… ce sera une autre paire de manches.

31

Crystal

Je crois que, pour la première fois, je suis aussi paumée que mon chat dans ce nouveau décor. Londres. Cette ville que je ne connaissais qu'à travers un voyage scolaire linguistique et qui héberge aujourd'hui la femme que j'aime. Et, par extension, Alceste et moi désormais.

La City est plutôt accueillante et ressemble vaguement à New York par certains aspects : son énergie, son étendue, l'impression de s'y sentir petite et libre. Pas jugée ou jaugée comme à Paris, et pas tout à fait seule, dans la foule de tous les possibles, comme dans la Big Apple. Je sens pourtant que prendre mes marques ici va s'avérer plus compliqué. Je n'ai pas de coup de cœur, pas le sentiment que la passion sera à tous les coins de rue. Mais peut-être est-ce ça, aussi, la suite ? Peut-être que je n'ai plus besoin de frissonner à tout-va, de courir après le feu et l'émerveillement. Peut-être que Londres est finalement l'endroit plus « tranquille » dans lequel établir une vraie relation durable… Peut-être que les papillons que je chassais partout sont à présent implantés dans mon ventre et dédiés à Éléonore, sous un toit commun, pour bâtir demain. *Pause.* Ces mots sortent-ils vraiment de ma bouche ? Je ris toute seule. Je suis la preuve vivante qu'il ne faut jamais dire « fontaine, je ne boirai pas de ton eau ».

♦ ♦ ♦

– Crystal, tu peux me prêter ton maquillage s'il te plaît ?

Lili, 8 ans, maligne comme un petit singe.

– Non crevette, Maman t'a déjà expliqué que le mascara et le rouge à lèvres sont réservés aux grandes personnes.

– Déjà, je ne ressemble pas à une crevette et puis arrête de me parler comme si j'étais un bébé… J'aurais bientôt 10 ans !

– Tu n'as pas plus 10 ans que moi 30 ans, crevette !

La blondinette part en ronchonnant, mais avec un sourire retenu au bord des lèvres. Je sais que je l'amuse autant que la réciproque est vraie. Sa bouille d'ange me rappelle sa Maman et, sa tête de mule, la mienne. Avec son jumeau Jules, il y a moins d'évidence. Initialement, il est de notoriété publique que les enfants ont un effet relativement repoussoir sur moi. Ceux qui braillent dans les trains ou, pire, dans les avions long courrier, ceux qui couinent devant un jouet ou un bonbon, ceux qui bavent ou se salissent plus vite qu'un chien, ceux qui ont sorti l'expression « grasse matinée » du vocabulaire de leurs parents, ceux qui tirent la queue des chats… Je continue ?? Contrairement à Lili, Jules ne m'attendrit pas, sauf quand il joue avec elle. Son côté petit-mec-je-sais-tout et papa-est-le-roi-du-monde me chatouille les nerfs. Alors depuis la scène du baiser surpris en terrasse, par la tribu au complet, le nain est odieux. Bien sûr, ce n'est qu'un gosse et je veux bien comprendre que l'image de sa mère embrassant une femme (moi en l'occurrence) puisse être un peu bouleversante. L'indignation de son dieu-papa et les moqueries de la pouffe qui lui sert de belle-mère n'ont sûrement rien arrangé. Mais bon sang, pourquoi refuse-t-il de m'adresser la parole ? Et pourquoi ses yeux sombres me jettent des missiles ? Ses parents se seraient probablement séparés sans moi, et c'est Jack qui en a d'abord pris officiellement le parti avec son Emily.

Lili a vécu les choses de manière très différente. Elle nous a parlé de sa copine Sabine à Paris, qui avait deux mamans à la sortie de l'école, *deux mamans très gentilles qui faisaient des goûters trop bons et qui étaient vraiment jolies*. Cette gamine me surprend de jour en jour par sa curiosité, son ouverture sur le monde et sa malice.

Éléonore se remet difficilement des mots durs de Jack, qui lui en a mis plein la gueule et l'a menacée de demander la garde exclusive, à vie. Sa tristesse déteint sur moi : je déteste la voir dans cet état d'impuissance, d'autant que je me sens quelque part responsable. Elle me rassure en me disant que m'avoir auprès d'elle n'a pas de prix et qu'elle ne laissera pas son mari arriéré lui arracher ses enfants. J'admire son courage et sa ténacité. Je me demande souvent si je serais aussi forte à sa place. Pour moi, tout est plus facile. Pas d'avortons, pas d'ex-mari, pas de bagages trop lourds ni d'image à ne pas ternir : j'ai toujours été un électron libre et personne ne s'étonne vraiment de mes choix. Et puis, s'affranchir de ses excès pour se donner corps et âme à quelqu'un, c'est plus simple à assumer que de s'installer avec une fille quand on était l'incarnation de la femme rangée, hétéro et fidèle à son *workin' man*.

♦ ♦ ♦

– Viens t'asseoir, le petit troll, il faut qu'on discute.

– Fiche-moi la paix, toi, et lâche-moi avec tes surnoms pourris !

OK. Ça commence mal. Éléonore étant bien concentrée dans son atelier et Lili devant *La reine des Neiges* – qu'elle adore encore plus que moi, je voulais profiter de ce moment pour un tête-à-tête avec l'affreux mais il ne baisse pas la garde. Même si l'envie de le dresser et de lui apprendre à me parler autrement est grande, j'opte pour la sagesse de l'adulte. Je lui tends une verrine de tiramisu au Nutella, que j'ai préparée hier soir. Il hésite (c'est son dessert préféré) puis croise les bras, fait non de sa mine renfrognée, mais je sais que son estomac n'est pas du même avis. Je tourne les talons, dessert à la main, en direction de la cuisine. Je pose l'appât sur la table, avec la petite cuillère, et lance la bouilloire pour me préparer du thé. J'entends les pas hésitants du nain derrière moi, je jubile.

– Bon, d'accord, t'as gagné, je veux bien t'écouter en mangeant ton truc.

– Top, sage décision, bon appétit, petit troll !

– Grrr, merci.

– Je voulais te parler de ce que tu as vu et que tu n'as pas digéré. Je me doute bien que c'est surprenant pour toi tout ça…

Ses yeux trahissent son émotion et ça me touche.

Je reprends :

– Je sais que tu ne voulais pas spécialement de moi dans la vie de ta maman ni dans la tienne, mais parfois les enfants doivent accepter les choix des grands, simplement parce que ça les rend heureux… Tu veux que ta *mummy* chérie soit heureuse, n'est-ce pas ?

– Hum, oui, évidemment. Mais je vois pas le rapport avec toi. Toi, tu es une fille, tu ne peux pas lui donner le bonheur comme Papa.

– Tu comprendras un jour. Tes parents resteront toujours tes parents. Et moi, tu peux me considérer juste comme l'amie de ta maman.

– Mouais. Les amies ne s'embrassent pas sur la bouche.

– Parfois, ça peut arriver, parce que deux personnes réalisent qu'un lien très puissant les unit, tu vois ? J'ai conscience que ça peut paraître bizarre pour toi, mais si tu essaies juste d'accepter ce lien entre ta mère et moi, ça prouvera que tu es un petit troll avec une jolie ouverture d'esprit et beaucoup de tolérance dans ton cœur.

– Je veux bien essayer… Mais toi, tu dois arrêter de m'appeler « petit troll » alors…

– OK mon bonhomme, je te trouverai un autre surnom, que tu aimeras.

Tiramisu avalé, Jules accepte mon bisou sur la joue et retourne près de sa jumelle. Je me sens à la fois libérée d'un poids et terriblement ébranlée. Cette conversation me donne à réfléchir… Je réalise que je me sens – contre toute attente – concernée par le bien-être de ces deux nains, que je ne veux pas les déstabiliser ni envahir leur espace. Je perçois soudainement la réaction de Jules avec recul et compassion, parce qu'il n'a ni mon vécu d'adulte ni les connaissances nécessaires pour savoir comment se positionner face à cette découverte. Si je n'aimais pas autant Éléonore, si je n'étais pas persuadée que tout ce que l'on a traversé et sacrifié l'une pour l'autre devait obligatoirement avoir un sens et donc être justifié par notre vie commune, si l'accueil très doux de Lili ne venait pas me rassurer, j'aurais pu être tentée de fuir. Fuir pour ne pas perturber égoïstement leur équilibre. Mais une petite voix au fond de moi me dit que « *we are meant to be together* ». La tendresse que nous mettrons dans cette aventure fera le reste, j'espère…

♦ ♦ ♦

Alceste fixe l'écran de l'ordinateur et penche la tête de gauche à droite, interloqué. Scarlett, de l'autre côté, semble aussi interpellée. Pourquoi peuvent-ils se voir mais pas se ressentir ? J'ai le sentiment qu'ils comprennent, l'intelligence des chats n'étant plus à prouver. En discutant, Lorenzo et moi caressons de concert leurs petites têtes attendrissantes. C'est aussi *hard* pour nous de savoir que nos amours respectives nous tiennent à l'écart l'un de l'autre, du moins physiquement. Nous savons pourtant que rien n'effacera tout ce que l'on a créé à quatre mains, de « Mourir de plaisir » aux chaussures pour *Girls on the Grill*, en passant par *Cryzo* et *Vintage by Crystal Roche*. Cette dernière collection semble rencontrer le succès escompté depuis sa sortie en boutique et les nombreux messages des aficionados sur les réseaux sociaux ne viennent que renforcer cette impression. Mission accomplie. À tel point que *Vintage* a proposé un contrat à Lorenzo, en partenariat avec une autre styliste. Je suis tellement heureuse pour lui. Je craignais que mes décisions personnelles aient des effets néfastes sur sa carrière et me réjouis donc de constater que mon départ ne change rien à la confiance qu'on lui accorde désormais.

Nous nous parlons plusieurs fois par semaine, de sa relation triangulaire avec Christian et Scarlett, de mon installation avec Éléonore, de l'avenir de nos projets communs. Une seule certitude : on trouvera, au fur et à mesure, comment dresser des ponts entre nos quotidiens pour travailler à nouveau ensemble. Mais nos priorités sont, ponctuellement, ailleurs.

♦ ♦ ♦

Ce soir, en tête à tête, Éléonore et moi rêvassons. Assises en tailleur sur le sol (je lui ai refilé ma manie), entourées d'une trentaine de documents éparpillés, nous nous mettons à imaginer la vie que le *Connected Bag* pourrait avoir si tout se passe comme on l'a planifié. Entre un début de joyeuse hystérie, une passion intacte et une indicible excitation, nous sommes fières de notre travail. Fières de nous. Ce nous qui se décline à l'infini…

32

Éléonore & Crystal

Un an plus tard.

Éléonore

LE SOLEIL DE JUIN HABILLE cette journée particulière, celle où deux êtres se disent oui, les yeux dans les yeux. Le cadre idyllique se prête au contexte du mariage : un hôtel quatre étoiles (La Trompette d'or) aux portes de Paris. Dans le jardin immense et coloré de compositions florales délicates, des tentes blanches et immaculées ont été dressées. Les flûtes tintent à mesure qu'on les dispose. Tout a l'air parfaitement en ordre pour le cocktail qui commencera dans une heure. On sortira le champagne et les amuse-gueules au dernier moment, quand les invités arriveront. Les serveurs s'affairent. Le dîner aura lieu sur la grande terrasse. Je circule entre les tables, vérifiant une énième fois la disposition des noms des convives, et me fais la réflexion que Crystal a élaboré avec le chef un menu de rêve : crème d'asperge blanche et saumon à la truffe avec sa tuile de parmesan, dorade sur lit de fenouil braisé aux baies royales et vitelottes au cumin, ronde de petits chèvres sur pain d'épice grillé, parfait à la rose.

Ma Girafe se prépare dans notre chambre, hésitant très certainement entre dix paires de chaussures. Pestant devant la glace, engueulant Alceste qui la mate d'un air narquois, se réfrénant d'appeler Lorenzo (dans la chambre d'à côté) vingt fois à la minute, priant pour que son père ne se trompe pas dans l'itinéraire. Tout s'est extrêmement bien passé à la mairie, il n'y a aucune raison pour que quelque chose foire maintenant… me dis-je, un brin anxieuse tout de même. Au contraire, c'est souvent dans une organisation extrêmement huilée, où l'on pense qu'il n'y a pas de place pour le hasard et l'erreur, que l'inattendu se produit. Un nuage et une averse. Une tache sur une chemise amidonnée. Un vin bouchonné. Une pièce montée qui se casse la figure. Un discours malheureux. Un feu d'artifice qui ne prend pas. Un bal raté à cause du DJ qui s'endort… Tout est possible.

Je suis si nerveuse. Je checke et double-checke : on avait dit champagne rosé jusqu'à 21h, puis le brut, ou le contraire ? Musique lounge jusqu'au dîner ou après le dessert ? Ouverture du bal sur un slow ou sur un rock ? La nounou pour la table des enfants dîne avant l'atelier dessin ou pendant la projection-karaoké ? Tout se mélange un peu dans ma caboche… Je masque en fait une évidence : ce qui me stresse, ce n'est pas tellement que la soirée de mariage soit ratée (elle ne peut pas l'être, même avec toute la bonne volonté du monde), mais plutôt que je vais rencontrer… les parents de Crys. Cette idée me met en nage, en tourbillon, en ébullition. Et si je ne leur plais pas ? Et si les jumeaux les terrorisent ? Et si, et si, et si…

Je retourne dans le hall de La Trompette d'or, emprunte le grand escalier de marbre : il faut que je m'habille, moi aussi. Que je veille à l'accoutrement de Jules et Lili, capables de se transformer en tornades en moins de cinq minutes. Que je rassure Crys, sans doute, qui doit être dans tous ses états.

♦ ♦ ♦

– Les enfants, stoooop !

Je n'en reviens pas du tableau qui s'offre à moi : Crystal et mes jumeaux, déchaînés, en train de sauter sur le *king size bed* dévasté et de s'envoyer des coussins à la figure. Même Alceste a jugé prudent de se retirer dans la chambre attenante des kids, d'où il observe toute cette agitation avec beaucoup de philosophie. Je suis estomaquée. La bombe transformée en camarade de jeux de mes gnomes – alors que le contact avec Jules a été difficile à établir – et le chat-roi converti au bouddhisme… Manquerait plus que Lolo, incarnation de la fiabilité, se sauve avant la petite cérémonie qui aura lieu avant le cocktail pour célébrer son union avec Christian.

Notre couple gay préféré s'est marié civilement à New York, ville de sa résidence, mais Christian, issu d'une famille très catholique d'origine irlandaise, ne se résolvait pas à épouser son homme sur un simple bout de papier. Il avait donc insisté pour organiser un événement dans le pays de ses fantasmes, la France, et avec un moment plus spirituel pour donner un peu de solennité à leur engagement. Un homme d'église très libéral a ainsi accepté de les unir, informellement mais symboliquement, devant la famille et les amis, et avant le début des festivités.

Crys, hors d'haleine, se laisse tomber à côté de moi.

– Tes enfants me tuent, rigole-t-elle.

Je lui caresse les cheveux, tente de calmer mon petit monde. Les mariés se préparent à quelques mètres de là, il faut leur faire honneur à notre tour. Une douche pour Jules (il est passé au bain il y a une heure, pourtant). Une tresse pour Lili. Des ensembles magnifiques pour les deux, clairs et modernes. Une robe saumon du style vestale grecque pour moi. Un fourreau noir court pour Crystal. Quelques allers-retours de Babyliss, les pompes « Mourir de plaisir », une touche de *Ladies' Taste* derrière les oreilles… et un clin d'œil aux *Connected Bags* qui traînent dans l'entrée de la suite. On aurait aimé les brandir et les montrer aux invités, mais compte tenu des circonstances, nous les laisserons au dodo...

Le *CB* et notre marque *Ladies' Choice* ont été lancés il y a quelques mois, grâce à plusieurs millions d'euros d'investissement. Argent récolté après une dizaine de réunions avec des business angels, pour permettre la concrétisation du projet. L'entreprise telle que nous la voyions, avec un bureau et cinq salariés (Debbie, une attachée de presse, la directrice des ventes et les deux informaticiens), deux associées-salariées (nous, les créatrices) a pris forme. De longues semaines de recherche et de préparation ont été nécessaires à l'élaboration du programme, du prototype, du circuit de distribution, du site web qui nous commercialise.

Le lancement de notre *CB* a été un pur délire. Rupture de stock en une heure après la parution des premiers articles dans la presse. Pourtant, nous avions fait fabriquer 5000 pièces (vendues un peu moins de 1000 euros l'unité). Il faut admettre que nous avons été gâtées : sujet sur les chaînes d'info – « la petite marque française qui s'impose en Grande-Bretagne », « deux créatrices Made in France qui osent », « le sac à main révolutionnaire est parisien *dans l'âme* » –, papiers dans les grands hebdos féminins, chroniques radios et un déferlement sur le web savamment orchestré par Debbie...

Depuis, notre *CB* se vend bien – à tel point que nous avons reçu des propositions de rachat de notre société – et nous avons acquis une sérénité nouvelle. On est heureuses à la maison, on se stimule au boulot, on essaie d'organiser des journées où l'on ne se marche pas sur les pieds. (Les duos amoureux et professionnels, ça ne dure qu'un temps, il faut savoir ménager des espaces pour chacun.) Mais comme, en dehors de *Ladies' Choice*, Crys s'est remise à proposer des dessins pour des marques internationales, commercialisant ainsi à grande échelle ses sacs et ses chaussures, et que je prépare de nouvelles expositions de mes œuvres... on s'éclate ensemble et séparément.

Les journées sont bien remplies et, souvent, on ne fait que se croiser pour prendre des décisions sur le *CB* – qui aura ses petits frères et sœurs, ses déclinaisons… Crys et moi ne sommes pas au bout de nos idées concernant les objets glamour connectés – et c'est parfait ainsi.

Un coup d'œil à ma montre.

– Hey, la troupe, c'est l'heure !

Les enfants sautent au bas du lit, au garde-à-vous. Crys voit son portable s'allumer.

– Attends, *Baby*, je dois décrocher, c'est mon père…

Je frémis. Vont-ils m'apprécier ? Et si les jumeaux foutent trop le bordel, comment vivront-ils cela ? OK, on ne parle pas du mariage de Crys ou Léo, mais tout de même…

Bref coup d'œil au téléphone. Message de Jack, avec lequel je me suis réconciliée contre toute attente, après un rendez-vous mémorable avec Crys comme arbitre, pour organiser la rentrée des classes. Mon ex s'est séparé d'Emily, et sans vouloir excuser toutes les vacheries qu'il m'a faites lorsqu'il était à ses côtés, je réalise peu à peu qu'il a sans doute été sous (mauvaise) influence.

♦ ♦ ♦

Jardin de l'hôtel, sous un dais de lys, sur un tapis vert amande, devant une gerbe d'orchidées blanches et un prélat audacieux. J'ai la larme à l'œil, tandis que Crystal tend aux mariés leurs alliances. Christian s'effondre en pleurant dans les bras de Lorenzo, qui accueille ses sanglots avec un sourire ému. L'état d'exaltation de l'assistance est palpable. L'instant se révèle merveilleux, suspendu, poétique, sérieux, intense. Même mes petites terreurs ne mouftent plus.

Je regarde fréquemment, et genre l'air de rien, mes beaux-parents au troisième rang, de l'autre côté de l'allée. Le père et la mère de Crys ont été très importants dans la vie récente de Lorenzo. Car si la famille de ce dernier a été très aidante sur le plan professionnel, elle a eu comme un problème en apprenant ce projet de mariage. Entre incompréhensions et fâcheries, une petite distance s'est installée. Lorenzo a alors trouvé, chez la maman de Crys et Léo, une confidente tendre et inébranlable. Il se rue d'ailleurs contre elle après la cérémonie, ce que sa mère biologique semble goûter moyennement – mais ce n'est pas moi qui irai la consoler.

Quel est le meilleur moment pour parler aux parents de ma Girafe ? Elle et Léo ont beau m'avoir dit que « tout est cool », je ne peux me fier aux élucubrations des frangins. Soyons réalistes deux minutes : leur fille chérie, qui commence à être connue dans le monde de la mode et de la télévision, retourne avec une amante divorcée, mère de deux enfants, avec laquelle elle a déjà eu une histoire tuée dans l'œuf jadis ? Pas le tableau idéal vu de l'extérieur.

♦ ♦ ♦

Estomac noué. Impossible de toucher à quoi que ce soit au buffet. Je constate que les jumeaux, eux, ne se privent pas, un peu lâchés dans la nature car Crys et moi aidons les mariés à animer ce cocktail, en circulant parmi des invités qui ne se connaissent pas forcément. Créer du lien, voici bien l'esprit du mariage !

Dix minutes sous ce cagnard et me voilà en manque d'eau. Je m'approche du serveur derrière son bar...

– Je crois que vous avez une influence positive sur ma fille.

Je me retourne. Le couple de quinquagénaires, que j'ai rapidement salués lorsqu'ils sont arrivés, me fait face.

– Je comptais me présenter à vous tout à l'heure, mais j'ai été ret...

– Pas de problème, Éléonore ! fait le père de Crys. On sait ce que c'est d'être les amis proches d'un couple qui se cadenasse devant Dieu...

On rit tous les trois. Et soudain, je comprends que notre relation sera simple, chaleureuse, vivante. Que ces gens ne me considèrent pas de manière suspicieuse. Ils font confiance à Crystal, dont le bonheur leur importe plus que le chemin pour y parvenir. Cette bienveillance me galvanise. Même Jules, bousculant sa jumelle, culbutant à son tour un vieux monsieur qui a failli en avaler son dentier, a tiré un pouffement du père de Crys, qui me paraît être un sacré rigolo. Sur le visage de sa mère, pas l'ombre d'un jugement non plus. Cela dit, avec le tempérament de ma Girafe et les conneries récurrentes de son chat-roi, ils ont été à bonne école…

Oserais-je dire que je suis vernie ?

♦ ♦ ♦

Crystal

En déballant les derniers cartons, j'ai du mal à réaliser que, ça y est, Éléonore et moi sommes officiellement propriétaires d'une jolie maison à Notting Hill. Une demeure qui nous ressemble et a été choisie aussi pour sa capacité d'accueil : pouvoir recevoir nos amis, nos familles et nos partenaires de boulot est un plaisir nécessaire. J'ai à la fois l'impression d'avoir pris dix ans dans la tronche et de ne jamais avoir été aussi épanouie. Notre recherche depuis plusieurs mois, l'achat de nouveaux meubles pour aménager notre nid à notre image, l'obtention du consentement des nains, l'emprunt commun… Toutes ces tâches qui auraient pu être assommantes se sont révélées euphorisantes. Un pas de plus sur notre chemin, main dans la main.

La seule chose qui fait débat ? La porte d'entrée rouge sur une devanture blanche, avec les colonnes victoriennes que l'on chérit tant. Cette couleur vive pique les yeux de Barbie qui n'a pas d'inclination pour l'ostentation, l'originalité et le flashy – sauf quand il s'agit de moi. Elle est trop habituée à traverser au passage piéton et à ne pas faire de remous. Je lui explique que ça, c'était *avant* la « Éléonore révolution new-yorkaise ». Maintenant, entre ses toiles assumées, son divorce houleux, son échappée de Modus et son amour pour moi, elle a le droit d'avoir une porte écarlate. Barbie n'en démord pas : ce n'est pas élégant, il faut la peindre en blanc… Je sens que ce sujet va nous amuser un bout de temps, parce que je suis prête à donner de ma personne pour faire barrage entre la peinture immaculée et ma porte adorée en l'état.

À l'intérieur, le mur-bibliothèque qui sépare le salon de la cuisine, nous a tout de suite fait craquer. On y a depuis disposé nos livres préférés évidemment, mais aussi certains modèles de « Mourir de Plaisir », un exemplaire de notre *CB* (le premier prototype abouti), le flacon de *Ladies' Taste* et des souvenirs de nous, tels qu'une photo du cloître des Billettes et l'autre fameux cliché pris à City Hall. C'est notre mur aux trésors, comme on dit…

Ceux en brique donnent une touche vintage dont on raffole et la lumière qui traverse de part en part notre maison participe à ce sentiment de bien-être général. Ma toile préférée d'Elé trône derrière l'immense canapé d'angle (on pourrait y dormir à quatre !), propice aux soirées plateau-télé avec les jumeaux. Jules et Lili sont désormais avec nous une semaine sur deux et la cohabitation délicieuse que nous vivons conforte l'équilibre que chacun a trouvé. Lili s'est mise à dessiner avec moi et nos goûts communs nous rapprochent au fil des mois : regarder des Disney sous un plaid douillet et chanter les classiques à tue-tête, peigner et coiffer nos longs cheveux (elle me fera bientôt de la concurrence), dévaliser les boutiques, caresser Alceste en papotant, griffonner l'une à côté de l'autre pendant des heures… Je peine à mettre des mots sur l'amour que je lui porte mais je suis devenue presque plus mère-poule qu'Éléonore, même si j'ai appris à garder ma place. Ne pas être la maman a du bon aussi : j'ai le droit à des confidences toutes particulières. Quant à Jules, nous nous sommes apprivoisés et depuis que je joue aux jeux vidéos avec lui, je lui suis presque essentielle. Personne d'autre dans la famille ne tient à s'exciter sur la manette devant un écran. Moi, ça me fait marrer et ça a tissé un lien tendre entre nous.

Pour leur neuvième anniversaire, j'ai offert à Lili un mini-sac à main et une ceinture avec porte-clés à Jules, que j'ai dessinés moi-même et fait fabriquer ici. Ils ont ainsi un peu de moi avec eux, je crois que ça leur plaît.

♦ ♦ ♦

Le message que je viens de recevoir m'envoie une décharge. Positive. Alex, avec qui j'ai renoué le contact il y a quelques mois, m'annonce qu'il s'est installé à Brooklyn avec sa compagne, une nouvelle actrice de *Girls*. Il est heureux et travaille à la réalisation de son premier long-métrage. Je suis fière de lui et profondément enchantée qu'il ait trouvé sa moitié. Lorsque j'avais pris mon courage à deux mains pour lui annoncer ma relation avec Éléonore, sa réaction douce et pleine de bienveillance m'avait émue. Il m'avait avoué qu'il préférait me savoir avec une femme qu'avec un autre homme… Ainsi, il comprenait qu'il n'aurait jamais pu rivaliser et me donner ce qu'Éléonore a à m'offrir. Sans regret, il me souhaite le meilleur. Moi aussi…

« Somebody loves somebody » de Céline Dion dans les enceintes, je prépare une surprise à Éléonore et observe le manège entre Alceste et son nouveau copain : le chat des voisins, un norvégien prénommé Thor. Ils sont à croquer tous les deux. Mon chat-roi qui n'a jamais eu le loisir de se faire des potes (à Paris et à New York, il ne sortait pas tout seul), semble conquis par ce gros poilu qui joue dans la même cours en termes de gabarit. Bon, pour être honnête, Alceste paraît même plutôt mince à côté de lui. Quel bonheur de voir que mon plus fidèle compagnon éprouve la même joie de vivre que moi ! Il y a un an, poser mes valises dans la City pour une longue durée était une épreuve qui ne prenait sa justification que dans mon amour pour Élé. Aujourd'hui, j'aime le package,

Londres m'a finalement séduite et je me sens apaisée dans ce décor. Lorenzo me manque beaucoup, mais je sais que ce qui nous unit est bien plus fort que les kilomètres qui nous séparent. Et j'ai trouvé en Debbie une autre complice, avec qui je partage mes joies et mes doutes, qu'ils soient professionnels ou personnels. Son travail pour le *CB*, au sein de notre société *Ladies' Choice*, s'est révélé précieux et ma chérie a fini par accepter notre amitié lorsqu'elle a compris que l'affection que l'on se portait n'était que purement platonique. Je dirais même qu'avec le temps, les deux sont devenues copines, admirant leur talent respectif et vouant un culte similaire au chardonnay.

– Mais Crystal, c'est ma toile sur ton croquis ?? s'esclaffe Elé qui, en rentrant plus tôt que prévu, vient de me surprendre en plein boulot.

– Oui *Baby*, je voulais te montrer tout ça ce soir... mais puisque tu es là... Regarde ! J'ai eu une nouvelle idée pour la prochaine déclinaison du *CB* : un imprimé à l'effigie de ton diptyque *Ladies* !! Qu'en penses-tu ?

- J'adooooore ! Et ça me touche que tu veuilles intégrer ma peinture à notre bébé...

Éléonore se rue dans mes bras et au milieu du salon, me déshabille avec ferveur... Si notre libido n'a besoin d'aucun stimulant, je crois que nos ping-pong créatifs nous donnent parfois encore plus d'ardeur.

♦ ♦ ♦

Je ferme et rouvre les yeux pour voir si je n'ai pas d'hallucination. La photo qui se présente à moi me semble surréaliste, malgré les commentaires de Barbie. Barbara Carton, dit le Dragon de Komodo, s'exhibe avec un *Connected Bag* sur ses réseaux sociaux... Déjà, le jour où je l'ai aperçue dans la liste des amis d'Élé sur Facebook, la stupéfaction a laissé place au fou rire. Mais là, c'est pire qu'improbable de regarder mon ex-tyran s'afficher avec notre création, elle qui avait tant de difficultés à accepter d'une part notre relation (avant d'en connaître les réels fondements plus récemment) et d'autre part mon talent. Je crois que, dans le fond, je suis flattée.

♦ ♦ ♦

Je regarde demain avec un sourire figé sur le visage et je bénis le jour où j'ai postulé chez Modus à Paris. Les petits gestes les plus insignifiants peuvent décidément changer toute une vie…

♦

FIN

Remerciements

Merci à tous ceux qui, avec bienveillance, entourent ma passion pour les mots depuis presque vingt ans.

Merci…

À mes lecteurs pour votre engouement et vos mots qui me touchent.

À mon noyau dur, ma famille. Mes parents, ma sœur, Bouclette. L'essentiel c'est vous, je vous aime.

À Gauthier, mon Stitch, toi qui m'as appris qu'à deux c'est plus beau. Love. Always.

À Cocotte, toi qui as toujours été ma première lectrice, ma confidente, mon essence quand je suis vide. Toi qui m'as donné tant de force et de courage.

À Aurélie, ma Blanche-Neige, mon soleil depuis 20 ans, tu es une deuxième sœur pour moi.

À Alex, mon chouchou pas si loin de Lorenzo mais surtout très près de mon cœur.

À Isabelle, mon amie et partenaire de boulot… Merci pour ton fabuleux travail sur cette bande-annonce, tes relectures et ta présence.

À Hugues, mon éditeur, toi qui as eu la lecture que j'espérais et qui as cru en mon bébé.

À Audrey, toi qui sais canaliser mes crises de stress, écouter mes idées folles et me rassurer au quotidien. Merci pour ton soutien.

À Olivia et Valentine, merci pour votre implication dans cette naissance.

NEW ROMANCE
LAURA
TROMPETTE
Tome 1
Ladies' TASTE
"Quand la passion s'affranchit de tout..."
Hugo Roman

L'auteur

Le IN :

Passionnée par la danse des mots, Laura Trompette écrit depuis ses 8 ans. En 2008, elle remporte un concours d'écriture lancé par Patrick Poivre d'Arvor dans Vol de nuit. Elle travaille deux ans à la programmation de l'émission culturelle Au Field de la nuit sur TF1, puis devient chroniqueuse littéraire sur i<Télé la Radio. En 2010, elle cofonde son site web dédié aux bonnes nouvelles, Newzitiv.com. À partir de 2012, elle est journaliste et community manager au sein de Newsring.fr sous la direction éditoriale de Frédéric Taddeï. Elle travaille aujourd'hui en freelance, en tant que journaliste, social media manager et consultante en stratégie de communication digitale. Le diptyque *Ladies* est sa première série de romans.

Le OFF :

Laura Trompette vit à Paris avec, entre autres, Diego, son chihuahua, même si elle est fascinée par les chats depuis l'enfance ! Elle écrit toujours en musique, voue un culte aux chaussures et aux sacs et n'est jamais autant inspirée que lorsqu'elle est dans son bain.

Retrouvez Laura et la série *Ladies* :
https://www.facebook.com/ladiestastebook
https://twitter.com/LadiesTaste
https://www.youtube.com/watch?v=ZnGtV_MYBvw&feature=youtu.be
https://plus.google.com/u/0/101157912589443721130

DÉCOUVREZ LES SÉRIES NEW ROMANCE

PARUES ET À PARAÎTRE CHEZ HUGO ROMAN

AFTER
"LE PHÉNOMÈNE LITTÉRAIRE
DE SA GÉNÉRATION"
ENFIN DISPONIBLE EN FRANCE
AFTER
AFTER
ANNA TODD
SAISON 1
Hugo Roman
AFTER
ANNA TODD
Hugo Roman
AFTER WE COLLIDED - SAISON 2
AFTER
ANNA TODD
Hugo Roman
AFTER WE FELL - SAISON 3
AFTER
ANNA TODD
Hugo Roman
AFTER WE RISE - SAISON 4
AFTER
ANNA TODD
Hugo Roman
AFTER EVER HAPPY - SAISON 5
Hugo Roman
MAI 2015
SAISON 5

LA SÉRIE
DE KATY EVANS
FIGHT FOR LOVE

FIGHT FOR LOVE - REAL

FIGHT FOR LOVE - MINE

FIGHT FOR LOVE - REMY

FIGHT FOR LOVE - ROGUE

À PARAÎTRE
Fight For Love - Ripped (Juillet 2015)

Hugo Roman

ENDLESS LOVE

QUAND L'AMOUR REPOUSSE PLUS LOIN LES LIMITES

Hugo Roman

ROMANS À PARAÎTRE DANS LA COLLECTION HUGO NEW ROMANCE

De Maya Banks
Slow Burn - 3 tomes : mai, août, novembre 2015

De Jay Crownover
Marked Men - 2 tomes : août, octobre 2015

De Laurelin Paige
Fixed - 2 tomes : septembre, novembre 2015

De Kay Bromberg
Driven - 2 tomes : octobre, novembre 2015

De Colleen Hoover
Maybe Someday, Ugly Love : 2015

De K.A. Tucker
Ten Tiny Breaths – 3 tomes : 2015